| 中国当代研学丛书 |

诗词

古文名篇类鉴

刘建龙 | 编著

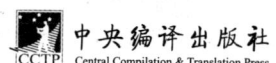

图书在版编目（CIP）数据

古文名篇类鉴 / 刘建龙编著. —北京：中央编译出版社，2020.3
ISBN 978-7-5117-3794-6

Ⅰ. ①古…
Ⅱ. ①刘…
Ⅲ. ①古典散文—鉴赏—中国—青年读物
Ⅳ. ① I207.62

中国版本图书馆 CIP 数据核字（2019）第 285658 号

古文名篇类鉴

出 版 人：	葛海彦
责任编辑：	杜永明
执行编辑：	周　毅
责任印制：	刘　慧
出版发行：	中央编译出版社
地　　址：	北京西城区车公庄大街乙 5 号鸿儒大厦 B 座（100044）
电　　话：	（010）52612345（总编室）　　（010）52612339（编辑室）
	（010）52612316（发行部）　　（010）52612346（馆配部）
传　　真：	（010）66515838
经　　销：	全国新华书店
印　　刷：	三河市华东印刷有限公司
开　　本：	710 毫米 × 1000 毫米　1/16
字　　数：	270 千字
印　　张：	16.5
版　　次：	2020 年 3 月第 1 版
印　　次：	2020 年 3 月第 1 次印刷
定　　价：	95.00 元
网　　址：	www.cctphome.com　　邮　箱：cctp@cctphome.com
新浪微博：	@中央编译出版社　　微　信：中央编译出版社（ID: cctphome）
淘宝店铺：	中央编译出版社直销店（http://shop108367160.taobao.com）（010）55626985

本社常年法律顾问：北京市吴栾赵阎律师事务所律师　闫军　梁勤
凡有印装质量问题，本社负责调换，电话：（010）55626985

序　言

古典散文是我国文学宝库中舒心爽口的文化佳肴。为引导青年学子领略其深厚的思想内涵，汲取其鲜活的艺术营养，我们编著了这本《古文名篇类鉴》。

"类鉴"，顾名思义，是分类鉴赏。本书即从正反对比、引古鉴今，一字立骨、琐事凝神，巧编寓言、劝世讽君，寓言（性）传记、妙揭时弊，情寄山水、物我交融，托名记游、别寓怀抱，借物喻人、托物言志，因事生感、托事兴讽，主客问答、独抒愤懑，片言居要、提纲挈领，叙事铺垫、议论点睛，引君入彀、纵骋宏论，金线串珠、形散神聚，白描状物、生动传神，层层推进、谏辞悟君以及喻象重重、联翩而至等十六个类型对古典散文进行细致的分析鉴赏。

分析鉴赏不仅是技巧性的学问，更反映了一个人的自学能力。它对青年学子的成才和发展，有着非同寻常的意义。

因为在分析鉴赏过程中，分析是手段，鉴赏是目的。分析鉴赏的实质，用比喻而言，即通过机器的拆装来认识机器，通过人体的解剖来了解人体。而在"机器拆装"和"人体解剖"中，分析鉴赏不仅促使人们熟悉眼前的事物，掌握固有的知识；它还往往通过新的发现，将人们带入新颖奇妙的认识领域。

正是从这种意义上，我们说：恰恰是分析鉴赏引导着人类脱离了混沌的黑暗，由低级向高级，一步步地踏向现代文明的阶梯。譬如物质的构成，从分子、原子到中子、质子的发现，从遗传基因到人类DNA图谱的研究，哪项进步能离开物理化学的分析？

　　文章写作探索也是同样的道理：离开分析鉴赏，就无法发现个中的奥秘！唯其如此，我们才编著这本书，希望通过认真的归纳分类、细致的分析鉴赏，以引导青年学子发现古典散文的 DNA 以及文学的"遗传基因"，从而在丰富学子文化素养和精神能量的同时，也切实提高他们的自学、鉴赏和写作能力！

目 录

第一讲　正反对比　引古鉴今 …………………………………… 1

- 谏逐客书 …………………………………… 李　斯　2
- 过秦论 ……………………………………… 贾　谊　6
- 谏太宗十思疏 ……………………………… 魏　征　11
- 师　说 ……………………………………… 韩　愈　14
- 原　毁 ……………………………………… 韩　愈　17
- 朋党论 ……………………………………… 欧阳修　20
- 五代史伶官传序 …………………………… 欧阳修　23
- 六国论 ……………………………………… 苏　洵　25
- 原　君 ……………………………………… 黄宗羲　28

第二讲　一字立骨　琐事凝神 …………………………………… 32

- 登徒子好色赋 ……………………………… 宋　玉　33
- 陈情表 ……………………………………… 李　密　36
- 陋室铭 ……………………………………… 刘禹锡　39
- 愚溪诗序 …………………………………… 柳宗元　41
- 醉翁亭记 …………………………………… 欧阳修　43
- 贤者与民同忧乐 …………………………… 《孟子》45
- 留侯论 ……………………………………… 苏　轼　46
- 秦士录 ……………………………………… 宋　濂　49
- 深虑论 ……………………………………… 方孝孺　53

徐文长传 ··· 袁宏道 56

第三讲 巧编寓言 劝世讽君 ························· 60

季梁谏魏王攻邯郸 ································· 《战国策》 61
江乙对荆宣王 ····································· 《战国策》 62
不死之药 ··· 《战国策》 63
狗猛酒酸 ··· 《韩非子》 64
郢书燕说 ··· 《韩非子》 65
曹商使秦 ··· 《庄子》 66
追女失妻 ··· 刘 向 68
蝜蝂传 ··· 柳宗元 69
黔之驴 ··· 柳宗元 70
希世奇珍 ··· 刘 基 71

第四讲 寓言（性）传记 妙揭时弊 ··················· 72

齐人有一妻一妾 ··· 《孟子》 73
种树郭橐驼传 ··· 柳宗元 74
捕蛇者说 ··· 柳宗元 76
卖柑者言 ··· 刘 基 78

第五讲 情寄山水 物我交融 ························· 80

始得西山宴游记 ··· 柳宗元 81
钴鉧潭西小丘记 ··· 柳宗元 83
小石潭记 ··· 柳宗元 85
满井游记 ··· 袁宏道 87
登泰山记 ··· 姚 鼐 89

第六讲 托名记游 别寓怀抱 ························· 91

菊圃记 ··· 元 结 92
右溪记 ··· 元 结 93
岳阳楼记 ··· 范仲淹 94
游褒禅山记 ··· 王安石 97
石钟山记 ··· 苏 轼 100
墨池记 ··· 曾 巩 103

病梅馆记 ……………………………………………… 龚自珍 105

第七讲　借物喻人　托物言志 …………………………………… 107
马　说 …………………………………………………… 韩　愈 108
爱莲说 …………………………………………………… 周敦颐 109
题丛兰棘刺图 …………………………………………… 郑　燮 110
观　鱼 …………………………………………………… 梅曾亮 112
骡　说 …………………………………………………… 刘大魁 113

第八讲　因事生感　托事兴讽 …………………………………… 114
邹忌讽齐王纳谏 ………………………………………… 《战国策》 115
试梁道士笔 ……………………………………………… 刘子翚 117
蜃　说 …………………………………………………… 林景熙 119
瓯　喻 …………………………………………………… 归有光 121

第九讲　主客问答　独抒愤懑 …………………………………… 122
渔　父 …………………………………………………… 屈　原 123
答客难 …………………………………………………… 东方朔 125
进学解 …………………………………………………… 韩　愈 129
前赤壁赋 ………………………………………………… 苏　轼 134

第十讲　片言居要　提纲挈领 …………………………………… 137
舍生取义 ………………………………………………… 《孟子》 138
生于忧患 ………………………………………………… 《孟子》 139
天时不如地利 …………………………………………… 《孟子》 141
教学相长 ………………………………………………… 《礼记》 143
发愤著书 ………………………………………………… 司马迁 144
不平则鸣 ………………………………………………… 韩　愈 146
诗穷而后工 ……………………………………………… 欧阳修 147
赞刘谐 …………………………………………………… 李　贽 148

第十一讲　叙事铺垫　议论点睛 ………………………………… 150
苛政猛于虎 ……………………………………………… 《礼记》 151
去　私 …………………………………………………… 《吕氏春秋》 152

罴 说	柳宗元	154
熟能生巧	欧阳修	155
神童不神	王安石	157
日 喻	苏 轼	159
涸堕同享	刘 基	160
马伶传	侯方域	161

第十二讲　引君入彀　纵骋宏论　　164

| 齐桓晋文之事 | 《孟子》 | 165 |
| 有为神农之言者许行 | 《孟子》 | 170 |

第十三讲　金线串珠　形散神聚　　176

郑伯克段于鄢	《左传》	177
寡人之于国也	《孟子》	181
张中丞传后序	韩 愈	183
答司马谏议书	王安石	187
文与可画筼筜谷偃竹记	苏 轼	190
项脊轩志	归有光	193
报刘一丈书	宗 臣	196
狱中杂记	方 苞	199

第十四讲　白描状物　生动传神　　205

桃花源记	陶渊明	206
与宋元思书	吴 均	208
三 峡	郦道元	210
山中与裴秀才迪书	王 维	212
记承天寺夜游	苏 轼	214
寒花葬志	归有光	215
湖心亭看雪	张 岱	217

第十五讲　层层推进　谏辞悟君　　219

烛之武退秦师	《左传》	220
蹇叔哭师	《左传》	223
子鱼论战	《左传》	225

触龙说赵太后 ……………………………… 《战国策》 227
邵公谏厉王弭谤 ……………………………… 《国语》 230
晏子使楚 ……………………………… 《晏子春秋》 233
庖丁解牛 ……………………………… 《庄子》 235
草庐对 ……………………………… 陈　寿 237

第十六讲　喻象重重　联翩而至 …………………………… 240

劝　学 ……………………………… 《荀子》 241
逍遥游 ……………………………… 《庄子》 245
对楚王问 ……………………………… 宋　玉 249

第一讲　正反对比　引古鉴今

归纳、演绎、比较是较为常见的几种论证方法。对比论证就是其中之一。

在古代的政论文、史论文、奏章、论疏等各种类型的论说文中,正反对比、引古鉴今是运用得相当普遍的论证手段。作者通过古与今大量事实的鲜明对比,往往得出坚实有力的结论,具有无可辩驳的逻辑力量。

谏逐客书[1]

李 斯

臣闻吏议逐客,窃以为过矣[2]。

昔穆公求士[3],西取由余于戎[4],东得百里奚于宛[5],迎蹇叔于宋[6],来丕豹、公孙支于晋[7]。此五子者,不产于秦,而穆公用之,并国二十,遂霸西戎。孝公用商鞅之法[8],移风易俗,民以殷盛,国以富强,百姓乐用,诸侯亲服,获楚、魏之师,举地千里,至今治强[9]。惠王用张仪之计[10],拔三川之地[11],西并巴蜀[12],北收上郡[13],南取汉中[14],包九夷,制鄢、郢[15],东居成皋之险[16],割膏腴之壤,遂散六国之从[17],使之西面事秦,功施到今[18]。昭王得范雎[19],废穰侯,逐华阳[20],强公室,杜私门[21],蚕食诸侯,使秦成帝业。此四君者,皆以客之功。由此观之,客何负于秦哉?向使四君却客而不内[22],疏士而不用,是使国无富利之实,而秦无强大之名也。

今陛下致昆山之玉[23],有随、和之宝[24],垂明月之珠[25],服太阿之剑[26],乘纤离之马[27],建翠凤之旗[28],树灵鼍之鼓[29]。此数宝者,秦不生一焉,而陛下说之,何也?必秦国之所生然后可,则是夜光之璧不饰朝廷;犀象之器不为玩好[30];郑、卫之女不充后宫;而骏良駃騠不实外厩[31];江南金锡不为用;西蜀丹青不为采[32]。所以饰后宫、充下陈[33]、娱心意、说耳目者,必出于秦然后可,则是宛珠之簪、傅玑之珥、阿缟之衣、锦绣之饰不进于前[34];而随俗雅化、佳冶窈窕赵女不立于侧也[35]。夫击瓮叩缶、弹筝搏髀而歌呼呜呜快耳者,真秦之声也[36]。《郑》《卫》《桑间》《韶虞》《武象》者,异国之乐也[37]。今弃击瓮叩缶而就《郑》《卫》,退弹筝而取《韶虞》,若是者何也?快意当前,适观而已矣。今取人则不然,不问可否,不论曲直,非秦者去,为客者逐。然则是所重者,在乎色、乐、珠玉,而所轻者,在乎民人也。此非所以跨海内、制诸侯之术也。

臣闻地广者粟多,国大者人众,兵强则士勇。是以泰山不让土壤,故能成其大;河海不择细流,故能就其深;王者不却众庶,故能明其德。是以地无四方,民无异国,四时充美,鬼神降福,此五帝三王之所以无敌也[38]。今乃弃黔首以资敌国[39],却宾客以业诸侯,使天下之士退而不敢西向,裹足不入秦,此所谓"藉寇兵而赍盗粮"者也[40]。

夫物不产于秦，可宝者多；士不产于秦，而愿忠者众。今逐客以资敌国，损民以益仇，内自虚而外树怨于诸侯，求国无危，不可得也。

注释

[1] 关于作者与本篇：李斯（公元前？—前208年），战国时楚国上蔡（今河南上蔡西南）人，秦代著名政治家。初为小郡吏，后跟荀卿学"帝王之术"，与韩非同学。战国末入秦，为相国吕不韦舍人，后得秦王政的赏识，拜为客卿。秦统一六国后，官至丞相，主张废除分封制，推行郡县制，巩固中央集权等。《谏逐客书》：选自《史记·李斯列传》，约写于秦王政十年（公元前237年）。当时由于秦国强大，外来客卿增多，影响了秦国宗室大臣的权势。他们就以"郑国渠事件"（韩国人郑国为秦修筑渠道，消耗财力，使秦无暇东征）为借口向秦王提建议："诸侯人来事秦者，大抵为其主游间于秦耳，请一切逐客。"于是秦王下令逐客，李斯因在被逐之列，便写作此文，上书劝谏。结果，不仅使秦王撤销了逐客令，还被授为太尉的重要官爵。　谏：劝谏，规劝。　客：客卿，指客籍官员。　书：古时臣子向君王陈述意见的一种文体。

[2] 窃：私自，自谦之辞。　过：错误。

[3] 穆公：即秦穆公（公元前659—前621年在位）。名任好，春秋五霸之一。

[4] 由余：原为晋国人，流亡于戎。后奉戎王命出使秦国，秦穆公设计收他为谋臣，灭了十二戎国，扩疆千里。

[5] 百里奚：楚国宛（今河南南阳）人，曾任虞国大夫。晋灭虞后，成了晋俘，后逃回宛地。穆公听说他贤能，设计用五张黑公羊皮赎回，任为相。

[6] 蹇（jiǎn）叔：岐（今陕西境内）人，客居于宋，是百里奚的好友。经百里奚推荐，秦穆公以厚礼聘为上大夫。

[7] 丕豹：晋人大夫丕郑之子。因其父被杀逃到秦国，被任为大将，率兵攻晋，连下八城，生俘晋君。　公孙支：岐人，后在秦国任大夫。

[8] 孝公：秦孝公（公元前361—前338年在位），即嬴渠梁，他任商鞅为相，实行变法，使秦强盛。　商鞅：卫国人，因封地在商，故名商鞅。任秦相十年，先后两次变法，促使秦国强盛。

[9] 获楚、魏之师三句：秦孝公二十二年（公元前340年），商鞅大破魏军，虏魏公子卬（áng），魏割河西之地于秦。同年又南侵，战胜楚国。　获：俘获，战胜。　举：攻取。　治强：安定强盛。

[10] 惠王：秦惠王，也称惠文王（公元前337—前311年在位），孝公之子，名驷。　张仪：魏国人，惠文王时为秦相，用连横的策略破坏六国合纵，使秦后来得以各个击破。

[11] 拔：攻取。　三川：即黄河、伊水、洛水。

[12] 巴蜀：当时的两个小国。即今四川东部和西部一带。秦惠文王更元九年（公元前316年），派司马错伐蜀。秦并吞巴蜀后，设置巴蜀二郡。

[13] 上郡：在今陕西西北部一带，原属魏地。秦惠文王十年（公元前 323 年），派公子华和张仪攻魏，魏军屡败，割上郡十五县求和。

[14] 汉中：原楚国土地。公元前 312 年，秦大破楚军于丹阳，斩首八万，继而攻占楚汉中六百里地，设置汉中郡。

[15] 九夷：指楚国境内的一些少数民族。　鄢、郢：二地先后为战国时楚国的国都。鄢（yān）：在今湖北宜城；　郢（yǐng）：在今湖北江陵。　包：吞并。

[16] 成皋：古代军事要地，又名虎牢，即今河南荥阳汜水。

[17] 散六国之从：瓦解、破坏了六国南北方向的联合阵线。　散：瓦解、破坏。从：通"纵"，即合纵，指六国南北方向的联合阵线。

[18] 施（yì）：延续。

[19] 昭王：秦昭襄王（公元前 307—前 251 年在位），名则，惠文王子，武王异母弟。　范雎（jū）：魏国人，后入秦为相，封应侯。他提出远交近攻的策略，使秦逐步征服邻国。

[20] 穰（rǎng）侯：即魏冉，秦昭王母宣太后的异父弟，封于穰（今河南邓州），故称穰侯。　华阳：即芈（mǐ）戎，昭王母宣太后同父弟，封于华阳，因称华阳君。穰侯和华阳君因宣太后的关系，曾在朝专权数十年。

[21] 公室：王室。　私门：贵族豪门。

[22] 向使：假如当初。　却：拒绝。　内：通"纳"，接纳。

[23] 昆山之玉：昆仑山北麓和田县所产美玉。

[24] 随和之宝：即随侯珠与和氏璧。　随：周初小国，在今湖北境内。传说随侯用药敷治了一条受伤的大蛇，后来此蛇于夜间衔一珠来报恩，故称随侯珠。　和：春秋时楚国人卞和。据说他曾在山中得一璞玉，献给楚王，琢成美玉，因称和氏璧。

[25] 明月之珠：光如明月的宝珠。一说即指随侯珠。

[26] 服：佩带。　太阿：宝剑名，据说是春秋时吴国名匠干将和欧冶子所铸。

[27] 纤离：古代骏马名。

[28] 建：树立。　翠凤之旗：用翠羽编成凤鸟形图案的旗帜。

[29] 树：设置。　灵鼍（tuó）：鳄鱼类，俗称猪婆龙，皮可制鼓。

[30] 犀象之器：用犀牛角和象牙所雕刻的玩器。

[31] 駃騠（jué tí）：骏马名。　厩（jiù）：马棚。

[32] 丹青：绘画的颜料。

[33] 下陈：堂下，指宫女。

[34] 宛珠：宛地出产的珠。　傅玑之珥：附有珠玑的耳饰。　傅：通"附"。　阿缟：齐国东阿所产的白色丝绸。

[35] 随俗雅化：随着时尚打扮得时髦漂亮。　佳冶窈窕：美好艳丽，体态优美。

[36] 击瓮叩缶：古代秦国的打击音乐。　搏髀（bì）：拍击大腿。

[37]《郑》《卫》：指郑卫两国的乐曲。 《桑间》：指卫国濮水之滨的音乐。《韶虞》：相传是舜时的音乐。 《武象》：周武王时的乐舞曲。

[38] 五帝：指黄帝、颛顼、帝喾、尧、舜。一说指伏羲、神农、黄帝、尧、舜。三王：夏启、商汤、周武王。

[39] 黔首：老百姓。

[40] 藉：借给。 赍（jī）：给予、赠送。

鉴赏评析

秦王下达逐客令，李斯不仅失去官爵，还将被赶出强大的秦国。极度忧心之下，他写了这篇著名的政论文（或曰时事评论），作为奏疏呈献秦王，目的是劝说秦王不要驱逐客卿。

在写作过程中，他完全抛开个人得失，专从逐客对秦国的前途命运以及对秦王统一大业的影响展开论述，显得胸怀坦荡，立意高妙，忠心耿耿，赤诚无私。

文章开宗明义地提出"逐客错误"的中心论点，而后由事实到理论一层层地展开论述。先以历史上四位英明的秦君任用客卿使秦国发展强大的事实，对比说明今日逐客之举的错误。再联系眼前事实：秦王对别国的珍宝、玉器、音乐、美女统统采纳，而对别国人才却一概拒绝，对比说明这种"重物轻人"的做法与秦王一统心愿的背道而驰。再进而从理论上，通过五帝三王的广泛纳客而"无敌于天下"对比说明今日"藉寇兵而赍盗粮"的逐客之举必将使国危邦衰。

本文正反论证，层层对比，论事说理，姝为透辟。难怪秦王读后深受感动，不仅撤销逐客令，且授官李斯为太尉，足见此文震撼人心的艺术魅力。

过 秦 论[1]

贾 谊

秦孝公居殽函之固，拥雍州之地，君臣固守以窥周室[2]。有席卷天下，包举宇内，囊括四海之意，并吞八荒之心[3]。当是时也，商君佐之，内立法度，务耕织，修守战之具；外连衡而斗诸侯[4]，于是秦人拱手而取西河之外[5]。

孝公既没，惠文、武、昭襄蒙故业，因遗策，南取汉中，西举巴蜀，东割膏腴之地，北收要害之郡[6]。诸侯恐惧，会盟而谋弱秦[7]。不爱珍器、重宝、肥饶之地，以致天下之士，合从缔交，相与为一[8]。当此之时，齐有孟尝，赵有平原，楚有春申，魏有信陵[9]。此四君者，皆明智而忠信，宽厚而爱人，尊贤而重士[10]。约从离衡，兼韩、魏、燕、楚、齐、赵、宋、卫、中山之众[11]。于是六国之士，有宁越、徐尚、苏秦、杜赫之属为之谋[12]；齐明、周最、陈轸、召滑、楼缓、翟景、苏厉、乐毅之徒通其意[13]；吴起、孙膑、带佗、倪良、王廖、田忌、廉颇、赵奢之伦制其兵[14]。尝以十倍之地、百万之众，叩关而攻秦[15]。秦人开关而延敌，九国之师，逡巡而不敢进[16]。秦无亡矢遗镞之费，而天下诸侯已困矣[17]。于是从散约解，争割地而赂秦。秦有余力而制其弊，追亡逐北，伏尸百万，流血漂橹[18]；因利乘便，宰割天下，分裂河山。强国请服，弱国入朝。延及孝文王、庄襄王，享国之日浅，国家无事[19]。

及至始皇，奋六世之余烈[20]，振长策而御宇内，吞二周而亡诸侯[21]。履至尊而制六合，执敲扑而鞭笞天下，威震四海[22]。南取百越之地，以为桂林、象郡[23]。百越之君，俛首系颈，委命下吏[24]。乃使蒙恬北筑长城而守藩篱，却匈奴七百余里[25]。胡人不敢南下而牧马，士不敢弯弓而报怨[26]。

于是废先王之道，焚百家之言，以愚黔首[27]。隳名城，杀豪杰，收天下之兵，聚之咸阳；销锋镝，铸以为金人十二，以弱天下之民[28]。然后践华为城，因河为池，据亿丈之高，临不测之渊以为固[29]。良将劲弩，守要害之处；信臣精卒，陈利兵而谁何[30]。天下已定，始皇之心，自以为关中之固，金城千里，子孙帝王万世之业也[31]。

始皇既没，余威震于殊俗。然陈涉瓮牖绳枢之子，氓隶之人，而迁徙之徒也[32]；才能不及中人，非有仲尼、墨翟之贤，陶朱、猗顿之富[33]；蹑足行伍之间，而崛起阡陌之中；率罢散之卒，将数百之众，转而攻秦[34]；斩木为兵，揭竿为旗，天下云合响应，赢粮而景从[35]。山东豪俊遂并起而亡秦族矣。

且夫天下非小弱也，雍州之地，殽函之固，自若也[36]。陈涉之位，非尊于齐、楚、燕、赵、韩、魏、宋、卫、中山之君也；鉏耰棘矜，非铦于钩戟长铩也[37]；适戍之众，非抗于九国之师也[38]；深谋远虑，行军用兵之道，非及向时之士也。然而成败异变，功业相反，何也？试使山东之国与陈涉度长絜大，比权量力，则不可同年而语矣[39]。然秦以区区之地，致万乘之权，招八州而朝同列，百有余年矣[40]。然后以六合为家，殽函为宫，一夫作难而七庙隳[41]，身死人手，为天下笑者，何也？仁义不施，而攻守之势异也[42]。

注释

[1] 关于作者与本篇：贾谊（公元前200—前168年），西汉洛阳人。18岁以文才显名，20岁被召为博士，不久升为太中大夫。后因受周勃、灌婴等人排挤，被贬为长沙王太傅，郁愤而死。《过秦论》：共分上中下三篇，此为上篇。文章探析秦王朝迅速灭亡的教训，为当时统治者提供借鉴和参考。　过：探究过失。

[2] 殽函之固：崤山和函谷关的险要地势。　殽（xiáo）：通"崤"，崤山，在今河南洛宁西北。　雍州：我国古代九州之一，在今陕西、甘肃以及青海的部分地区。　窥：暗中察看，伺机夺取。

[3] 包举：像包东西一样全部拿走。　囊括：像用口袋兜装那样全部装起。　八荒：八方之地。

[4] 商君：即商鞅。　佐：辅佐。　务：致力，努力从事。　连衡：即连横（"衡"通"横"），战国时外交斗争的一种策略，由张仪提出，指秦国与六国之间东西方向的联合阵线。张仪以此瓦解破坏了"合纵"阵线，使秦对六国得以各个击破。

[5] 拱手：两手交叉平放胸前，形容轻而易举，毫不费力。　西河之外：魏国领土，在今陕西大荔、宜川一带。

[6] 没：通"殁"，死亡。　惠文、武、昭襄：指秦惠文王（公元前337—前311年在位）、秦武王（公元前311—前307年在位）、秦昭襄王（公元前307—前251年在位）。　因遗策：遵循遗留下来的策略。

[7] 弱秦：削弱秦国。

[8] 合从缔交：采用合纵的策略缔结盟约。　从：通"纵"。

[9] 孟尝：即孟尝君田文，战国时齐国公子，齐缗王时任齐相，门下有食客数千人。　平原：即平原君赵胜，赵惠文王弟，任齐相，有食客数千。　春申：即春申君黄歇，战国时楚国公子，楚考烈王时任令尹，有食客三千。　信陵：即信陵君无忌，战国时魏国公子，魏安厘（xī）王异母弟，有食客三千。

[10] 爱人：爱惜、重视人才。

[11] 约从离衡：缔结为合纵，瓦解秦国的连横策略。　兼：兼有，聚合。　韩、魏、燕、楚、齐、赵：当时东方六大强国，通称山东六国。　宋、卫、中山：是夹在六大国之间的三个小国家。

[12] 宁越：赵国人。　徐尚：宋国人。　苏秦：东周洛阳人，合纵策略的提出者。　杜赫：东周人。　之属：这些人。下文的"之徒""之伦"亦有此意。

[13] 齐明：东周的臣子，后曾出仕于秦、楚、韩等国。　周最：东周的公子，曾仕于齐。　陈轸（zhěn）：楚国人，仕于楚。　召（shào）滑：楚国大臣。　楼缓：魏国人，魏文侯弟，曾任魏国国相。　翟景：魏国大臣。　苏厉：苏秦之弟，仕于齐。　乐毅：中山国人，先为齐臣，后为燕昭王亚卿，后又为赵将。

[14] 吴起：卫国人，先为魏将，后为楚相。　孙膑：孙武后代，齐国大将，著有《孙膑兵法》。　带佗（tuó）：楚国将领。　倪良：当时知名的兵家。　王廖：齐国将领。　田忌：齐国将领。　赵奢：赵国将领。　制其兵：统帅各国军队。

[15] 叩关而攻秦：秦惠文王二十年（公元前318年），以楚怀王为合纵长率山东五国（因齐国未赶上）而攻打秦国。　叩关：攻打函谷关。

[16] 延：迎接。　逡（qūn）巡：心存顾虑而徘徊不进的样子。

[17] 亡矢遗镞（zú）：浪费箭支，损失箭头。

[18] 追亡逐北：追赶失败逃跑的敌人。　亡：失败。

[19] 孝文王：昭襄王之子，即位后三天死去。　庄襄王：孝文王之子，即位后不足三年而死。

[20] 始皇：秦始皇，公元前246年即位，称秦王，至公元前221年消灭六国，统一天下。　奋：发扬。　六世：指上文所述的孝公、惠文王、武王、昭襄王、孝文王、庄襄王六代。　余烈：余业，流传下来的功业。

[21] 振长策而御宇内：挥动长长的马鞭驾驭天下。　振：挥动。　策：马鞭。　二周：西周和东周。

[22] 履至尊句：登上帝位控制天下。　履：登。　至尊：帝位。　六合：古人以天地四方为六合，此代指天下。　敲朴：古代的刑具，即打人的棍棒。短的为敲，长的为朴。　鞭笞：鞭打，引申为奴役。

[23] 百越：又叫百粤。古代越族散居于浙江、福建、广东、广西一带地区，部落很多，统称百越。

[24] 俛首系颈二句：低下头用绳索拴住脖子，把自身性命交给始皇手下的官吏（表示投降，听候处理）。

[25] 蒙恬：秦代著名将领。秦始皇三十三年（公元前214年），命蒙恬率30万大军，北逐匈奴，攻占河南（今内蒙古河套地区）。修筑长城，西起临洮（táo），东至辽东。　藩篱：篱笆，代指长城。

[26] 胡人不敢二句：匈奴人不敢来犯边，六国人不敢雪仇耻。

［27］焚百家之言：烧毁诸子百家的著作，指秦始皇三十四年（公元前213年）的焚书坑儒。　愚黔首：使百姓愚昧无知。

［28］隳（huī）：毁坏。　销锋镝（dí）：熔化销毁武器和箭头。

［29］践华为城：沿华山修起城墙。　因河为池：凭借黄河作为护城河。　亿丈之高：指华山。　不测之渊：指黄河。

［30］劲弩：强有力的弓。　信臣精卒：可靠的将领，精良的兵士。　谁何：指盘问过往行人：是谁？干什么？

［31］关中：指函谷关以西的秦国故地。　金城：比喻城池如金属铸就，坚不可摧。　子孙帝王：子孙们称王称帝。

［32］殊俗：不同风俗的边远地区。　瓮牖（wèng yǒu）绳枢：用破瓮作窗户，用绳索绑门轴，意谓家境极其贫寒。　氓隶：种田的下贱人。　迁徙之徒：被抓的壮丁、征夫。

［33］中人：普通人。　仲尼：孔子，字仲尼。　墨翟（dí）：墨子，名翟，墨家学派的创始人。　陶朱：陶朱公。越国大夫范蠡助勾践灭吴之后，辞官至齐国陶地（今山东定陶西北），经商致富，自号陶朱公。后来陶朱便成了富翁的代名词。　猗（yī）顿：战国时的大商人，靠经营盐业而致巨富。

［34］蹑足：混迹。　崛起：突起。　阡陌：田间小路，引申为田野。　罢散：疲惫散乱。　罢（pí）：通"疲"。

［35］揭：高举。　赢粮而景从：携带着干粮像影子一样跟随。　景：通"影"。

［36］自若：像从前一样。

［37］棘矜：指各种拼凑而成的武器。　锄：通"锄"。　櫌（yōu）：锄柄。　棘：带刺儿的木棒。　矜：矛柄。　铦（xiān）：锋利。　钩戟：古代兵器名，是尖端带钩的戟。　铩（shā）：古代兵器名，即长矛。

［38］适戍之众：被征抓去戍守边疆的民众。　抗：匹敌，对等。

［39］度长絜大：比比长短，量量大小。　絜（xié）：量粗细。　同年而语：相提并论。

［40］致万乘之权：赢得帝王的尊贵。　招八州而朝同列：攻举了天下而使同等的诸侯来朝拜。　招：举，攻下。　八州：指六国土地。古时分全国为九州，秦居雍州，其余尚有八州。

［41］七庙：天子的宗庙，古代天子的宗庙中祭祀七代祖先，故称七庙。此指秦王朝宗庙。

［42］仁义不施二句：不实行仁义政治，进攻防守的形势转化了。

鉴赏评析

这是一篇著名的史论，内容包括三部分：开篇至"士不敢弯弓而报怨"，叙写秦国七君（秦孝公、惠文、武、昭襄以及孝文王、庄襄王、秦始皇）逐步发展强大、终成帝王之业的历史进程；第二部分即五、六自然段，重在叙述秦王统一后的倒行逆施及其迅速灭亡的历史进程；第三部分即篇末一段，通过议论而点破主旨，揭示历史教训，警戒当时以及后世的统治者。

写法上，前两部分为叙事，结尾部分为议论。叙事为其后的议论做了铺垫，议论则有点睛之妙，升华了主题思想。

文章的突出特点是借助于夸张渲染构成层层对比，以凸显主旨。

譬如在惠文、武、昭襄发展强大进程的描写中，作者先极力夸饰战国四公子的尊贤重士、宽厚爱人以及山东六国的兵强马壮、谋士之广、武将之众等，以对比反衬当时秦国国力的强盛及其"内立法度，务耕织，修守战之具；外连衡而斗诸侯"的治国策略的正确性，也隐隐地显示出仁义政治的强大效应——暗应着篇末的点睛之笔。

又如，在秦王朝急遽灭亡的叙写中，作者一方面极力夸饰秦始皇倒行逆施的暴政及其不可一世的心理，一方面又用压抑的笔触极力述说陈涉的渺小与卑微，在鲜明的对比中，不仅突出了表面强大的秦王朝的不堪一击，也隐隐传达出背离仁义而实行暴政是秦王朝灭亡的主要原因——再次照应了篇末主旨。

于是，作者末段的议论，在将陈涉与六国的地位、武器、兵力、谋略、用兵等方面作了对比之后，便自然地揭破主旨："仁义不施，攻守之势异也。"可谓画龙点睛，水到渠成，深刻有力，发人深省。

谏太宗十思疏[1]

魏　征

臣闻求木之长者，必固其根本；欲流之远者，必浚其泉源；思国之安者，必积其德义[2]。源不深而望流之远，根不固而求木之长，德不厚而思国之安，臣虽下愚，知其不可，而况于明哲乎[3]？人君当神器之重，居域中之大[4]，不念居安思危，戒奢以俭[5]，斯亦伐根以求木茂、塞源而欲流长也。

凡百元首，承天景命，善始者实繁，克终者盖寡[6]。岂取之易而守之难乎？盖在殷忧则竭诚以待下，既得志则纵情以傲物[7]。竭诚则吴越为一体，傲物则骨肉为行路[8]。虽董之以严刑，振之以威怒，终苟免而不怀仁，貌恭而不心服[9]。怨不在大，可畏惟人；载舟覆舟，所宜深慎[10]！

诚能见可欲则思知足以自戒[11]，将有作则思知止以安人[12]，念高危则思谦冲而自牧[13]，惧满溢则思江海下百川[14]，乐盘游则思三驱以为度[15]，忧懈怠则思慎始而敬终[16]，虑壅蔽则思虚心以纳下[17]，惧谗邪则思正身以黜恶[18]，恩所加则思无因喜以谬赏[19]，罚所及则思无因怒而滥刑[20]。总此十思，宏兹九德。简能而任之，择善而从之[21]，则智者尽其谋，勇者竭其力，仁者播其惠，信者效其忠[22]。文武并用，垂拱而治。何必劳神苦思，代百司之职役哉[23]？

注释

[1]　关于作者与本篇：魏征（公元580—643年），字玄成，馆陶（今属河北）人，唐代著名政治家。太宗时任谏议大夫、检校侍中。为人中耿，敢于直谏，强调"兼听则明，偏信则暗"。力劝唐太宗居安思危、戒奢、任贤、珍惜民力，多被采纳，封郑国公。《谏太宗十思疏》：是作者写给唐太宗的一篇奏疏。　疏：奏章，封建社会臣子向皇帝陈述意见的一种文体。

[2]　浚（jùn）：疏通。

[3]　下愚：最愚笨的人，自谦之辞。　明哲：明智、贤能的人，指唐太宗。

[4]　当神器之重：执掌着帝王的重权。　当：担当，执掌。　神器：指帝位。　居域中之大：处在天下最高的地位。语出《老子》"道大、天大、地大、王亦大。域中有四大，而王居其一焉。"　域中：天地间。

[5]　戒奢以俭：以节俭之风戒除奢侈。

[6]　凡百元首：所有帝王。　凡百：所有一切。　景命：大命。　克终：能坚持到最

后的。　克：能。

　　[7] 殷忧：忧患沉重。　殷：深。　傲物：傲气凌人，瞧不起别人。

　　[8] 吴越为一体：敌对势力也能团结为一体。　吴越：指春秋时的吴国和越国，是势不两立的敌对之国。　骨肉为行路：骨肉同胞也会变成素不相识的行路人。　骨肉：借指亲属。　行路：借指路人、陌路人。

　　[9] 董：督责。　振：震动，震慑。　威怒：声威。　苟免：暂且免于犯罪。

　　[10] 怨不在大四句：怨恨不在事之大小，值得畏惧的是民众。　惟：为，是。　人：众人，民众。　载舟二句：水可以载舟，也可以覆舟，这是应当深切警惕的。　载舟覆舟，语出《荀子·王制篇》："君者舟也，庶人者水也。水则载舟，水则覆舟。"　载：托起。　覆：倾覆。　宜：应当。

　　[11] 见可欲句：见到能引起自己喜爱的东西，应当知道满足而警诫自己。

　　[12] 将有作句：将要兴建大工程，应想到适可而止使百姓安定。　有作：有所建造，指兴建宫殿之类的大工程。

　　[13] 念高危句：考虑到君王地位高、风险大，就应当谦和虚心，加强自身的道德修养。　谦冲：谦虚，虚怀。　自牧：自我修养。

　　[14] 惧满溢句：害怕满招损，就应当考虑像江海那样容纳百川。

　　[15] 乐盘游句：喜欢游乐，应想到以"三驱"为限度。　盘游：游乐，此指出猎。

　　[16] 忧懈怠句：忧心（精神）怠惰，应考虑做事情要兢兢业业、慎始慎终。

　　[17] 虑壅蔽句：忧虑被左右之人蒙蔽，就应当虚心听取下面的意见。　壅蔽：堵塞，蒙蔽。　纳：容纳，听取。

　　[18] 惧谗邪句：害怕谗佞奸邪之人（危害忠良），就应当端正自身而斥退邪恶之徒。

　　[19] 恩所加句：施加恩惠时，要考虑不能因为一时高兴而谬加奖赏。

　　[20] 罚所及句：施加惩罚时，要考虑不能因为一时愤怒而滥加刑罚。　滥：过度，无节制。

　　[21] 简能二句：选拔有才能的人加以任用，择取合理的意见加以听从。　简：挑选、选拔。

　　[22] 播惠：传播、布施其惠泽。　效其忠：贡献其忠心。　效：贡献，献出。

　　[23] 垂拱而治：垂衣拱手治理好国家。　百司：百官。　职役：职务和差使。

鉴赏评析

　　唐太宗贞观时期（公元627—649年），政治清平，经济繁荣，出现了封建社会中最为鼎盛的"贞观之治"。然而，在取得辉煌的治绩之后，唐太宗渐渐背离了励精图治的勤俭作风，而不断追求珍宝异物，大兴土木，营造宫殿花园，广选天下美女等。面对君王由俭而奢的精神颓变，魏征写下这篇著名的奏疏，力劝君王：要想国家长治久安，就必须厚积德义；要厚积德义，就必须居安思危，戒奢以俭，厉行十思。

全文共三段：首段连用比喻，巧妙提出"思国之安者，必积其德义"的总论点。次段联系历史，古代君王大多能"善始"，却鲜能"敬终"，原因即在于"得志"时的"纵情傲物"，因而提醒君王：人心向背至为关键。末段列举"十思"的具体内容及其"垂拱而治"的终极效果，以照应中心论点。

在论述中，作者往往正反对举，形成鲜明的对比论证。譬如首段中，"固本"与"伐根"，"浚源"与"塞源"，"积德"与"德不厚"，国安与不安等；次段中，"取之易"与"守之难"，"善始者实繁"与"克终者盖寡"，"殷忧"时的"竭诚以待下"与"得志"时的"纵情以傲物"，以及与之相应的截然不同的两种后果："吴越为一体"与"骨肉为行路"；另外因人心向背而引起的"载舟"与"覆舟"等。诸多的正反对举，构成了层层对比，是非曲直相得益彰，道理十分透辟。以至唐太宗阅览此文后，深受感动，既承认自己过失，又深嘉魏征忠告，并将此奏章放置案头——作为座右铭，以自我督促和警诫。

师　说[1]

韩　愈

古之学者必有师。师者，所以传道受业解惑也[2]。人非生而知之者，孰能无惑？惑而不从师，其为惑也，终不解矣。生乎吾前，其闻道也固先乎吾[3]，吾从而师之；生乎吾后，其闻道也亦先乎吾，吾从而师之。吾师道也，夫庸知其年之先后生于吾乎[4]？是故无贵无贱，无长无少，道之所存，师之所存也[5]。

嗟乎！师道之不传也久矣[6]！欲人之无惑也难矣！古之圣人，其出人也远矣[7]，犹且从师而问焉；今之众人，其下圣人也亦远矣，而耻学于师。是故圣益圣，愚益愚。圣人之所以为圣，愚人之所以为愚，其皆出于此乎[8]？爱其子，择师而教之；于其身也，则耻师焉[9]，惑矣。彼童子之师，授之书而习其句读者[10]，非吾所谓传其道、解其惑者也。句读之不知，惑之不解，或师焉，或不焉[11]，小学而大遗，吾未见其明也。巫医乐师百工之人，不耻相师[12]；士大夫之族，曰师曰弟子云者，则群居而笑之。问之，则曰："彼与彼年相若也，道相似也。位卑则足羞，官盛则近谀[13]。"呜呼！师道之不复可知矣！巫医乐师百工之人，君子不齿，今其智乃反不能及，岂可怪也欤？

圣人无常师。孔子师郯子、苌弘、师襄、老聃[14]。郯子之徒，其贤不及孔子。孔子曰："三人行，则必有我师[15]。"是故弟子不必不如师，师不必贤于弟子。闻道有先后，术业有专攻，如是而已[16]。

李氏子蟠，年十七，好古文，六艺经传皆通习之，不拘于时，学于余[17]。余嘉其能行古道，作《师说》以贻之[18]。

注释

[1] 关于作者与本篇：韩愈（公元768—824年），字退之，河内河阳（今河南孟州）人。自谓郡望昌黎，世称韩昌黎。早孤，由嫂抚养，刻苦自学。贞元八年（公元792年）进士，任监察御史，以事贬为阳山令。赦还后，曾任国子博士、刑部侍郎等职。又因谏阻宪宗迎佛骨，贬为潮州刺史，后官至吏部侍郎。卒谥文，世称韩文公。创作上，反对六朝以来的骈偶文风，提倡散体，是唐代古文运动的倡导者和领袖，被后世列为"唐宋八大家"之首。著有《昌黎先生集》。《师说》：这是作者针对当时社会上师道败坏的不良风气而写的一篇时事评论，通过批判封建士大夫耻学于师的陋习，倡导从师重道的好学精神。

［2］道：指儒家学说。　受：同"授"，传授。　惑：疑难。

［3］闻道：懂得（掌握）儒家理论。

［4］吾师道也二句：我学的是儒家理论，哪管他年龄大于我还是小于我呢？　师：学习。　庸：岂，哪里。

［5］无贵无贱四句：无论高贵与卑贱，年长或年少，真理在哪里，老师就在哪里。

［6］师道之不传句：从师的风尚失传很久了。　师道：从师的风尚。

［7］出：超出。　下：低于。

［8］此：代指从师风尚的失传。

［9］于其身也二句：对于他自己，却以向老师求教为耻。　耻师：以从师为耻。

［10］习其句读：学习读断书中句子。　句：完整的句子。　读（dòu）：句中语气停顿的地方。

［11］句读之不知四句：不知道句读的却能从师求教，有疑难问题的却不从师。

［12］巫医乐师二句：巫师、医生、乐工以及各种手工艺人。　巫：古代以降神招魂等迷信活动为业的人。　百工：各种手艺人。

［13］位卑二句：向地位卑下的人求教，则令人羞耻；向官高位显的人求教，则又近于阿谀。

［14］常师：固定的老师。　郯（tán）子：春秋时期郯国（在今山东郯城）国君，孔子曾向他请教过有关音乐的问题。　师襄：春秋时期鲁国乐官，孔子曾向他学弹琴。　老聃（dān）：即老子，道家的创始人，孔子曾向他问礼。

［15］三人行二句：三人合伙儿，必有我值得学习的地方。原话见于《论语·述而》："三人行，必有我师焉。"此与俗语"三个臭皮匠，合成一个诸葛亮"意颇相近。

［16］术业有专攻：技艺和学问各有专门研究。

［17］李氏子蟠（pán）：李姓的儿子李蟠。　六艺经传：指六经的正文和注释文。六艺：即六经，包括《诗》《书》《礼》《乐》《易》《春秋》。　经：经典著作的正文。传：解释经书的著作。

［18］嘉：称许。　古道：指古人从师之道。　贻：赠。

鉴赏评析

这是针对当时官僚士大夫耻于从师的不良社会风气而作的时事评论。

文章共四段。开篇紧扣文题，点明师之作用、从师意义以及正确的从师原则："道之所存，师之所存也。"次段通过对比，由古及今，从行为到言论，对"士大夫之族"鄙薄师道的风气给以层层深入的揭露和抨击。第三段借用孔子的言行说明圣人的转益多师。结尾表彰李蟠从师好学的作风，并交代写作此文的原因。

对比论证方法在本篇也较为突出。首先，"古之圣人"与"今之众人"的对比。古圣人本自出人很远，犹且从师而问；今众人本自不如圣人，却耻学于师。结果差距越来越大，以至于"圣益圣，愚益愚"。

其次，于"其子"及"其身"的对比。人皆知为其子择师，自身则"耻师焉"。"句读之不知"方面知从师；"惑之不解"方面则耻师；"小学而大遗"，足见其糊涂与愚昧。再者，"巫医乐师百工"与"士大夫之族"的对比。前者看似卑贱、弱智之人，却有着"不耻相师"的聪明之举；后者看似高尚、明哲之人，却有着"耻于相师"的愚蠢行为。

另外，作者论赞孔子的转益多师以及李蟠的从师精神，也隐隐地对比鉴照着当时鄙薄师道的时代风尚，流溢着作者的愤慨和批判情绪。

原 毁[1]

韩 愈

古之君子,其责己也重以周,其待人也轻以约[2]。重以周,故不怠[3];轻以约,故人乐为善。闻古之人有舜者,其为人也,仁义人也;求其所以为舜者,责于己曰:"彼,人也;予,人也;彼能是,而我乃不能是!"早夜以思,去其不如舜者,就其如舜者[4]。闻古之人有周公者,其为人也,多才与艺人也[5];求其所以为周公者,责于己曰:"彼,人也;予,人也;彼能是,而我乃不能是!"早夜以思,去其不如周公者,就其如周公者。舜,大圣人也,后世无及焉;周公,大圣人也,后世无及焉。是人也,乃曰:"不如舜,不如周公,吾之病也[6]。"是不亦责于身者重以周乎?其于人也,曰:"彼人也,能有是,是足为良人矣;能善是,是足为艺人矣。"取其一不责其二,即其新不究其旧,恐恐然惟惧其人之不得为善之利。一善易修也,一艺易能也,其于人也,乃曰:"能有是,是亦足矣。"曰:"能善是,是亦足矣。"不亦待于人者轻以约乎?

今之君子则不然,其责人也详,其待己也廉[7]。详,故人难于为善;廉,故自取也少。己未有善,曰:"我善是,是亦足矣。"己未有能,曰:"我能是,是亦足矣。"外以欺于人,内以欺于心,未少有得而止矣,不亦待其身者已廉乎?其于人也,曰:"彼虽能是,其人不足称也;彼虽善是,其用不足称也[8]。"举其一不计其十,究其旧不图其新,恐恐然惟惧其人之有闻也[9]。是不亦责于人者已详乎?夫是之谓:不以众人待其身,而以圣人望于人,吾未见其尊己也[10]。

虽然,为是者有本有源,怠与忌之谓也。怠者不能修,而忌者畏人修。吾尝试之矣,尝试语于众曰:"某良士,某良士。"其应者,必其人之与也[11];不然,则其所疏远、不与同其利者也;不然,则其畏也[12]。不若是,强者必怒于言,懦者必怒于色矣。又尝语于众曰:"某非良士,某非良士。"其不应者,必其人之与也。不然,则其所疏远、不与同其利者也;不然,则其畏也。不若是,强者必说于言,懦者必说于色矣[13]。是故事修而谤兴,德高而毁来[14]。呜呼!士之处此世,而望名誉之光、道德之行,难已!

将有作于上者,得吾说而存之,其国家可几而理欤[15]!

注释

[1]《原毁》：选自《韩昌黎文集》。 原：考究，推本究源。韩愈以"原"字为题的论文有五篇，即《原道》《原性》《原毁》《原鬼》《原人》等，合称"五原"。

[2] 责：责备，要求。 重以周：严格而全面。 轻以约：轻松而宽泛。 约：少。

[3] 怠：懈怠，懒惰。

[4] 早夜以思：日夜思虑。 早：同"朝"。 就：靠近。

[5] 周公：姓姬名旦，周文王的儿子，周武王的弟弟，曾辅佐其侄周成王执政。

[6] 病：毛病，缺点。

[7] 详：全面，周到。 廉：少，有"宽松"之意。

[8] 用：指本领、才能。

[9] 计：考虑，顾及。 图：考虑，管顾。 闻：名誉，声望。

[10] 尊己：自尊。

[11] 其人之与：那个人的朋友。 与：朋友。

[12] 其畏也：其畏者，害怕他的人。

[13] 说：同"悦"。

[14] 事修而谤兴二句：事情搞好了，诽谤兴起了；道德增进了，谗毁到来了。

[15] 将有作于上者三句：身居高位而想有所振作的人，听了我这些理论而铭记于心，国家的治理将有所好转吧！ 作：振作。 上：指居上位的人。 存：存于心中。 几：接近，差不多。 理：治理。

鉴赏评析

"木秀于林，风必摧之；堆出于岸，流必湍之；行高于人，众必非之。"（三国魏李康《运命论》）由于才华卓异、德行高绝而遭非议者自古有之。身为唐朝古文运动的领袖而"文起八代之衰，道济天下之溺，忠犯人主之怒，而勇夺三军之帅"（苏轼《韩文公庙碑》）的韩愈自然更是毁谤者的众矢之的，以至于"事修而谤兴，德高而毁来"。在"沐浴"了毁谤者的明枪暗箭之后，作者从受伤的心灵里拔出带血的枪箭，细细地分析探究毁谤的根源，于是就产生了这篇《原毁》。

内容三部分：先写古之君子待人责己的态度，次写今之君子待人责己的态度，在两者的比照中突出今之君子的"责人详"——暗示其对人的"毁"与"谤"。最后剖析毁谤产生的根源及其实质在于"怠"与"忌"，并点明写作目的。

对比衬托、引古鉴今为文章一大特色。总体上用"古之君子"对比"今之君子"。具体地说，这种对比又包括以下几方面。

一是待人责己的态度：古君子"责己重以周"，"待人轻以约"；今君子则"责人也详"，"待己也廉"。

二是对待为善者的心态：古君子"恐恐然惟惧其人之不得为善之利"；今君子则"恐恐然惟惧其人之有闻也。"

三是由于态度不同而产生的不同效果。对待自身：古君子责己"重以周，故不怠"；今君子待己"廉，故自取也少"。对待他人：古君子待人"轻以约，故人乐为善"；今君子责人"详，故人难于为善"。

在层层对比中，作者揭露了"今之君子"卑污晦暗的心灵及其恶意毁谤的本性。于是最后探析毁谤的根源："怠者不能修，而忌者畏人修"。一"怠"一"忌"，既暴露了"今之君子"自己不学，又害怕别人胜过自己的丑恶嘴脸，也从现象到本质地直接揭穿了毁谤产生的深层原因。

朋党论[1]

欧阳修

臣闻朋党之说，自古有之，惟幸人君辨其君子、小人而已[2]。

大凡君子与君子以同道为朋，小人与小人以同利为朋，此自然之理也。然臣谓小人无朋，惟君子则有之，其故何哉？小人所好者，禄利也；所贪者，财货也。当其同利之时，暂相党引以为朋者[3]，伪也。及其见利而争先，或利尽而交疏，则反相贼害，虽其兄弟亲戚不能相保。故臣谓小人无朋，其暂为朋者，伪也。君子则不然，所守者道义，所行者忠信，所惜者名节。以之修身，则同道而相益；以之事国，则同心而共济[4]。终始如一，此君子之朋也。故为人君者，但当退小人之伪朋，用君子之真朋，则天下治矣[5]。

尧之时，小人共工、驩兜等四人为一朋，君子八元、八恺十六人为一朋[6]。舜佐尧退四凶小人之朋，而进元、恺君子之朋，尧之天下大治。及舜自为天子，而皋、夔、稷、契等二十二人并列于朝，更相称美，更相退让[7]。凡二十二人为一朋，而舜皆用之，天下亦大治。《书》曰："纣有臣亿万，惟亿万心；周有臣三千，惟一心。"[8]纣之时，亿万人各异心，可谓不为朋矣，然纣以亡国；周武王之臣，三千人为一大朋，而周用以兴。后汉献帝时，尽取天下名士囚禁之，目为党人[9]。及黄巾贼起，汉室大乱，后方悔悟，尽解党人而释之，然已无救矣。唐之晚年，渐起朋党之论[10]。及昭宗时，尽杀朝中名士，或投诸黄河，曰："此辈清流，可投浊流[11]。"而唐遂亡矣。

夫前世之主，能使人人异心不为朋，莫如纣；能禁绝善人为朋，莫如汉献帝；能诛戮清流之朋，莫如唐昭宗之世；然皆乱亡其国。更相称美退让而不自疑，莫如舜之二十二臣，舜亦不疑而皆用之。然而后世不诮舜为二十二人朋党所欺，而称舜为聪明之圣者，以能辨君子与小人也。周武之世，举其国之臣三千人共为一朋，自古为朋之多且大莫如周，然周用此以兴者，善人虽多而不厌也[12]。

夫兴亡治乱之迹，为人君者可以鉴矣[13]。

注释

[1] 关于作者与本篇：欧阳修（公元1007—1072年），字永叔，号醉翁，晚年自称六

一居士。庐陵（今江西吉安）人，官至枢密副使，是北宋诗文革新运动的领袖。主张文学应"明道""致用""事信""言文"，散文具有纡徐舒缓、平易流畅的风格特点。《朋党论》：是作者庆历三年（公元1043年）的一篇奏疏。当时宋仁宗进用杜衍、富弼、韩琦、范仲淹等人，酝酿改革，遭到守旧势力的强烈反对。他们大造舆论，污蔑富、韩、范、欧等人为"朋党"，阴谋陷害。作者因作此文进呈仁宗，明辨是非，为革新派辩护。

[2] 幸：希望。

[3] 党引：结为朋党，互相援引。

[4] 共济：互相帮助。

[5] 治：安定。

[6] 共工、驩兜等四人：传说中尧时的四个坏人，除共工、驩兜外，还有鲧、三苗。八元、八恺：传说中尧时的贤臣。上古高辛氏有子八人，人称八元；高阳氏有子八人，人称八恺。

[7] 皋（gāo）、夔（kuí）、稷（jī）、契（xiè）：传说中尧时贤臣，分别担任司法、音乐、农业、教育等部门的长官。

[8] 《书》：指《尚书》，儒家经典之一。　纣：商朝末代君主。

[9] 目为：视为，看作。

[10] 唐之晚年二句：指晚唐时期的牛李党争。

[11] "此辈清流"二句：晚唐昭宗之时，朱全忠的谋士李振因屡试不第，怨恨朝中大臣，便谓朱全忠："此辈自谓清流，宜投入黄河，永为浊流。"朱全忠竟然笑而从之，将裴枢等人尸体抛入黄河。　清流：指品行高洁之士。

[12] 厌：满足。

[13] 鉴：借鉴，鉴戒。

鉴赏评析

这是一篇著名的政论文。针对朝廷进步势力纷遭小人们的谗毁和攻击，作者试图澄清朋党之说，希望皇上明辨是非，退小人之伪朋，用君子之真朋，以保护朝中的革新势力。

作者开篇提出论点，君主要明辨君子与小人之朋。接着论析二朋的不同性质，继而联系历史，通过正面的尧、舜以及反面的殷纣、汉献帝等具体例证，说明用君子之朋则兴、用小人之朋则亡，且自然引出结尾——规劝君王引为鉴戒！

文章采用正反对比的论证方法。尤其君子之朋与小人之朋的对比，犹如串珠之丝线而通贯全篇。

首先，从二者性质上讲，"君子以同道为朋，小人以同利为朋。"君子之朋为"真朋",小人之朋为"伪朋"。

其次,就历史作用而言,任用"君子之朋"或"小人之朋"的直接后果便是"治"与"乱""兴"与"亡"。

再则,从人君态度上,如何对待两朋势力,是"能辨"还是"不辨"、是"用"还是"退"则是英主或昏君的分水岭。

通过这层层对比,作者"退小人之伪朋""用君子之真朋"的写作意图不仅清晰明了,而且极富说服力和感染力。

五代史伶官传序[1]

欧阳修

呜呼！盛衰之理，虽曰天命，岂非人事哉！原庄宗之所以得天下，与其所以失之者，可以知之矣[2]。

世言晋王之将终也[3]，以三矢赐庄宗而告之曰："梁，吾仇也[4]；燕王，吾所立[5]；契丹与我约为兄弟[6]，而皆背晋以归梁。此三者，吾遗恨也。与尔三矢，尔其无忘乃父之志！"庄宗受而藏之于庙[7]。其后用兵，则遣从事以一少牢告庙[8]，请其矢，盛以锦囊，负而前驱，及凯旋而纳之。方其系燕父子以组[9]，函梁君臣之首[10]，入于太庙，还矢先王，而告以成功，其意气之盛，可谓壮哉！

及仇雠已灭[11]，天下已定，一夫夜呼，乱者四应[12]；仓皇东出[13]，未及见贼而士卒离散，君臣相顾，不知所归；至于誓天断发，泣下沾襟[14]，何其衰也！

岂得之难而失之易欤？抑本其成败之迹[15]，而皆自于人欤？《书》曰[16]："满招损，谦得益。"忧劳可以兴国，逸豫可以亡身，自然之理也[17]。

故方其盛也，举天下之豪杰莫能与之争；及其衰也，数十伶人困之，而身死国灭，为天下笑[18]。夫祸患常积于忽微，而智勇多困于所溺，岂独伶人也哉[19]？作《伶官传》。

注释

[1]《五代史伶官传序》：本文选自《新五代史·伶官传》。 五代：指唐朝崩溃后在我国北方相继出现的后梁、后唐、后晋、后汉、后周五个王朝，时间为公元907—960年。《伶官传》：记载后唐庄宗李存勖宠幸的伶官景进、史彦琼、郭门高等败政乱国的史实。伶官：在宫廷授有官职的伶人。

[2] 原：考察，探究。 庄宗：李存勖，李克用长子，初袭父封为晋王，公元923年灭梁为帝，国号唐。后贪图享乐，宠信伶官，终至覆灭。

[3] 世言：社会上传说。 晋王：指李克用，因出兵帮助唐王朝镇压黄巢起义有功，封陇西郡王，后又封为晋王。

[4] 梁，吾仇也：梁指朱温，原为黄巢将领，后叛变降唐，改名朱全忠，受封为梁王。他曾长期与李克用作战，并企图杀害李克用，故双方结为世仇。

［5］燕王，吾所立：燕王指刘仁恭及其儿子刘守光。刘仁恭本为幽州将，李克用帮他夺得幽州，并保举他为卢龙节度使，故曰"吾所立"。然其后不久，刘即叛晋归梁，后其子刘守光也被朱全忠封为燕王。

［6］契丹：指契丹首领耶律阿保机，即辽王朝的建立者辽太祖。他曾同李克用结为兄弟，后来背约归附梁国。

［7］庙：太庙，帝王祭祀祖先的宗庙。

［8］从事：下属官吏。　少牢：祭品形式。古代祭祀，牛、羊、猪三牲全备者称太牢，只有猪羊而无牛者称少牢。

［9］方：当……时。　系燕父子以组：用绳索把燕王父子捆起来。公元912年李存勖遣将攻破幽州，俘获刘仁恭及其子刘守光，押回太原，献于太庙。　系：捆绑。　组：绳索。

［10］函梁君臣之首：用木匣盛装着梁国君臣的头颅。公元923年，李存勖攻破大梁，梁末皇帝朱友贞（朱温的儿子）命令部下皇甫麟将自己杀死，而后皇甫麟刎颈自杀。

［11］仇雠（chóu）：仇敌。

［12］一夫：一个人，指皇甫晖。公元926年，贝州（今河北清河）军士皇甫晖聚赌不胜，发动兵变，以致河北各州郡相继发生叛乱。

［13］东出：李嗣源叛军自邺城向洛阳进攻，李存勖避乱汴州。

［14］誓天断发二句：李存勖走投无路之际，置酒野饮，面对诸将痛哭流涕，诸将剪断头发，向他发誓，表示誓死效忠。

［15］抑：或，还是。　本：推本究原。

［16］《书》：即《尚书》。

［17］逸豫：安乐。

［18］数十伶人困之三句：李存勖宠信伶人，纵情声色，伶人参与军机国政，造成贝州兵乱。公元926年，伶人郭从谦趁李存勖处在众叛亲离境地，指挥禁卫军叛乱，李存勖率兵抵御，中流矢而死。

［19］忽微：极其细小的事物。

鉴赏评析

这是一篇著名的史论。

文章通过唐庄宗兴盛和衰亡的具体事例，论述国家盛衰在于"人事"的道理，旨在警诫后世君王："忧劳可以兴国，逸豫可以亡身"。

写作上，开篇以大声疾呼的方式提出振聋发聩的中心论点："盛衰之理，在于人事。"继而一层层地引证历史事实，先细写庄宗发愤成功时意气之"盛"，再括写其惨遭失败时意气之"衰"。通过盛与衰、成与败、得与失、兴与亡的多种对比，鲜明而又深刻地凸显了文章主旨，至今仍有其借鉴意义。

六 国 论[1]

苏 洵

六国破灭，非兵不利，战不善，弊在赂秦。赂秦而力亏，破灭之道也。或曰："六国互丧，率赂秦也[2]？"曰："不赂者以赂者丧，盖失强援，不能独完[3]，故曰：'弊在赂秦'也。"

秦以攻取之外，小则获邑，大则得城。较秦之所得与战胜而得者，其实百倍；诸侯之所亡与战败而亡者[4]，其实亦百倍。则秦之所大欲，诸侯之所大患，固不在战矣[5]。思厥先祖父，暴霜露，斩荆棘，以有尺寸之地。子孙视之不甚惜，举以予人，如弃草芥。今日割五城，明日割十城，然后得一夕安寝。起视四境，而秦兵又至矣。然则诸侯之地有限，暴秦之欲无厌[6]。奉之弥繁，侵之愈急，故不战而强弱胜负已判矣。至于颠覆，理固宜然。古人云："以地事秦，犹抱薪救火，薪不尽，火不灭。"此言得之。

齐人未尝赂秦，终继五国迁灭，何哉？与嬴而不助五国也[7]。五国既丧，齐亦不免矣。燕赵之君，始有远略，能守其土，义不赂秦。是故燕虽小国而后亡，斯用兵之效也[8]。至丹以荆卿为计，始速祸焉[9]。赵尝五战于秦，二败而三胜[10]。后秦击赵者再，李牧连却之[11]。洎牧以谗诛，邯郸为郡，惜其用武而不终也[12]。且燕赵处秦革灭殆尽之际，可谓智力孤危，战败而亡，诚不得已[13]。向使三国各爱其地，齐人勿附于秦，刺客不行，良将犹在，则胜负之数，存亡之理，当与秦相较，或未易量。

呜呼！以赂秦之地封天下之谋臣，以事秦之心礼天下之奇才，并力西向，则吾恐秦人食之不得下咽也[14]。悲夫！有如此之势，而为秦人积威之所劫，日削月割，以趋于亡[15]。为国者无使为积威之所劫哉！夫六国与秦皆诸侯，其势弱于秦，而犹有可以不赂而胜之之势。苟以天下之大，而从六国破亡之故事，是又在六国下矣[16]。

注释

[1] 关于作者与本篇：苏洵（公元1009—1066年），字明允，号老泉，眉州眉山（今四川眉山）人。嘉祐年间，因欧阳修荐誉，以文章显名于世。曾任秘书省校书郎，与其子苏轼、苏辙合称"三苏"，俱列入"唐宋八大家"。著有《嘉祐集》。《六国论》：是作者针对宋王朝年年向辽夏纳帛输银、贿赂求和的苟安政策而写的一篇史论文，通过六国赂秦

而亡的历史事实，为当时统治者敲响了有力的警钟。

［2］六国互丧二句：六国交互灭亡，都是因为贿赂吗？　率：都。

［3］盖失强援二句：失去了有力的支援，便不能单独保全。　完：存在，保全。

［4］诸侯之所亡句：诸侯因贿赂而丧失的（土地）。　亡：丧失。

［5］固：本来，原本。

［6］无厌：没有满足。

［7］与嬴而不助五国也：同秦国交好而不援助五国呀！　与：交好。　嬴：嬴氏，指秦国。

［8］斯用兵之效也：这是坚持抗战的效应啊！

［9］至丹以荆卿为计二句：指燕太子丹派遣荆轲刺秦王事。　速祸：加速了亡国的祸患。

［10］赵尝五战于秦二句：这种说法最早见于《战国策·燕策一》：苏秦到燕游说燕文侯，有"秦赵五战，秦再胜而赵三胜"的话。实际上秦赵交兵远不止五次，只是在五次较大的战役中，赵国有三次击败秦军。

［11］李牧：赵国末期的大将，善用兵，曾数次领兵抗秦，大破秦军。

［12］洎牧以谗诛三句：据《史记·李牧列传》载：李牧连败秦军，为秦所忌。秦设反间计，以黄金贿买赵王宠臣郭开，诬陷李牧图谋反叛。赵王罢免李牧兵权，李牧不受命，赵王暗中派人捕杀李牧。李牧死后，秦大举进兵，俘获赵幽缪王迁。公元前228年占领赵都邯郸，并作秦国的一个郡。

［13］革灭殆尽：消灭将尽。　革：除。　殆：将要。

［14］并力西向：合力向西，抵抗秦国。

［15］积威：积累起来的威势。　劫：胁制，吓倒。

［16］苟以天下之大三句：如果凭着天下一统的强大优势，而重蹈六国（贿土）灭亡的故辙，那就连六国也不如了。　苟：假如。　天下：指北宋王朝天下一统的强大势力。从：跟随，亦有蹈袭、重蹈覆辙之意。

鉴赏评析

这也是借古讽今的著名史论。

作者通过论析六国赂秦而亡的史实以警告北宋统治者：要借鉴历史教训，改变对辽、夏纳款求和的错误路线，以免重蹈六国覆辙。

文章前三段论古，末段讽今。开篇提出"六国破灭，弊在赂秦"的中心论点，并略作阐发，为下文预伏两条线索：一曰"赂秦而力亏"，二曰"不赂者以赂者丧"。次段用韩、魏、楚的灭亡生动形象地论述了"赂秦而力亏"的破灭之道。第三段用燕、赵、齐的灭亡说明"盖失强援，不能独完"即"不赂者以赂者丧"的道理。末段揭破引古鉴今的写作目的,大声疾呼"为国者无使为积威之所劫哉!"

　　正反对比的论证方法在本文中亦有较多运用。譬如用"秦之所得"对比"诸侯之所亡";"秦之所大欲"对比"诸侯之所大患";用祖先开辟疆土的艰难对比子孙割弃国土的轻易;用"诸侯之地有限"对比"暴秦之欲无厌";用韩、魏、楚的赂秦先亡对比齐、赵、燕的不赂后亡;用"其势弱于秦,而犹有可以不赂而胜之之势"的六国对比"以天下之大,而从六国破亡之故事"的大宋王朝等。通过这层层对比,由古及今,向苟且偷安的执政者敲响了有力的历史警钟!

原 君[1]

黄宗羲

有生之初，人各自私也，人各自利也。天下有公利而莫或兴之，有公害而莫或除之[2]。有人者出，不以一己之利为利，而使天下受其利；不以一己之害为害，而使天下释其害[3]。此其人之勤劳，必千万于天下之人。夫以千万倍之勤劳，而己又不享其利，必非天下之人情所欲居也[4]。故古之人君，量而不欲入者，许由、务光是也[5]；入而又去之者，尧舜是也[6]；初不欲入而不得去者，禹是也[7]。岂古之人有所异哉？好逸恶劳，亦犹夫人之情也。

后之为人君者不然。以为天下利害之权皆出于我，我以天下之利尽归于己，以天下之害尽归于人，亦无不可。使天下之人不敢自私、不敢自利。以我之大私为天下之公，始而惭焉，久而安焉。视天下为莫大之产业，传之子孙，受享无穷。汉高帝所谓"某业所就，孰与仲多"者，其逐利之情，不觉溢之于辞矣[8]。

此无他，古者以天下为主，君为客[9]。凡君之所毕世而经营者，为天下也；今也以君为主，天下为客，凡天下之无地而得安宁者，为君也。是以其未得之也，荼毒天下之肝脑，离散天下之子女，以博我一人之产业，曾不惨然[10]。曰："我固为子孙创业也。"其既得之也，敲剥天下之骨髓，离散天下之子女，以奉我一人之淫乐[11]，视为当然。曰："此我产业之花息也[12]。"然则为天下之大害者，君而已矣。向使无君，人各得自私也，人各得自利也。呜呼！岂设君之道固如是乎[13]？

古者天下之人爱戴其君，比之如父，拟之如天，诚不为过也。今也天下之人怨恶其君，视之为寇仇，名之为独夫，固其所也[14]。而小儒规规焉以君臣之义无所逃于天地之间[15]，至桀、纣之暴，犹谓汤、武不当诛之，而妄传伯夷、叔齐无稽之事[16]。乃兆人万姓崩溃之血肉，曾不异夫腐鼠[17]。岂天下之大，于兆人万姓之中，独私其一人一姓乎[18]？是故武王，圣人也；孟子之言[19]，圣人之言也。后世之君，欲以如父如天之空名禁人之窥伺者[20]，皆不便于其言。至废孟子而不立[21]，非导源于小儒乎？

虽然，使后之为君者，果能保此产业，传之无穷，亦无怪乎其私之也。即以产业视之，人之欲得产业，谁不如我？摄缄縢，固扃鐍[22]，一人之智力，不能胜天下欲得之者之众。远者数世,近者及身,其血肉之崩溃在其子孙矣[23]。昔人愿世世无复生帝王家[24],而毅宗之语公主,亦曰:"若何为生我家[25]!"痛哉斯言!回思创业时,其欲得天下之心,有不废然摧沮者乎?是故明乎为君之职分,则唐虞之世人人能让,许由、务光非绝尘也[26];不明乎为君之职分,则市井之间人人可欲,许由、务光所以旷后世而不闻也。然君之职分难明,以俄顷淫乐不易无穷之悲,虽愚者亦明之矣[27]!

注释

[1] 关于作者与本篇:黄宗羲(公元1610—1695年),字太冲,号南雷,学者称梨洲先生,浙江余姚人。其父黄尊素为"东林"名士,被魏忠贤杀害。早年承东林余绪,与阉党坚决斗争,并成为复社领导成员,几遭残杀。清兵南下,他招募义兵,成立"世忠营",坚持抗清,被鲁王任为左副都御史。明亡后隐居读书,清廷数次征聘,均辞绝不就。他是明清之际著名的思想家、史学家,著有《明夷待访录》《南唐雷定》等。《原君》:选自《明夷待访录》,是一篇反封建专制主义色彩很浓的政论文。 原君:探索推究为君的职分和道理。

[2] 莫或:没有什么人。 兴:举办。

[3] 有人者出:有这么一个人出来。 释:消除,免除。

[4] 必非天下之人情所欲居也:肯定不是一般人所愿意干的。 居:处,做,干。

[5] 量:考虑,衡量。 入:就位(为人君)。 许由、务光:传说中上古时期的两个高士。据说尧让君位给许由,许由不受,隐居于箕山。汤让君位给务光,务光不受,负石沉水。

[6] 入而又去之者二句:当了君主而又离去的,尧、舜就是。相传尧得天下,晚年让位给舜;舜后来又让位给禹。

[7] 初不欲入而不得去者二句:最初不愿意当国君,最后又无法离去的是禹。传说禹因治水有功,舜想让位给他,起初他不接受。舜死后,他不得已才为国君。后来他想让位给伯益,百姓不从,而尊奉其子启为君。

[8] 汉高帝所谓"某业所就,孰与仲多":据《史记·高祖本纪》载:刘邦建汉后,曾大宴臣僚,为其父(太上皇)祝酒时提到往事说:过去您嫌我游手好闲,不治产业,不如我二哥。今天您看看,这份家业和二哥相比,究竟谁多? 仲:指其二哥。 其逐利之情二句:他追逐利益的情感,不觉地在言辞之间流露出来了。

[9] 客:与"主"相对,指处于次要地位。

[10] 荼毒天下之肝脑:(为夺得天下)不惜使天下人肝脑涂地。 荼毒:宰割毒害。曾不惨然:竟然不觉得惨痛。

[11] 奉:供应。

[12] 花息：利息。

[13] 岂设君之道固如是乎：难道设立君主的举措竟是为了这样吗？　固：竟。

[14] 寇仇：仇敌。《孟子·离娄下》："君视臣如土芥，则臣视君如寇仇。"　独夫：指众叛亲离的暴君。　固其所也：本来就是应得的（结果）。

[15] 而小儒规规焉以君臣之义无所逃于天地之间：迂腐的读书人谨小慎微地认为：天地之间，臣民忠于君主是无法变更、无可逃避的。　小儒：目光偏狭、迂腐浅薄的读书人。　规规焉：谨小慎微的样子。

[16] 桀、纣：夏桀和殷纣王。桀是夏朝的亡国君主，殷纣王是商朝的亡国之君。汤、武：商汤王和周武王。　伯夷、叔齐：相传为兄弟二人，是商朝贵族孤竹君的儿子。《史记·伯夷列传》载：周武王伐纣时，伯夷、叔齐曾叩马谏阻，认为臣不可伐君。商亡后，二人因耻食周粟而饿死在首阳山。　无稽：无从考证。

[17] 乃兆人万姓崩溃之血肉，曾不异夫腐鼠：把千千万万百姓的身躯和性命看得如同腐烂的老鼠。　兆：百万。

[18] 私：偏爱。

[19] 孟子之言：指《孟子·梁惠王下》中的一段话："齐宣王问曰：'汤放桀，武王伐纣，有诸？'孟子对曰：'于传有之'。曰：'臣弑其君可乎？'曰：'贼仁者谓之贼，贼义者谓之残。残贼之人，谓之一夫。闻诛一夫纣矣，未闻弑君也。'"孟子认为，桀、纣残暴不仁，荼毒百姓，不能算作君主。

[20] 窥伺：指窥视王位，伺机夺取。

[21] 至废孟子而不立：因为孟子的话对统治者很不利，所以明朝朱元璋特下令：取消孟子的牌位，不许放在孔庙里配享；并两次下诏修订《孟子》，删除其中含有"民贵君轻"思想的章节。

[22] 摄缄縢二句：用绳把箱子捆紧，用锁锁牢。　摄：勒紧。　缄：结扎。　縢（téng）：绳子。　扃（jiōng）：关钮。　鐍（jué）：锁钥。二句语出《庄子·胠箧》，原意说：为防偷窃，而把箱子锁紧绑牢。大盗来了，却连箱子一同搬去。此用来说明，君主为保君位而采取的各种手段都是徒劳的。

[23] 远者数世三句：意谓君位是不会长久的，较长的能传上几代，短暂的一代也不能善终，大多数到了子孙时就被人夺去了（杀死了）。

[24] 昔人：指南朝宋顺帝刘准。据《南史·王敬则传》载：宋顺帝刘准被迫退位，出宫时哭而言曰："愿后身世世无复生帝王家。"

[25] 毅宗：即明崇祯帝朱由检（死后被南明谥为思宗，后改谥毅宗）。据《明史·公主列传》载：李自成攻入北京后，朱由检挥剑砍其女儿长平公主，曰："汝奈何生我家？"

[26] 唐虞之世：即唐尧、虞舜之世。　唐：尧的国号。　虞：舜的国号。

[27] 然君之职分难明三句：然而，由于弄不懂君主的职分（所以很多人想当君主）；

但是，用片刻的淫乐去换取无穷的悲伤（谁也不愿干），这道理愚蠢人也明白呀！　俄顷：片刻。　易：换取。

鉴赏评析

这是一篇具有强烈批判精神的政论文。

题目《原君》，即探求设君的本意、为君的职分等。内容分两层，首层（前三自然段）论述为君之道，后层（四五段）警示来者（包括当时君主）：背君之道者必将身首异处，亡国败家。

写法上，引古论今、层层对比为主要特色。

开篇述古事以为铺垫，自然引出今事，从而将古今为君之道作鲜明对比。古之人君是为天下兴利除害，今之人君是令天下供我淫乐。古之人君，"以千万倍之勤劳，而己又不享其利"；今之人君，"利尽归于己，害尽归于人"。君国关系方面，"古者以天下为主，君为客"；"今也以君为主，天下为客"。对于君位，古时人人想让；今者人人欲争。在逐层的对比中，作者得出惊世骇俗的断语："为天下之大害者，君而已矣！"

由于古今君道不同，其结局自然各异。古之君主为天下人爱戴，以至"比之如父，拟之如天"；今之君主则为天下人怨恶，以至"视之如寇仇，名之为独夫"。惟其如此，后之为人君者必然由"敲剥天下之骨髓，离散天下之子女，以奉我一人之淫乐"时"此我产业之花息也"的厚颜无耻的自鸣得意，而沦落到国破家亡、"血肉崩溃"时"愿世世无复生帝王家"的撕心裂肺的追悔莫及。

文章对比鲜明，说理透彻。在明末清初君主专制根深蒂固之时，听此振聋发聩之语，"实为刺激青年之最有力之兴奋剂"（梁启超《中国近代三百年学术史》）。

第二讲　一字立骨　琐事凝神

　　所谓一字立骨，即由一个字为文章树立起骨架，通篇围绕立骨之字而驰骋想象、运动笔墨、展开描写。受这种创作构思的支配和影响，文章往往显得章法严谨，线索清晰，主题突出。即使琐屑之事的叙写，也顿觉神采焕发。

登徒子好色赋[1]

宋 玉

大夫登徒子侍于楚王,短宋玉曰[2]:"玉为人体貌闲丽,口多微辞[3],又性好色,愿王勿与出入后宫。"

王以登徒子之言问宋玉。玉曰:"体貌闲丽,所受于天也[4];口多微辞,所学于师也;至于好色,臣无有也。"

王曰:"子不好色,亦有说乎[5]?有说则止,无说则退。"

玉曰:"天下之佳人莫若楚国,楚国之丽者莫若臣里[6],臣里之美者莫若臣东家之子[7]。东家之子,增之一分则太长,减之一分则太短;著粉则太白,施朱则太赤;眉如翠羽,肌如白雪[8],腰如束素,齿如含贝[9];嫣然一笑,惑阳城,迷下蔡[10]。然此女登墙窥臣三年,至今未许也。登徒子则不然:其妻蓬头挛耳,齞唇历齿,旁行踽偻[11],又疥且痔。登徒子悦之,使有五子。王熟察之,谁为好色者矣?"

是时,秦章华大夫在侧[12],因进而称曰:"今夫宋玉盛称邻之女,以为美色,愚乱之邪[13];臣自以为守德,谓不如彼矣。且夫南楚穷巷之妾[14],焉足为大王言乎?若臣之陋[15],目所曾睹者,未敢云也。"

王曰:"试为寡人说之。"

大夫曰:"唯唯。臣少曾远游,周览九土,足历五都[16]。出咸阳,熙邯郸,从容郑、卫、溱、洧之间[17]。是时向春之末,迎夏之阳,鸧鹒喈喈,群女出桑。此郊之姝,华色含光,体美容冶,不待饰装[18]。臣观其丽者,因称诗曰:'遵大路兮揽子祛[19]',赠以芳华辞甚妙。于是处子怳若有望而不来,忽若有来而不见[20]。意密体疏,俯仰异观[21];含喜微笑,窃视流眄。复称诗曰[22]:'寤春风兮发鲜荣,洁斋俟兮惠音声,赠我如此兮不如无生[23]。'因迁延而辞避[24]。盖徒以微辞相感动,精神相依凭;目欲其颜,心顾其义,扬诗守礼,终无过差,故足称也[25]。"

于是楚王称善,宋玉遂不退。

注释

[1] 关于作者与本篇:宋玉(生卒年不详),战国时楚国人,或云为屈原弟子,曾为

楚顷襄王大夫。善辞赋，有《九辩》《风赋》《高唐赋》《神女赋》等传世。 《登徒子好色赋》：主要记叙登徒子对于宋玉的谗毁以及宋玉在楚襄王面前的巧妙辩驳。 登徒子：人名，复姓登徒。子是古代对男子的美称。

[2] 楚王：指楚襄王。 短：谗毁。

[3] 体貌闲丽：身材容貌文雅俊美。 微辞：言辞巧妙且别有寓意。

[4] 受于天：天生的。

[5] 说：解释，理由。

[6] 里：家乡，故里。

[7] 东家之子：东邻的女子。

[8] 施朱：抹胭脂。 翠羽：翡翠鸟青黑闪亮的羽毛。

[9] 腰如束素二句：腰肢像束绢那样柔软，牙齿像贝壳洁白整齐。 束素：捆起的生绢。 贝：白色海螺。

[10] 嫣然一笑三句：自然美丽地一笑，笑得阳城、下蔡的青年们神魂颠倒。

[11] 挛（luán）耳：蜷耳朵。 齞（yàn）唇：嘴唇厚而短，包不住牙齿的为齞唇。 历齿：牙齿稀疏，中多缝隙。 旁行踽偻：走路歪斜而且驼背。

[12] 秦章华大夫：秦国大夫章华，出使在楚国。

[13] 盛称：极力称赞。 愚乱之：想愚惑迷乱他，有"骚扰"之意。

[14] 南楚穷巷之妾：楚国南部冷僻小巷的弱女，指"东家之子"。

[15] 陋：短浅的识见。

[16] 周览九土：广泛游历全国各地。 九土：古代九州，指全国。 五都：战国时五方的大都会，如咸阳、邯郸、临淄、成都等。

[17] 熙：游玩。 郑、卫：春秋时的两个小国家。 溱、洧：郑国境内的两条河。

[18] 鸧鹒：黄鹂。 喈喈：鸟鸣声。 不待饰装：天生美丽，不必打扮。 姝（shū）：美女。 容冶：容貌美丽。

[19] 遵大路句：是《诗经·郑风·遵大路》的诗句，意思说：顺着大路走呀，拉一拉你的衣袖。 遵：沿着。 揽：牵、拉。 袪（qū）：衣袖。

[20] 处子：未嫁之女。 悦若有望而不来二句：形容女子心摇意动，想接近而又不敢的羞怯情态。 悦（huǎng）若：与下文"忽若"相同，意谓恍恍惚惚。

[21] 意密体疏二句：心里很亲近，形体却疏远，表现出来的动作恰恰相反。

[22] 复称诗：女子也吟诗回答。

[23] 寤春风兮三句：春风吹醒了树木，开出了鲜艳的花朵儿；我也清心洁身，静候您惠赠的佳音。您却吟出如此诗句，让人听了难为情。

[24] 因迁延而辞避：于是她迟迟疑疑地避开了。

[25] 盖徒以微辞相感动几句：大概只是用含蓄的诗句去引发其情感，只是精神上互相爱恋；目光注视着美丽的容颜，心里牢记着道德的规范。一方面吟诗达意，一方面坚守

礼节，始终没有越轨行为，所以值得称道呀！

鉴赏评析

文章记叙了作者受到登徒子谗毁而在楚襄王严词责问下所作的巧妙辩答。

通篇围绕"好色"一词铺展笔墨，内容分三层。

开篇由登徒子"好色"的谗毁自然引起楚襄王"好色"的责问。

中间是宋玉的巧妙辩答：先用层层衬托描绘邻女"色"之美及自己不为所动，即戳穿了谗言本质，也雪洗了自身清白。再用夸张之笔描绘登徒子其妻"色"之丑及其"使有五子"的事实，从而将"好色"的恶名有力地反扣在进谗小儿——登徒子头上。

最后章华大夫力助宋玉的一番议论：他用途经郑卫、嬉戏桑女的亲身经历说明"好色而不淫"的君子风范，即所谓"目欲其颜，心顾其义，扬诗守礼，终不过差"。从而完全打消了楚王的疑虑，保住了宋玉的朝臣地位。

综观全文，"好色"乃一篇之骨。登徒子始以"好色"谗害他人，最终却背上了"好色"的恶名。直至而今，登徒子完全成了"好色之徒"的代名词。真乃搬起石头砸自己的脚——咎由自取。

陈 情 表[1]

李 密

臣密言：臣以险衅，夙遭闵凶[2]。生孩六月，慈父见背；行年四岁，舅夺母志[3]。祖母刘悯臣孤弱[4]，躬亲抚养。臣少多疾病，九岁不行，零丁孤苦，至于成立[5]。既无叔伯，终鲜兄弟，门衰祚薄，晚有儿息[6]。外无期功强近之亲，内无应门五尺之童[7]。茕茕孑立，形影相吊[8]。而刘夙婴疾病，常在床蓐[9]，臣侍汤药，未尝废离。

逮奉圣朝，沐浴清化[10]。前太守臣逵，察臣孝廉；后刺史臣荣，举臣秀才[11]。臣以供养无主，辞不赴命[12]。诏书特下，拜臣郎中，寻蒙国恩，除臣洗马[13]。猥以微贱，当侍东宫[14]，非臣陨首所能上报。臣具以表闻，辞不就职。诏书切峻，责臣逋慢[15]；郡县逼迫，催臣上道；州司临门，急于星火[16]。臣欲奉诏奔驰，则刘病日笃；欲苟顺私情，则告诉不许[17]。臣之进退，实为狼狈[18]。

伏惟圣朝以孝治天下，凡在故老，犹蒙矜育[19]；况臣孤苦，特为尤甚。且臣少仕伪朝，历职郎署；本图宦达，不矜名节[20]。今臣亡国贱俘，至微至陋，过蒙拔擢，宠命优渥，岂敢盘桓，有所希冀[21]！但以刘日薄西山，气息奄奄，人命危浅，朝不虑夕[22]。臣无祖母，无以至今日；祖母无臣，无以终余年。祖孙二人，更相为命，是以区区不能废远[23]。

臣密今年四十有四，祖母刘今年九十有六。是臣尽节于陛下之日长，报刘之日短也。乌鸟私情，愿乞终养[24]。臣之辛苦，非独蜀之人士及二州牧伯所见明知，皇天后土，实所共鉴[25]。愿陛下矜悯愚诚，听臣微志，庶刘侥幸，保卒余年[26]。臣生当陨首，死当结草[27]。臣不胜犬马怖惧之情，谨拜表以闻[28]。

注释

[1] 关于作者与本篇：李密（公元224—287年），字令伯，一名虔。犍为武阳（今四川彭山东）人。少仕蜀为郎。蜀亡，晋武帝征为太子洗马，诏书累下，他以祖母无人奉养为由，上《陈情表》固辞。祖母死后，先后为洗马、温县令、汉中太守等官。以文学见称。《陈情表》：本文选自《昭明文选》，这是作者接到晋武帝征召、命其为太子洗马时而向皇帝陈述衷情的一封书信。

[2] 臣以险衅二句：我因命运不好，早年就遭受家祸。　险衅：命运坎坷。　夙：

早，此指幼年。　闵凶：指忧患丧亡之事，即家祸。

[3] 见背：背弃，指死去。　舅夺母志：舅父强迫母亲改变守节之志（再嫁人）。

[4] 悯：怜惜。

[5] 成立：长大成人。

[6] 鲜：少。这里是"没有"的意思。　门衰祚薄二句：门户衰落，福分浅薄，很晚才有儿女。　祚：福。　息：儿子。

[7] 外无二句：既没有较近的亲戚，也没有看门的僮仆。　期功：古代服丧的名称。古代根据亲戚关系的远近确定服丧时间的长短。　期（jī）：服丧一年。　功：服丧九个月者为大功，服丧五个月者为小功。　应门：照看门户。　僮：仆。

[8] 茕茕孑立二句：孤单单一人，只有身和影相伴相慰。　茕茕：孤单无援的样子。孑立：独立。　吊：安慰，慰问。

[9] 婴：缠绕。　蓐（rù）：草席子，草垫子，此指床铺。

[10] 逮奉圣朝二句：到了本朝，享受着清明的教化。　逮：及，到。　奉：侍奉。圣朝：指晋朝。　沐浴：有领略、享受之意。

[11] 前太守臣逵四句：先前，太守逵推荐我为孝廉；其后，刺史荣举荐我为秀才。察：举荐。　孝廉：指孝顺父母、品行方正的人。自汉武帝时起，规定各郡每年荐举孝、廉各一名。　秀才：指由各州府所推荐的优秀人才。

[12] 供养无主：供养祖母的事情没人管了。　主：主持，负责。

[13] 拜：授官，封爵。　郎中：官职名。　寻：不久。　除：免去旧官，授予新官。洗（xiǎn）马：太子侍从官。

[14] 猥（wěi）：自谦之辞，有"辱没"之意。　当：充当，担任。　东宫：太子住所，代指太子。

[15] 切峻：急切严厉。　逋（bù）慢：逃避职守，怠慢皇命。

[16] 州司临门二句：州官来家中催逼，十分紧迫。　州司：州官。

[17] 奔驰：走马上任（指接受任命而奔走）。　日笃：一天天沉重。　苟徇私情：暂且顺从自己的私意（不接受任职）。　苟：暂且。　徇：顺从。　告诉：指诉说苦衷，陈述缘由。　不许：得不到许可。

[18] 狼狈：指进退两难的情况。

[19] 伏惟：奏章中常用敬语，意谓我低下头恭敬地思想。　故老：故臣遗老。　矜育：哀怜和养育。

[20] 伪朝：指被晋朝灭掉的蜀国。　郎署：郎官的衙署。　图：打算。　宦达：官运亨通。　矜：看重。

[21] 过蒙拔擢句：受到破格过分的提拔，皇帝恩惠优厚，怎敢犹豫徘徊，再生非分之想呢？　拔擢：提拔。　宠命：指国君所加封太子洗马的恩命。　优渥：优厚。　盘桓：迟疑徘徊。　希冀：企图，非分之想。

[22] 日薄西山四句：（祖母）像迫近西山的太阳，只剩下微弱的气息，生命短暂，过了早晨就不再考虑晚上了。

[23] 更（gēng）：更替，交替。 区区：拳拳，形容情感诚挚。 废远：废弃养育而远行。

[24] 乌鸟私情：乌鸦反哺之情。传说乌鸦长大后能喂养其衰老的母亲，常用来喻孝道。

[25] 二州牧伯：即上文所说的太守逵、刺史荣二人。 牧伯：古代对州长官的称呼。 皇天后土：即天地神灵。 鉴：观看，察看。

[26] 矜悯：怜悯。 庶：表示愿望。 保卒余年：享尽天年。 保：安度。 卒：尽。

[27] 生当陨首二句：活着当用生命报答，死后当结草报答。 结草：典出《左传·宣公十五年》：晋大夫魏武子原曾叮嘱儿子魏颗：死后让其爱妾改嫁；临终时又变卦：要将爱妾杀掉殉葬。魏颗遵照其父早先的叮嘱，将她嫁了出去。后来魏颗与秦将杜回作战，见一老人结草绊倒杜回而擒之。夜梦中老人告知：他就是再嫁之妾的父亲，特来报恩。

[28] 臣不胜二句：我真难承受像犬马一样恐惧的心理，恭敬地呈上表章禀告陛下得知。 犬马：古时臣子对皇上的谦卑用语。

鉴赏评析

西蜀灭亡后，曾任蜀国尚书郎的李密接到晋武帝到洛阳为太子洗马的征召，便写了这篇请求辞官、终养祖母的奏疏。

题目《陈情表》，表明作者所要陈述的中心内容即一"情"字，亦昭示了该文"情"字立骨的艺术特点。

文章共四段。开篇陈述早年不幸及眼下困境。叙幼年爹死娘嫁、孤弱多病的不幸，旨在突出祖母养育之情。所谓"臣无祖母，无以至今日"。写自身伶仃孤苦，祖母病卧床蓐，旨在突出不忍废离之情。所谓"祖母无臣，无以终余年"。此为下文辞官终养之请预设了铺垫。

次段叙述进退两难之情。君委重任，本当陨首相报；怎奈祖母病重，无法割舍；诚乃欲官不能，欲辞不许，致令"臣之进退，实为狼狈"。

第三段由"圣朝孝治"说到自身经历、祖母近况，突出祖孙"相依为命"之情，提出"不忍废远"之请。末段由祖孙二人年龄说明尽孝与尽忠的久暂关系，并引用乌鸦反哺、结草报恩的典故，含泪哀求终养之志。

综览全文，通篇围绕"情"字着笔，作者用"祖孙二人，相依为命"之情深深打动了"求忠以自卫，举贤以自佐"的晋武帝，使之既允其所请，又赐婢二人，以全其终养之志。由此足见此文情真意挚、感格天心的艺术魅力。

陋 室 铭[1]

刘禹锡

山不在高，有仙则名。水不在深，有龙则灵[2]。斯是陋室，惟吾德馨[3]。苔痕上阶绿，草色入帘青[4]。谈笑有鸿儒，往来无白丁[5]。可以调素琴，阅金经[6]。无丝竹之乱耳，无案牍之劳形[7]。南阳诸葛庐，西蜀子云亭[8]。孔子云："何陋之有[9]？"

注释

[1] 关于作者与本篇：刘禹锡（公元772—842年），字梦得，洛阳人。贞元九年（公元793年）擢进士第，登博学宏词科。授监察御史，参加王叔文集团，反对宦官和藩镇割据势力。失败后，贬朗州司马，迁连州刺史。后以裴度力荐，任太子宾客，加检校礼部尚书，世称刘宾客。著有《刘梦得文集》。《陋室铭》：是对简陋房屋的铭记。 铭：一种文体，即古代刻在器物、石碑上用来赞颂功德或申明鉴戒的韵文。

[2] 灵：神奇，有灵验。

[3] 斯：这。 馨：香气。

[4] 苔痕上阶绿：连成一片的青苔将绿色印满台阶。

[5] 鸿儒：大儒，指博学之人。 白丁：平民，指没有文化的人。

[6] 调：弹奏。 素琴：指没有雕花的琴。 阅金经：读佛经。 金经：指用泥金书写的佛经。

[7] 丝竹：代指管弦乐器。 乱耳：扰乱听觉。 案牍：官府的公文。 劳形：劳累躯体。

[8] 南阳诸葛庐：指东汉诸葛亮隐居南阳时所住的草庐。 西蜀子云亭：指西汉扬雄（字子云）在成都居住的简陋屋子，因他在其中写就《太玄经》，后世称其室为"玄亭"。

[9] 何陋之有：语出《论语·子罕篇》："子欲居九夷。或曰：'陋，如之何'？子曰：'君子居之，何陋之有？'"

鉴赏评析

这是一篇脍炙人口的精粹短文。作者借助陋室外部环境、内部活动、处身感受的描写，披露其志行高洁、安贫乐道的思想情怀。

文章以"陋"字立骨。起首借山水起兴，由"山不在高""水不在深"兴引"陋室"；由仙名、龙灵兴引"德馨"，已暗寓此室外陋内雅之意。下文即由此生发。先写环境荒陋:"苔痕上阶绿,草色入帘青";继写活动高雅:"调素琴,阅金经",与"鸿儒"谈笑;再以"诸葛庐""子云亭"做比喻,并引孔子话语以抒写陶然而乐的内心感受。

全篇通过陋室外简陋而内高雅(即由"陋"到"不陋")的描写,自然流露出作者对其人格操守的自我欣赏和陶醉。

愚溪诗序[1]

柳宗元

灌水之阳，有溪焉，东流入于潇水[2]。或曰：冉氏尝居也，故姓是溪为冉溪；或曰：可以染也，名之以其能，故谓之染溪。予以愚触罪，谪潇水上。爱是溪，入二三里，得其尤绝者家焉[3]。古有愚公谷[4]。今予家是溪而名莫能定，土之居者犹龂龂然，不可以不更也，故更之为愚溪[5]。

愚溪之上买小丘，为愚丘。自愚丘东北行六十步，得泉焉，又买居之，为愚泉。愚泉凡六穴，皆出山下平地，盖上出也，合流屈曲而南，为愚沟。遂负土累石，塞其隘为愚池。愚池之东为愚堂，其南为愚亭，池之中为愚岛。嘉木异石错置，皆山水之奇者。以予故，咸以愚辱焉[6]。

夫水，智者乐也[7]。今是溪独见辱于愚，何哉？盖其流甚下，不可以灌溉；又峻急多坻石[8]，大舟不可入也。幽邃浅狭，蛟龙不屑，不能兴云雨，无以利世，而适类于予[9]。然则虽辱而愚之，可也。宁武子"邦无道则愚"，智而为愚者也[10]；颜子"终日不违如愚"，睿而为愚者也[11]；皆不得为真愚。今予遭有道，而违于理，悖于事[12]，故凡为愚者莫我若也。夫然，则天下莫能争是溪，予得专而名焉。

溪虽莫利于世，而善鉴万类，清莹秀澈，锵鸣金石[13]，能使愚者喜笑眷慕，乐而不能去也。予虽不合于俗，亦颇以文墨自慰。漱涤万物，牢笼百态[14]，而无所避之。以愚辞，歌愚溪，则茫然而不违，昏然而同归，超鸿蒙，混希夷[15]，寂寥而莫我知也，于是作《八愚诗》纪于溪石上。

注释

[1] 关于作者与本篇：柳宗元（公元773—819年），字子厚，河东（今山西运城）人。贞元九年（公元793年）进士，曾参加以王叔文为首的永贞革新运动，失败后被贬为永州司马，十年后调任柳州刺史，在柳州四年而卒。文学上，与韩愈同为中唐古文运动的倡导者，"唐宋八大家"之一。散文体裁多样，其山水游记刻画细致，寄托深远，寓情于景，情景交融。寓言文章短小警策，寓意遥深。著有《柳河东集》。《愚溪诗序》：作者曾作《八愚诗》，早已亡佚。所谓"八愚"，即愚溪、愚丘、愚泉、愚沟、愚池、愚堂、愚亭、愚岛。本文即作者为《八愚诗》而写的序，因为八愚的总根为愚溪，故命为《愚溪诗序》。

〔2〕灌水：潇水的支流，在今湖南境内。　阳：水的北面。　潇水：湘江的支流，源出湖南道县的潇山。

〔3〕尤绝：风景特别优异的地方。

〔4〕愚公谷：在今山东淄博北面。

〔5〕龂龂（yín）然：争辩的样子。　更：改动，更换。

〔6〕以予故二句：因为我的缘故，都被辱称为"愚"。

〔7〕夫水，智者乐也：水，是聪明智慧的人所喜爱的。语出《论语·雍也》："知者乐水，仁者乐山。"　乐（yào）：爱好，喜爱。

〔8〕坻（chí）石：水中高起的石头。

〔9〕邃：深远。　适类于予：恰恰像我。

〔10〕宁武子"邦无道则愚"：语出《论语·公冶长》："宁武子邦有道则知，邦无道则愚。其知可及也，其愚不可及也。"　宁武子：名俞，春秋时卫国大夫。

〔11〕颜子"终日不违如愚"：语出《论语·为政》："子曰：'吾与回言，终日不违如愚。退而省其私，亦足以发，回也不愚。'"　颜子：孔子学生，即颜回。　不违：没有异议。　睿（ruì）：明智，通达。

〔12〕悖（bèi）：违反。

〔13〕善鉴万类：(水极清澈) 善于鉴照万物。　锵鸣金石：像金石一样铿锵和鸣。

〔14〕漱涤：洗涤。　牢笼：包罗。

〔15〕超鸿蒙，混希夷二句：指作者投身自然怀抱而达到的物我合一、身心俱忘的境界。　鸿蒙：自然之气。　希夷：虚寂微妙。《老子》："视之不见名曰夷，听之不闻名曰希"。

鉴赏评析

永贞革新失败之后，柳宗元由礼部员外郎而贬为永州司马。本文名为《诗序》，实则将溪与我合为一体，记溪写人。

文章围绕"愚"字着笔。先写小溪地理位置及更名"愚溪"的缘由，接着介绍周围环境，由愚溪引出愚丘、愚泉、愚沟、愚池、愚堂、愚亭、愚岛等皆因"我"之愚而愚的"八愚"。继而剖析愚溪及"我""见辱于愚"的原因，并引宁武子、颜子的智愚、睿愚以对比衬托"我"的真愚。结尾写溪与我同病相怜，溪不嫌我，我不嫌溪，以愚伴愚，昏然同归。

综览全文，我愚溪亦愚，溪因我而受牵连，在愚溪风物的记叙中通篇流溢着作者被埋没、受屈辱而不得不愚的一腔幽愤。

醉翁亭记[1]

欧阳修

　　环滁皆山也[2]。其西南诸峰，林壑尤美，望之蔚然而深秀者，琅琊也[3]。山行六七里，渐闻水声潺潺而泻出于两峰之间者[4]，酿泉也。峰回路转，有亭翼然临于泉上者[5]，醉翁亭也。作亭者谁？山之僧智仙也。名之者谁？太守自谓也。太守与客来饮于此，饮少辄醉[6]，而年又最高，故自号曰醉翁也。醉翁之意不在酒，在乎山水之间也。山水之乐，得之心而寓之酒也。

　　若非日出而林霏开，云归而岩穴暝[7]，晦明变化者，山间之朝暮也。野芳发而幽香，佳木秀而繁阴[8]，风霜高洁，水落而石出者，山间之四时也。朝而往，暮而归，四时之景不同，而乐亦无穷也。

　　至于负者歌于途，行者休于树[9]，前者呼，后者应，伛偻提携[10]，往来而不绝者，滁人游也[11]。临溪而渔，溪深而鱼肥；酿泉为酒，泉香而酒洌[12]。山肴野蔌，杂然而前陈者，太守宴也[13]。宴酣之乐，非丝非竹[14]；射者中，弈者胜，觥筹交错[15]，起坐而喧哗者，众宾欢也。苍颜白发，颓然乎其间者，太守醉也。

　　已而夕阳在山，人影散乱，太守归而宾客从也。树林阴翳[16]，鸣声上下，游人去而禽鸟乐也。然而禽鸟知山林之乐，而不知人之乐；人知从太守游而乐，而不知太守之乐其乐也[17]。醉能同其乐，醒能述以文者，太守也。太守谓谁？庐陵欧阳修也。

注释

[1]《醉翁亭记》：这是作者贬为滁州知州时所写的一篇山水游记。　醉翁亭：作者以自己的号"醉翁"命名的亭子。

[2] 环滁皆山也：环绕着滁州，四周都是山。

[3] 望之蔚然而深秀者，琅琊也：远远望去，树木茂密而又幽深秀丽的是琅琊山。蔚（wèi）然：草木茂盛的样子。　琅琊：山名，在滁州西南。

[4] 潺潺（chán）：水流的声音。

[5] 有亭翼然临于泉上者：有亭子四角翘起、像鸟儿展翅欲飞一样，靠近泉边。　翼然：鸟儿展翅欲飞的样子。

[6] 饮少辄醉：稍微喝点酒就醉了。　辄：就。

[7] 若非日出而林霏开二句：至于太阳出来，林间雾气渐渐消散；烟云聚集，山岩洞穴渐次昏暗。　霏（fēi）：烟云雾气。　暝：昏暗。

[8] 野芳发而幽香二句：野花遍开，散发着清幽的香气；美好的树木枝繁叶茂，遮蔽出浓密的树荫。　野芳：野花。　秀：茂盛。

[9] 负者歌于途二句：背东西的人在路上歌唱，走路的人在树下休息。

[10] 伛偻提携：驼背的老人提携着孩子。　伛偻（yǔ lǚ）：驼背，指老年人。　提携：携带小孩。

[11] 滁人游也：是滁州的百姓在游玩。

[12] 泉香而酒洌（liè）：泉水清洌，酒味香醇。

[13] 山肴野蔌（sù）三句：山味和野菜，交错地摆列在面前，是太守的宴席呀。　杂然：交错。　陈：陈列，摆放。

[14] 宴酣之乐二句：宴会上的音乐，不是管（乐）、弦（乐）等交响。

[15] 射者中三句：投壶的投中了，下棋的赢定了，酒杯酒签交互错杂。　射：古代投壶的游戏，即把箭投入壶中，根据投中的次数决出胜负。　觥（gōng）：用犀牛角做的酒杯。　筹：酒筹，饮酒计数的竹签子。

[16] 树林阴翳（yì）：树林的枝叶茂密成荫。　翳：遮蔽。

[17] 不知太守之乐其乐：不知太守快乐的正是他们的快乐。

鉴赏评析

这是一篇著名的山水游记。作者通过对醉翁亭自然风光以及游山宴饮的记叙描写，寄托了作者与民同乐的思想情趣。

文章以"乐"字立骨。首段由醉翁亭环境、位置、得名原因等渐次引出通贯全篇的"乐"字。次段括写朝暮四时之乐。三段叙写游人之乐及宴饮之乐。末段由禽鸟之乐兴起人之乐、再由人之乐引出太守的"乐其乐"——即为众人的快乐而快乐，从而表达了与孟子一脉相承的"贤者与民同忧乐"的思想情调。

语言上，通篇采用解说词形式的说明句式，显得抑扬顿挫，活泼风趣。

贤者与民同忧乐[1]

《孟子》

齐宣王见孟子于雪宫[2]。王曰:"贤者亦有此乐乎?"孟子对曰:"有。民不得,则非其上矣[3]。不得而非其上者,非也;为民上而不与民同乐者,亦非也。乐民之乐者,民亦乐其乐;忧民之忧者,民亦忧其忧。乐以天下,忧以天下,然而不王者[4],未之有也。"

注释

[1] 关于作者与本篇:孟子(约公元前372—前289年),名轲,字子舆,战国中期邹国人。继承并发展了孔子学说,是孔子之后儒家学派的主要代表。主张施仁政,行王道,倡导民本思想。与其学生万章等共同编著《孟子》七篇。《贤者与民同忧乐》:本文选自《孟子·梁惠王下》,篇名为编者根据内容所加。

[2] 齐宣王:姓田名辟疆,齐威王之子,是战国时田氏齐国的第四代国君。

[3] 非:以……为非。

[4] 王:王天下,指以仁政统治天下的理想境界。

鉴赏评析

这篇短文记述了孟子与齐宣王的对话。由齐宣王追求享乐的发问引出孟子的应答。孟子先顺承其问,而渐次转折,对其追求享乐的情调加以批判和否定。进而强调贤者应以民众为本——与民同忧乐,方能赢得四海归心而"王天下"。此种思想对后世有深远影响。

留侯论[1]

苏 轼

　　古之所谓豪杰之士者，必有过人之节、人情有所不能忍者。匹夫见辱[2]，拔剑而起，挺身而斗，此不足为勇也。天下有大勇者，卒然临之而不惊，无故加之而不怒[3]，此其所挟持者甚大[4]，而其志甚远也。

　　夫子房受书于圯上之老人也[5]，其事甚怪。然亦安知其非秦之世有隐君子者出而试之？观其所以微见其意者[6]，皆圣贤相与警戒之义。世人不察，以为鬼物，亦已过矣。且其意不在书。当韩之亡、秦之方盛也，以刀锯鼎镬待天下之士，其平居无罪夷灭者[7]，不可胜数。虽有贲、育[8]，无所复施。夫持法太急者，其锋不可犯，而其势未可乘[9]。子房不忍忿忿之心，以匹夫之力，而逞于一击之间[10]。当此之时，子房之不死者，其间不能容发[11]，盖亦已危矣。千金之子[12]，不死于盗贼，何者？其身之可爱，而盗贼之不足以死也。子房以盖世之才，不为伊尹、太公之谋[13]，而特出于荆轲、聂政之计[14]，以侥幸于不死，此圯上老人之所为深惜者也。是故倨傲鲜腆而深折之[15]，彼其能有所忍也，然后可以就大事。故曰："孺子可教也"。

　　楚庄王伐郑，郑伯肉袒牵羊以逆[16]，庄王曰："其君能下人，必能信用其民矣。"遂舍之。勾践之困于会稽，而归臣妾于吴者，三年而不倦[17]。且夫有报人之志，而不能下人者，是匹夫之刚也。夫老人者，以为子房才有余，而忧其度量之不足，故深折其少年刚锐之气，使之忍小忿而就大谋。何则？非有生平之素，卒然相遇于草野之间，而命以仆妾之役，油然而不怪者[18]，此固秦皇之所不能惊、而项籍之所不能怒也。

　　观夫高祖之所以胜，而项籍之所以败者，在能忍与不能忍之间而已矣。项籍惟不能忍，是以百战百胜，而轻用其锋。高祖忍之，养其全锋，以待其敝——此子房教之也。当淮阴破齐而欲自王[19]，高祖发怒，见于辞色。由此观之，犹有刚强不忍之气，非子房其谁全之[20]？

　　太史公疑子房，以为魁梧奇伟，而其状貌乃如妇人女子，不称其志气[21]。呜呼！此其所以为子房欤[22]！

注释

[1] 关于作者与本篇：苏轼（公元1037—1101年），字子瞻，号东坡居士，眉山（今四川眉山）人。嘉祐二年（公元1057年）进士，因与王安石政见不合，先后黜为杭州、密州、徐州、湖州等地方官。后因写诗讽刺新法，贬黄州团练副史。哲宗时任翰林学士，曾出知杭州、颖州，官至礼部尚书。后又贬谪惠州、儋州，卒谥"文忠"。创作上，诗、文、词三方面均有很高成就。散文上，为"唐宋八大家"之一；词作上，开创了豪放词派。著有《东坡七集》。《留侯论》：这是苏轼早年应制科考时所上的《进论》之一。 留侯：即张良，字子房，辅佐汉高祖刘邦消灭秦国，打败项羽，封于留（今江苏徐州附近），因称留侯。

[2] 匹夫：普通男子。

[3] 卒然临之而不惊二句：突然遭到祸灾不惊慌，无故受到侵犯不恼怒。 卒：通"猝"。

[4] 挟持者：指胸怀、抱负。

[5] 受书于圯上之老人：相传张良曾于下坯桥上遇一老人（黄石公），老人故意坠鞋于桥下，令张良拾取，并为之穿上，以试探张良的忍耐之心。张良一一照办，老人认为他"可教"，约定五日后平明相见桥上，赠送《太公兵法》一部。后张良因此助刘邦平定天下。 圯（yí）：桥。

[6] 隐君子：隐居的高人贤士。 微见其意：隐约显示他的用心。

[7] 韩之亡：张良原本韩之贵族。秦灭韩之事见于公元前230年。 刀锯鼎镬（huò）：古代各种残酷的刑具。 夷灭：（遭）杀戮。

[8] 贲（bēn）、育：孟贲和夏育，皆为传说中的古代勇士。

[9] 其势未可乘：指形势有利于秦、尚未有可乘之机。

[10] 逞于一击之间：指秦灭韩后，张良使人刺秦事。秦始皇东巡至博浪沙（今河南阳武东南），张良遣一大力士以百二十斤铁椎前往行刺，结果误中副车。秦始皇大怒，搜索天下，求贼甚急。

[11] 其间不能容发：当中差不了一根头发，比喻情势危急。

[12] 千金之子：古时用以称富贵人家的子弟。

[13] 伊尹、太公：古代著名的两位贤相。伊尹曾辅佐商汤建商朝。 太公即姜子牙，是周武王的开国功臣。

[14] 荆轲、聂政：二人皆是战国时期著名的刺客。荆轲曾行刺秦王，未果被杀。聂政曾受韩国大夫严仲子之命刺杀韩相韩傀。

[15] 倨傲鲜腆（tiǎn）：傲慢无礼。

[15] 郑伯：郑襄公。 肉袒：祖衣露体，表示屈辱投降。

[17] 勾践之困于会稽三句：公元前494年，越王勾践兵败于吴，退守会稽，令大夫

文种献美女于太宰嚭，双方成约，得以喘息之机。

[18] 非有生平之素：平时不交往，向来不认识。　油然：和顺恭敬貌。

[19] 淮阴：指韩信，曾被汉高祖封为淮阴侯。

[20] 非子房其谁全之：若不是张良，谁会提醒他（指刘邦）处理好这件事（指韩信破齐后欲自立为王事）。

[21] 太史公：指《史记》作者司马迁。　不称其志气：其柔弱相貌与宏伟志气不相称。

[22] 此其所以为子房欤：其志气宏伟而貌如妇人，内刚强而外柔弱，张良所以能成为张良，此正其过人之处啊！

鉴赏评析

这是一篇以"忍"字立骨的著名的历史人物论。

"忍"是大才大器必须具备的精神要质。俗语所谓"宰相肚里抹舟船""吃得苦中苦，方为人上人"，强调的都是"忍"。通过"忍"不仅能看出一个人的容量，也可看出他的能量。因为痛苦和屈辱是开发人类智慧的最有效的精神添加剂，所以忍受力愈强，能量就愈大。本文即围绕"忍"字，论述了汉代开国元勋——张良的政治气质。

全文共五个自然段。首段为总纲，强调古之豪杰必能忍人情所不能忍者。次段剖析圯上老人授书的性质，子房由博浪沙椎秦时的不能忍到圯上老人的折之使忍，既揭示老人的良苦用心，亦强调了子房政治上的成熟过程。中段由郑伯的忍而保国、勾践的忍而复国，进而再次强调子房"忍小忿而就大谋"的气度。第四段通过高祖能忍而胜、项羽不能忍而败的对比以及淮阴侯韩信欲自王时高祖发怒、子房劝教的论议，揭示子房的坚忍气质对汉高祖平定天下的积极影响和巨大作用。末段通过志伟与貌柔的不相称，揭示并赞叹子房"所以为子房"的真正原因。

综观全文，"忍"字贯穿上下，振领各节，挥洒自如，而又形散神聚。

秦 士 录[1]

宋 濂

邓弼，字伯翊[2]，秦人也。身长七尺，双目有紫棱[3]，开合闪闪如电。能以力雄人，邻牛方斗不可擘，拳其脊，折仆地[4]。市门石鼓，十人舁[5]，弗能举，两手持之行。然好使酒[6]，怒视人，人见辄避，曰："狂生不可近，近则必得奇辱。"

一日，独饮娼楼。萧冯两书生过其下，急牵入共饮。两生素贱其人[7]，力拒之。弼怒曰："君终不我从，必杀君，亡命走山泽耳[8]，不能忍君苦也！"两生不得已，从之。弼自居中筵，指左右，揖两生坐[9]，呼酒歌啸以为乐。酒酣，解衣箕踞[10]，拔刀置案上，铿然鸣[11]。两生雅闻其酒狂[12]，欲起走。弼止之曰："勿走也！弼亦粗知书，君何至相视如涕唾[13]？今日非速君饮[14]，欲少吐胸中不平气耳。四库书从君问[15]，即不能答，当血是刃[16]。"两生曰："有是哉？"遽摘七经数十义扣之[17]，弼历举传疏[18]，不遗一言。复询历代史，上下三千年缧缧如贯珠[19]。弼笑曰："君等伏乎未也[20]？"两生相顾惨沮[21]，不敢复有问。弼索酒，被发跳叫曰[22]："吾今日压倒老生矣！古者学在养气，今人一服儒衣，反奄奄欲绝，徒欲驰骋文墨，儿抚一世豪杰[23]，此何可哉？君等休矣。"两生素负多才艺，闻弼言，大愧，下楼，足不得成步。归询其所与游，亦未尝见其挟册呻吟也[24]。

泰定末，德王执法西御史台[25]，弼造书数千言袖谒之。阍卒不为通[26]。弼曰："若不知关中有邓伯翊耶？"连击踣数人[27]，声闻于王。王令隶人捽入[28]，欲鞭之。弼盛气曰："公奈何不礼壮士？"……王曰："尔自号壮士，解持矛鼓噪前登坚城乎？"曰："能！""百万军中，可刺大将乎？"曰："能！""突围溃阵，得保首领乎？"曰："能！"王顾左右曰："姑试之[29]。"问所须，曰："铁铠良马各一，雌雄剑二[30]。"王即命给与。阴戒善槊者五十人[31]，驰马出东门外，然后遣弼往。王自临观，空一府随之。暨弼至，众槊并进；弼虎吼而奔，人马辟易五十步[32]，面目无色。已而烟尘涨天，单见双剑飞舞云雾中，连砍马首坠地，血淙淙滴。王抚髀欢曰[33]："诚壮士！诚壮士！"命勺酒劳弼，弼立饮不拜。由是狂名振一时，至比之王铁枪云[34]。

王上章荐诸天子。会丞相与王有隙，格其事不下[35]。弼环视四体，叹曰：

"天生一具铜筋铁肋，不使立勋万里外，乃槁死三尺蒿下[36]，命也，亦时也！尚何言！"遂入王屋山为道士，后十年终。

史官曰[37]：弼死未二十年，天下大乱，中原数千里，人影殆绝；玄鸟来降失家[38]，竟栖林木间。使弼在，必当有以自见[39]。惜哉！弼鬼不灵则已，若有灵，吾知其怒发上冲也！

注释

[1] 关于作者与本篇：宋濂（公元1310—1381年），字景濂，号潜溪，浦江（今浙江义乌西北）人，明代文学家。明初，应朱元璋征聘，任江南儒学提举，官至学士承旨，知制诰。后因长孙犯罪，举家谪茂州（今四川茂汶），病死途中。创作上，主张为文应崇实务本，笔致简洁，著有《宋学士文集》。《秦士录》：这是一篇人物传记，因传主邓弼是秦地博学多才之士，故作者记述其雄狂壮举，命为《秦士录》。

[2] 翊（yì）：辅助。

[3] 紫棱：形容目光锐利有神。

[4] 擘（bō）：分开。 折仆地：折断牛脊，倒卧于地。

[5] 舁（yù）：抬举。

[6] 使酒：喝酒之后使性子、发脾气。

[7] 素贱其人：向来瞧不起他。 素：向来。

[8] 亡命走山泽：逃命到荒山僻野中。 亡命：逃命。

[9] 揖两生坐：作揖请两位书生就座。

[10] 箕踞：两腿向前伸直岔开，形如畚箕，是粗慢无礼的行为。

[11] 铿（kēng）然：象声词，形容声音沉重有力。

[12] 雅闻：向来听说。

[13] 相视如涕唾：把我看得那么下贱。 涕唾：泪和唾沫。

[14] 速：召，请。

[15] 四库书：即经、史、子、集四部的书。唐玄宗开元年间收集图书典籍分藏于长安、洛阳两地，以甲、乙、丙、丁为次序，分库收藏，分别为经、史、子、集四部，因而四部又称为四库。 从君问：任凭您提问。

[16] 即不能答，当血是刃：如果不能回答，我就以此刀自割而死。

[17] 遽（jù）摘：当即摘取。 七经：七种儒家经典著作，指《易》《书》《诗》《周礼》《仪礼》《礼记》《春秋》。 扣：同"叩"，问。

[18] 传疏：注释经文的文字叫"传"，解释传文的文字叫"疏"。

[19] 纚纚（xǐ）：连绵不断。

[20] 伏乎未也：服气还是不服气。 伏：通"服"，认输。

[21] 惨沮（jǔ）：沮丧失色。

[22] 被发：披头散发。 被：同"披"。

[23] 奄奄欲绝：气息微弱，此指毫无生气。 驰骋文墨：指卖弄学问。 儿抚一世豪杰：像抚弄婴儿一样来抚弄英雄豪杰。

[24] 挟册呻吟：拿着书本吟咏、诵读。

[25] 泰定：元泰定帝也孙铁木耳的年号（公元1324—1328年）。 德王：按《元史·诸王表》载有安德王、宣德王、懿德王等，此德王不知所指。 执法：任职。 西御史台：即陕西诸道行御史府，是元朝设在西陲的监察官署，管辖陕西、甘肃、四川等地区。

[26] 造书：写信。 袖谒之：把信藏在袖子里去拜见他。 阍卒：守卫的门卒。

[27] 踣（bó）：跌倒。

[28] 隶人：差役。 捽（zuó）：揪。

[29] 姑：暂且。

[30] 雌雄剑：据《搜神记》载：吴国工匠干将曾铸雌雄二剑，锋利无比，后世即以雌雄剑喻指宝剑。

[31] 阴戒善槊者：暗中告诫擅长使用长矛的人。 槊：长矛。

[32] 暨（jī）：等到。 辟易：后退躲藏。

[33] 抚髀（bì）：拍着大腿。

[34] 王铁枪：即五代时人王彦章，曾随朱温转战各地，骁勇善战，使用两枝铁枪，各重一百斤，军中因称为王铁枪。

[35] 会：恰巧。 有隙：有矛盾。 格：阻拦。

[36] 槁死三尺蒿下：无声无息地死于野草之中。 蒿（hāo）：野草。

[37] 史官：作者自指。这是学习太史公笔法，写完一篇传记，总要对传主作最后的定评。

[38] 玄鸟来降失家：意谓战火焚烧了村落房屋，连归来的燕子也找不到巢穴。 玄鸟：指燕子。

[39] 必当有以自见：必定会显示他的才能。 见：同"现"。

鉴赏评析

这是一篇出色当行的人物传记。传主邓弼是文武双全的秦地才子，然怀才不遇，一生困顿，既无名爵，亦无身份。加之雄狂不羁的性格，更常受非议和轻贱，为时人所不齿。所以作者为其立传时，只以《秦士录》命题名篇，而不采用《邓弼传》的常见题格。

通篇围绕"雄"字而作。首段依照传记体例先简介出身、略写肖貌，接以提纲挈领地"能以力雄人"，点明"雄"字，并用"拳折牛脊""持石鼓行"的琐屑小事加以证实，人物性格已自凸显。

次段写娼楼酒筵问书,通过文伏萧冯两书生,展示其出类拔萃、不为人知的超世文才,自是雄中有狂,狂则益雄。

第三段通过造谒德王、亲临战阵的记述,表现其无与伦比的勇猛、惊世骇俗的武功。尤其德王赏酒、"弼立饮不拜"的细节,更见其性情的雄狂不羁。

末二段交代其不幸结局以及作者的扼腕叹息,流露出对一代雄杰的深切同情。

由于文章以"雄"字立骨而通贯全篇,以至字字句句如珠似玉,甚至琐屑小事也顿生精神,放射着作者匠心独运的艺术光辉。

深虑论[1]

方孝孺

虑天下者，常图其所难[2]，而忽其所易；备其所可畏，而遗其所不疑。然而祸常发于所忽之中，而乱常起于不足疑之事。岂其虑之未周欤？盖虑之所能及者，人事之宜然[3]；而出于智力之所不及者，天道也[4]。

当秦之世，灭诸侯，一天下，而其心以为周之亡在乎诸侯之强耳，变封建而为郡县[5]。方以为兵革可不复用，天子之位可以世守，而不知汉帝起陇亩之中，而卒亡秦之社稷。汉惩秦之孤立，于是大建庶孽而为诸侯[6]，以为同姓之亲，可以相继而无变，而七国萌篡弑之谋[7]。武、宣以后，稍剖析之而分其势[8]，以为无事矣，而王莽卒移汉祚[9]。光武之惩哀、平[10]，魏之惩汉，晋之惩魏，各惩其所由亡而为之备。而其亡也，皆出于所备之外。唐太宗闻武氏之杀其子孙，求人于疑似之际而除之[11]，而武氏日侍其左右而不悟[12]。宋太祖见五代方镇之足以制其君，尽释其兵权[13]，使力弱而易制，而不知子孙卒困于敌国。此其人皆有出人之智、盖世之才，其于治乱存亡之几，思之详而备之审矣[14]。虑切于此而祸兴于彼，终至乱亡者，何哉？盖智可以谋人，而不可以谋天。

良医之子，多死于病；良巫之子，多死于鬼。岂工于活人而拙于谋子也哉[15]？乃工于谋人而拙于谋天也。古之圣人，知天下后世之变，非智虑之所能周，非法术之所能治，不敢肆其私谋诡计[16]，而唯积至诚，用大德以结乎天心，使天眷其德[17]，若慈母之保赤子而不忍释。故其子孙，虽有至愚不肖者足以亡国，而天卒不忍遽亡之。此虑之远者也。夫苟不能自结于天，而欲以区区之智，笼络当世之务[18]，而必后世之无危亡，此理之所必无者，而岂天道哉？

注释

[1] 关于作者与本篇：方孝孺（公元1357—1402年），字希直，一字希古，人称正学先生，宁海（今属浙江）人。宋濂弟子，明太祖洪武年间任汉中府学教授，惠帝时任侍讲学士。燕王朱棣（明成祖）兵入京师后，曾令其起草登极诏书，因违命被杀，且夷灭十族（九族及其学生），死者达870余人。著有《逊志斋集》。《深虑论》：选自《逊志斋集》，是作者的著名史论，共十篇。本文是其中第一篇，论述以智治国莫如以德治国的道理。

[2] 图：考虑，谋划。

[3] 人事之宜然：人间事态应有的情况。　宜然：应该如此。

[4] 天道：指宇宙间的各种现象及支配这些现象的超人力量。

[5] 而其心以为周之亡二句：在秦始皇心目中，东周灭亡的根源在于诸侯的强大，于是改变分封诸侯的制度而实行郡县制。　封建：封诸侯，建藩臣，是周王朝以分疆裂土、封赏功臣来治理国家的制度。　郡县：指秦朝始建立的中央集权下的郡、县两级制度。当时分全国为36郡。

[6] 汉惩秦之孤立：汉王朝借鉴了秦朝的孤立无辅。　惩：警戒，借鉴。　庶孽：非正妻所生的子女，此泛指亲人。刘邦曾分封子侄、兄弟为同姓王。

[7] 七国：指汉初分封的吴、楚、赵、胶东、胶西、济南、临淄七国。　萌篡弑之谋：发生篡权弑君的阴谋。汉景帝中元三年（公元前147年），吴王刘濞联合其他六国以诛晁错为名发动叛乱，后为周亚夫所平定。　萌：发生。

[8] 武、宣：即汉武帝刘彻（公元前141—前87年在位）和汉宣帝刘询（公元前74—前49年在位）。　稍剖析之而分其势：逐渐分割诸侯王封地，削弱他们的势力。　剖析：分割。

[9] 王莽卒移汉祚：王莽终于夺取了汉家的皇位。　王莽：汉元帝皇后侄，西汉末以外戚掌握政权，初始元年（公元8年）称帝，改国号为新。更始元年（公元23年），绿林军攻入长安时被杀。　祚（zuò）：皇位。

[10] 光武之惩哀、平：光武帝借鉴了哀帝、平帝时王室衰微的教训。　光武：东汉开国之君——光武帝刘秀（公元25—27年在位）。　哀、平：即汉哀帝刘欣（公元前6—前1年在位）和汉平帝刘衎（公元前1—5年在位）。

[11] 唐太宗闻武氏二句：唐太宗李世民听到传言：将有女主代唐称帝，杀戮李唐子孙，即搜寻可疑之人清除掉。

[12] 而武氏日侍其左右句：可是武氏每天侍奉在他身边，却想不到杀戮他子孙的竟是她。　武氏：武则天，14岁入宫为才人，后来掌握政权，改唐为周，诛杀很多朝臣及李唐宗室。

[13] 宋太祖：赵匡胤（公元960—976年在位）。　五代：宋朝以前的梁、唐、晋、汉、周五个王朝。　方镇：拥有重兵的节度使。　释：解除。

[14] 几：先兆，预兆。　思之详而备之审：考虑得细致，防范得周密。

[15] 岂工于活人而拙于谋子句：难道擅长于救活别人，却不善于筹划子孙未来吗？　工：擅长。　活人：使人活。

[16] 不敢肆其私谋诡计：不敢滥用智谋和诡计。　肆：滥用。

[17] 使天眷其德：令上天顾念其恩惠（德泽）。　眷：顾念。

[18] 区区：渺小，微不足道。　笼络：包揽。

鉴赏评析

此乃关于经国济世的政论文。

通篇围绕"虑"字着笔。古代君主治理国家方面总是思虑甚详,防范甚密,却每每虑之不及,祸出虑外,诚可谓人(虑)算不如天(虑)算也。

全文总共三段。开篇从理论上剖析"虑天下者"的习惯思维特点及其必然的局限性。

中段用具体事例加以印证,即通过秦、汉、光武、魏、晋以及唐太宗、宋太祖等乱出虑外的事实,说明"智可以谋人,而不可以谋天"。

末段由良医、良巫的不能谋子反兴古圣人"用大德以结乎天心"的深谋远虑,从而警诫后世君主:若不能用大德自结于天,仅恃其区区之智,要想国家不危亡,理论上的可能性也不存在,又怎敢奢望天道佑护呢?

"虑"字立骨,通篇一气,作意朗然,事理昭晰。

徐文长传[1]

袁宏道

余少时过里肆中,见北杂剧有《四声猿》,意气豪达,与近时书生所演传奇绝异,题曰天池生,疑为元人作[2]。后适越,见人家单幅上署"田水月"者,强心铁骨,与夫一种磊块不平之气,字画之中,宛宛可见[3],意甚骇之,而不知田水月为何人。

一夕,坐陶编修楼,随意抽架上书,得《阙编》诗一帙[4]。恶楮毛书,烟煤败墨[5],微有字形。稍就灯间读之,读未数首,不觉惊跃,急呼石篑:"《阙编》何人作者?今耶?古耶?"石篑曰:"此余乡先辈徐天池先生书也。先生名渭,字文长,嘉、隆间人[6],前五六年方卒。今卷轴题额上有田水月者,即其人也。"余始悟前后所疑,皆即文长一人。又当诗道荒秽之时,获此奇秘,如魇得醒[7]。两人跃起,灯影下,读复叫,叫复读,童仆睡者皆惊起。

余自是或向人,或作书,皆首称文长先生。有来看余者,即出诗与之读。一时名公巨匠,浸浸知向慕云[8]。

文长为山阴秀才,大试辄不利,豪荡不羁。总督胡梅林公知之[9],聘为幕客。文长与胡公约:"若欲客某者,当具宾礼,非时辄得出入。"胡公皆许之。文长乃葛衣乌巾,长揖就坐,纵谈天下事,旁若无人,胡公大喜。是时,公督数边兵,威振东南,介胄之士,膝语蛇行[10],不敢举头。而文长以部下一诸生傲之,信心而行,恣意谈谑,了无忌惮。会得白鹿,属文长代作表。表上,永陵喜甚[11]。公以是益重之,一切书记,皆出其手。

文长自负才略,好奇计,谈兵多中[12]。凡公所以饵汪、徐诸虏者[13],皆密相议,然后行。尝饮一酒楼,有数健儿亦饮其下,不肯留钱。文长密以数字驰公,公立命缚健儿至麾下,皆斩之,一军股栗。有沙门负资而秽[14],酒间偶言于公,公后以他事杖杀之。其信任多此类。

胡公即怜文长之才,哀其数困。时方省试,凡入帘者,公密属曰:"徐子,天下才,若在本房,幸勿脱失[15]。"皆曰:"如命。"一知县以他羁后至,至期方谒公,偶忘属,卷适在其房,遂不偶[16]。

文长既已不得志于有司,遂乃放浪曲蘖,恣情山水,走齐鲁燕赵之地,穷览朔漠[17]。其所见山奔海立,沙起云行,风鸣树偃,幽谷大都,人物鱼鸟,一切可惊可愕之状，一一皆达之于诗。其胸中又有一段不可磨灭之气，英雄失路，托足无门之悲，故其为诗，如嗔如笑，如水鸣峡，如种出土，如寡妇之夜哭，羁人之寒起[18]。当其放意，平畴千里；偶尔幽峭，鬼语秋坟[19]。文长眼空千古，独立一时。当时所谓达官贵人，骚士墨客，文长皆叱而奴之，耻不与交，故其名不出于越。悲夫！

一日，饮其乡大夫家。乡大夫指筵上一小物求赋，阴令童仆续纸丈余进[20]，欲以苦之。文长援笔立成，竟满其纸，气韵遒逸，物无遁情[21]，一座大惊。

文长喜作书，笔意奔放如其诗，苍劲中姿媚跃出。余不能书，而谬谓文长书决当在王雅宜、文征中之上[22]。不论书法，而论书神[23]，先生者，诚八法之散圣，字林之侠客也[24]。间以其余，旁溢为花草竹石，皆超逸有致[25]。

卒以疑杀其继室，下狱论死。张阳和力解，乃得出[26]。既出，倔强如初。晚年，愤亦深，佯狂益甚。显者至门，皆拒不纳。当道官至，求一字不可得。时携钱至酒肆，呼下隶与饮。或自持斧击破其头，血流被面，头骨皆折，揉之有声。或以利锥锥其两耳，深入寸余，竟不得死。

石篑曰：晚岁，诗文亦奇，无刻本，集藏于家。余所见者，《徐文长集》《阙编》二种而已。然文长竟不得志于时，抱愤而卒。

石公曰：先生数奇不已，遂为狂疾[27]；狂疾不已，遂为囹圄[28]；古今文人，牢骚困苦，未有若先生者也。虽然，胡公间世豪杰[29]，永陵英主，幕中礼数异等，是胡公知有先生矣；表上人主悦，是人主知有先生矣。独身未贵耳！先生诗文崛起，一扫近代芜秽之习，百世而下，自有定论，胡为不遇哉！

梅客生尝寄余书曰[30]："文长，吾老友，病奇于人，人奇于诗，诗奇于字，字奇于文，文奇于画。"余谓：文长，无之而不奇者也。无之而不奇，斯无之而不奇也哉[31]！悲夫！

注释

[1] 关于作者与本篇：袁宏道（公元1568—1610年），字中郎，号石公，公安（今属湖北）人。万历进士，曾任江苏吴县县令，官至吏部郎中。是晚明文坛"公安派"的领袖。创作上，主张"独抒性灵，不拘格套"。著有《袁中郎集》。《徐文长传》：这是一篇人物传记。　徐文长：即徐渭（公元1521—1593年），绍兴人，明代文学家。

[2] 里肆：街头店铺。　北杂剧：元明时，用北曲演唱的一种戏曲形式。《四声猿》：徐渭创作的一组短剧，即《狂鼓吏》《玉禅师》《雌木兰》和《女状元》。　天池生：徐渭别号。

［3］适：到，往。　田水月：徐渭别号，三个字合起来即"渭"字。　磊块：石块，比喻积郁胸中的愤懑不平之气。　宛宛：仿佛。

［4］陶编修：陶望龄，字周望，号石篑，会稽（今浙江绍兴）人，曾任翰林院编修。帙（zhì）：书套。　一帙：一函或一册。

［5］恶楮毛书：纸质低劣，装订粗糙。　楮（chǔ）：树名，其皮可造纸，故作纸的代称。　烟煤败墨：形容印刷质量很差。

［6］嘉、隆：明中叶的两个年号，即嘉靖（公元 1522—1566 年）、隆庆（公元 1567—1572 年）。

［7］魇（yǎn）：噩梦。

［8］名公巨匠：指有声名有成就的文人。　浸浸：渐渐。

［9］大试：指考取举人的乡试（省试），与考取秀才的"小试"相对而言。　胡梅林：胡宗宪，字汝贞，号梅林，曾任浙江巡按御史，升兵部右侍郎总督军务，剿倭有功。

［10］公督数边兵：明代边防设有九镇，称为九边，此指胡宗宪统帅数镇平定倭寇的兵马。　膝语蛇行：跪着说话，像蛇一样匍匐而行。

［11］永陵：指嘉靖皇帝，其陵墓称永陵。

［12］谈兵多中：所谈的用兵策略大多切中关键。

［13］饵：引诱。　汪、徐诸房：汪直、徐海各自为首的海盗群体，其常与倭寇勾结作乱于浙江沿海，被胡宗宪设计诱降后诛杀。

［14］沙门：僧人。　负资而秽：仗着有钱而行为肮脏。

［15］数困：多次（参加乡试）受挫。　入帘：担任考官。明代科举考官也叫帘官。房：科举考试中，协助主考的官员阅卷时各占一房，故称房官。

［16］不偶：不成功。

［17］放浪曲糵：放浪形骸，纵情酗酒。　曲糵（niè）：酿酒发酵剂，代指酒。　穷览朔漠：尽览北方荒漠。

［18］羁人之寒起：形容凄凉冷清的艺术境界。

［19］平畴：平原田野。　鬼语秋坟：形容孤寂幽峭的艺术境界。

［20］阴令：暗中指使。

［21］物无遁情：将物的情状描述得丝毫不漏。

［22］王雅宜：明代书法家王宠，号雅宜山人。　文征中：文征明，字征中，也是明中叶的书法家、文学家。

［23］书法：写字的法度。　书神：字中流溢出的神采韵味。

［24］八法：书法理论中有"永字八法"之说，此代指书法艺术。　散圣：放纵不羁而自成大家。

［25］超逸有致：高远飘逸，富于情致。

［26］张阳和：张元汴，号阳和，徐渭之友，曾任翰林院编修等职。

[27] 数奇（jī）：命运不好。

[28] 囹圄：牢狱。

[29] 间世：隔世。

[30] 梅客生：梅国桢，字客生，作者故友。

[31] 奇：此段中"奇"字八次出现，前七次是奇异，不平凡；最后一次读音为奇（jī），即"不顺利"之意。

鉴赏评析

这是作者精心结撰的人物传记。

传主徐渭是明代多才多艺的文学艺术家，在诗歌、散文、戏曲、书法、绘画等方面均有相当的成就和影响，然其遭遇却殊为悲惨。正是出于对传主横溢才华的由衷钦敬及对其悲惨命运的深切同情，作者才倾心结撰此文，将其人、其事、其才情际遇等深深烙进历史的记忆里，任后人传颂，百代有知。

由于传主未曾有惊天动地的伟业，篇中所记多琐屑之事。结构上看似散乱，实则章法井然，通篇围绕"奇"字而作，如清人林西仲所评："文章以'奇'字立骨"。

全文包括四部分。前三段追述作者早年见闻，看似闲散之笔，实则通过《四声猿》的感人、越人单幅的惊心以及《阙编》诗的发现等作层层渲染烘托，极写徐文长的剧奇、画奇、诗奇。

第二部分（四个自然段）叙写徐渭在胡宗宪幕府所受的特别赏识与器重及其屡试屡困、只得放浪山水、寄情于诗的经历，借以表现其才奇、文奇（《白鹿表》令皇上喜甚）以及命奇（jī）。

第三部分（四个自然段）借琐屑小事和细节描写，展示文长赋之奇、书之奇、遭遇之奇（下狱、佯狂、自戕不死等）。

结尾两段是作者对传主的盖棺定评，尤其通过梅国桢的来信，由文长的"病奇""人奇""诗奇""字奇""文奇""画奇"等归结到"无之而不奇"，并以"悲夫"的叹息收结全篇，倾注了无尽的哀惋怜惜之情。

综览全文，诚如林西仲所评："奇"字为骨，立意高妙，章法井然，琐事凝神。

第三讲　巧编寓言　劝世讽君

寓言是文学体裁的一种，是带有劝谕或讽刺性质的故事。它篇幅短小，主人公或为人物、或为动物。其突出特点是运用类比或比喻来讲述道理，或借此喻彼、或借远喻近、或借古讽今、或借小喻大等，使深奥的道理从简单的故事中体现出来，起着讽君劝世的作用。

季梁谏魏王攻邯郸[1]

《战国策》

魏王欲攻邯郸。季梁闻之,中道而反,衣焦不申[2],头尘不去,往见王曰:"今者臣来,见人于大行,方北面而持其驾[3]。告臣曰:'我欲之楚。'臣曰:'君之楚,将奚为北面[4]?'曰:'吾马良。'臣曰:'马虽良,此非楚之路也。'曰:'吾用多[5]。'臣曰:'用虽多,此非楚之路也。'曰:'吾御者善。'此数者愈善,而离楚愈远耳。今王动欲成霸,王举欲信于天下,恃王国之大,兵之精锐,而攻邯郸,以广地尊名[6]。王之动愈数,而离王愈远耳[7],犹至楚而北行也。"

注释

[1] 关于《战国策》与本篇:《战国策》是战国时期分国记事的史料汇编,属国别体杂史,也是一部优秀的散文总集。全书分12国策,33篇,主要记载战国时期谋臣策士游说各国国王或互相辩难的言论与行动。其突出特点是善用寓言故事和比喻说理,描绘人物生动传神,对后代史传文有着深远影响。《季梁谏魏王攻邯郸》:本文选自《战国策·魏策》,记述季梁劝谏魏王停止攻打邯郸的故事。 季梁:魏国公子。 邯郸:战国时赵国的国都。

[2] 衣焦不申:衣服上的皱褶不加整理。 申:同"伸",舒展。

[3] 驾:车驾,套好的马车。

[4] 奚为:为何。

[5] 用:费用,路费。

[6] 广地尊名:扩大领土,增加名望。"广""尊"二字皆为使动用法。

[7] 王之动愈数二句:君王(这样的)举动越多,距离称王天下的路程就越远啊! 数:屡次,多次。 王:建立王业,称王天下。

鉴赏评析

孟子认为:欲王天下者必行"王道",即施行仁义政治:对内保民,对外怀柔。而魏王却想以武力征伐实现其王霸之愿。于是,季梁便演绎出南辕北辙的故事加以劝阻,形象地指出魏王的背道而驰,结果必将事与愿违。

其中驾车人"吾马良""吾用多""吾御者善"的应答分别体现了魏王"我军事强大""我国力雄厚""我将帅擅长指挥"等心理,可谓比喻精当,寓意深刻,对魏王起着很好的讽谏作用,对后世也有着一定的启迪意义。

江乙对荆宣王[1]

《战国策》

荆宣王问群臣曰:"吾闻北方之畏昭奚恤也,果诚何如[2]?"群臣莫对。

江乙对曰:"虎求百兽而食之,得狐。狐曰:'子无敢食我也!天帝使我长百兽,今子食我,是逆天帝命也[3]。子以我为不信,我为子先行,子随我后,观百兽之见我而敢不走乎[4]?'虎以为然,故随与之行,兽见之皆走。虎不知兽畏己而走也,以为畏狐也。今王之地方五千里,带甲百万,而专属之昭奚恤[5]。故北方之畏昭奚恤也,其实畏王之甲兵也,犹百兽之畏虎也。"

注释

[1]《江乙对荆宣王》:本文选自《战国策·楚策一》。江乙:魏国人,有智谋,当时在楚国做官。 荆宣王:即楚宣王,名良夫,公元前369—前340年在位。

[2] 北方:指楚国而外的各国诸侯。因战国七雄,楚居最南,故用"北方"统指其他诸侯国。 昭奚恤:楚国的贵族,宣王手下的名将。 果诚:到底。

[3] 长(zhǎng)百兽:为百兽长。 逆:违抗。

[4] 信:真实,诚实。 走:逃跑。

[5] 带甲:披铠甲,此代指战士。 专属:全权委托。

鉴赏评析

"横成则秦帝,纵成则楚霸。"战国时代,地广兵强的南楚强劲地威胁着其他诸侯国,而重兵在握的昭奚恤亦令北方人闻名生畏。荆宣王对此颇为迷惑,便提出了"北方之畏昭奚恤,果诚何如"的疑问,面对"群臣莫对"的尴尬局面,江乙巧妙地演绎出狐假虎威的故事给以机智的解答。

故事中,百兽之王的虎暗比荆宣王——被人利用而浑然不知;假借虎威的狐暗比昭奚恤——借助楚王军队而张狂自大;纷纷逃匿的百兽比喻北方各国——充分展示其畏惧之情。江乙以此提醒君王:切莫为臣下所蒙蔽、甚至被人利用而不自知。

不死之药[1]

《战国策》

有献不死之药于荆王者[2],谒者操以入。中射之士问曰[3]:"可食乎?"曰:"可。"因夺而食之。王怒,使人杀中射之士。中射之士使人说王曰:"臣问谒者,谒者曰:'可食。'臣故食之。是臣无罪,而罪在谒者也。且客献不死之药,臣食之而王杀臣,是死药也。王杀无罪之臣,而明人之欺王。"王乃不杀。

注释

[1] 关于《不死之药》:本文选自《战国策·楚策》,记述中射之士劝谏荆王不要误服丹药的故事。

[2] 荆王:即楚王,当是顷襄王。

[3] 中射之士:官名,即善射之人而在宫中负责保卫者。

鉴赏评析

古代方术之士为邀功求赏,每每诱导君王服食其丹药,结果不仅难得长生,还往往加剧君王的病痛和死亡。本篇正是中射之士冒死劝谏君王的寓言故事。

面对进献不死之药者,中射之士出于忠君,问明"可食"后便自食之。孰曾料"王怒"欲杀,于是不得不托人辩说:"名为不死之药,服后即被杀。分明是死药。"寥寥数语,巧妙地揭破了术士骗局,而驱散了荆王脑海疑云。可谓谏诤有力,忠贞可嘉。

狗猛酒酸[1]

《韩非子》

宋人有酤酒者，升概甚平，遇客甚谨，为酒甚美，县帜甚高[2]，然而不售。酒酸？怪其故。问其所知闾长者杨倩[3]。倩曰："汝狗猛耶？"曰："狗猛，则酒何故而不售？"曰："人畏焉。或令孺子怀钱，挈壶瓮而往沽，而狗迓而龁之[4]。此酒所以酸而不售也。"

夫国亦有狗。有道之士，怀其术，而欲以明万乘之主[5]。大臣为猛狗，迎而龁之。此人主之所以蔽胁[6]，而有道之士之所以不用也。

注释

[1] 关于作者与本篇：韩非（公元前280—前233年），战国末期哲学家，法家思想的集大成者。出身韩国贵族，曾受学于荀况，与李斯同学。后使秦不返，因李斯、姚贾陷害，于狱中自杀。著有《韩非子》一书，记载了他的法治主张和见解。《狗猛酒酸》：本文节选自《韩非子·外储说右上》。

[2] 酤酒者：卖酒者。 酤：通"沽"，卖。 升概甚平：买卖很公平，从不缺斤少两。 升、概：二者都是量酒器。 县帜：悬挂的酒旗。 县：通"悬"。

[3] 所知闾长者：所认识的乡间年长位尊的人。 知：认识。 闾长：乡间年高位尊之人。

[4] 孺子：小孩子。 挈（qiè）：提。 迓而龁之：迎上去撕咬。 迓（yà）：迎。 龁（hé）：咬。

[5] 明万乘之主：劝谕大国君主。 明：劝谕，晓谕。

[6] 蔽胁：受蒙蔽，挟制。

鉴赏评析

此则寓言表面上两段，实则意含三层。开篇先扬后抑地写酒美不售。中间通过对话揭示出"狗猛酒酸"的不售原因。末尾联系实际：酒家有狗，国家亦有狗，此狗即个别朝臣，并且他们为害益甚：既蒙蔽君主视听，使之难辨忠奸；亦吓退有识之士，使之怀术而去。

寥寥数语，妙点龙睛，表明了作者希望一悟君主的良苦用心。

郢书燕说[1]

《韩非子》

郢人有遗燕相国书者[2],夜书,火不明,因谓持烛者曰:"举烛!"而误书"举烛"。

举烛,非书意也[3]。燕相国受书而说之,曰:"举烛者,尚明也[4]。尚明也者,举贤而任之。"燕相白王[5],王大悦,国以治。

治则治矣,非书意也!今世学者,多似此类。

注释

[1] 关于《郢书燕说》:本文节选自《韩非子·外储说左上》,题目为后人所加。郢:楚国国都。 说:同"悦"。

[2] 遗(wèi):送给。

[3] 举烛,非书意也:"举烛"二字,不是信中要表达的意思。

[4] 尚明:崇尚贤明。

[5] 白:禀告。

鉴赏评析

望文生义、穿凿附会地妄解诗书是古代腐儒最常见的职业病。《郢书燕说》的寓言即反映了这种怪异的文化痼疾。

文章内容可分三层:一、郢人误书"举烛"。二、燕相牵强地解释:由"举烛"到"尚明",再到"举贤任能",何其荒唐!三、联系现实,议论点睛。

文中描写形象生动,揭露痼疾尖锐深刻,具有强烈的讽刺力量,至今仍有其现实意义。

曹商使秦[1]

《庄子》

宋人有曹商者，为宋王使秦。其往也，得车数乘；王说之，益车百乘[2]。

反于宋[3]，见庄子曰："夫处穷闾陋巷，困窘织屦，槁项黄馘者[4]，商之所短也；一悟万乘之主而从车百乘者，商之所长也[5]。"

庄子曰："秦王有病召医，破痈溃痤者[6]，得车一乘；舐痔者[7]，得车五乘。所治愈下，得车愈多。子岂舐其痔耶？何得车之多也？子行矣[8]！"

注释

[1] 关于作者与本篇：庄子（约公元前369—前286年），名周，战国时宋国蒙（今河南商丘东北）人，曾为漆园吏，老子之后道家的主要代表。《庄子》一书共33篇。其文章想象丰富，汪洋恣肆，辞藻瑰丽，多采用寓言形式，富有浪漫色彩，对后代文学有重大影响。《曹商使秦》：本文选自《庄子·列御寇》，对采用卑劣手段而获君王赏赐的曹商予以辛辣讽刺。

[2] 说：同"悦"。 益：增加。

[3] 反：通"返"。

[4] 穷闾陋巷：偏僻狭窄的里巷。 陋：同"隘"。 织屦（jù）：打草鞋。 槁项黄馘：形容人面黄肌瘦的样子。 项：脖子。 馘（guó）：脸。

[5] 万乘之主：大国国王，此指秦王。

[6] 破痈溃痤：治理恶疮毒痔。 痈（yōng）：毒疮。 痤（cuó）：小疖。

[7] 舐（shì）：舔。

[8] 子行矣：犹云"去你的吧！"

鉴赏评析

没有池塘下浊淖的污泥，哪会有池塘上鲜艳的莲花？不是背地里卑劣的伎俩，怎会有大庭广众中令人艳羡的荣华？

在污浊的历史土壤里，某些卑劣小儿往往凭着卑鄙的手段而获得君王特别的赏赐和荣华富贵。曹商就是这样的典型。

此则寓言可分三层。首层写曹商获赏——得车百乘。次层写曹商炫耀——自誉其才，而隐去卑劣。末层写庄周的反唇相讥——通过"破痈溃痤"与"舐痔"的绝妙比喻，尖刻地揭露了曹商荣耀光环背后的卑鄙无耻。

至今俗语中还有"舔腚"的骂人话，即由此而来。遗憾的是，庄周的讥刺并未使曹商之徒羞愧难当而自绝于人类；相反，其后裔秉承其"家风"依然有滋有味儿地享受着人生的荣耀！

追女失妻[1]

刘 向

赵简子举兵而攻齐[2],令军中:有敢谏者罪至死。被甲之士名曰公卢望[3],见简子大笑。简子曰:"子何笑?"对曰:"臣有夙笑[4]。"简子曰:"有以解之则可,无以解之则死[5]。"对曰:"当桑之时[6],臣邻家夫与妻俱之田,见桑中女,因往追之,不能得,还反。其妻怒而去之。臣笑其旷也[7]。"简子曰:"今吾伐国失国,是吾旷也。"于是罢师而归。

注释

[1] 关于作者与本篇:刘向(约公元前77—前6年),本名更生,字子政,沛(今江苏沛县)人。曾任谏议大夫,敢于直言,官至中垒校尉。曾校阅群书,著成《别录》。为西汉经学家、目录学家、文学家。另撰有《新序》《说苑》等。《追女失妻》:本文选自刘向《说苑》,叙写公卢望劝谏赵简子停止攻齐的故事。

[2] 赵简子:名鞅,春秋时晋国的执政者。 举兵:发兵。

[3] 被甲:身穿铠甲。 被:同"披"。 公卢望:人名。

[4] 夙笑:往昔的笑话。 夙:早先,往昔。

[5] 有以解之二句:有用来解释的根据还可以,否则就杀了你。 有以:有用来……的(根据)。 无以:没有用来……的。

[6] 当桑之时:正当采桑季节。

[7] 旷:空缺。此指旷夫,男子成年而无妻者称旷夫。

鉴赏评析

这也是寓言谏君的故事,却颇觉别致。

由于赵简子孤注一掷地伐齐,怕人谏阻,则下令敢谏者死。于是公卢望别出心裁地"见简子大笑",笑得简子莫名其妙而怒问其笑因,这就自然引出了"夙笑"的应答以及"追女失妻"的解释。由"追女失妻"联想到"伐国失国",自然而然地拨云见日,醒悟了君王。

蝜蝂传[1]

柳宗元

蝜蝂者,善负小虫也。行遇物,辄持取,卬其首负之[2]。背愈重,虽困剧不止也[3]。其背甚涩,物积因不散,卒踬仆不能起[4]。人或怜之,为去其负。苟能行[5],又持取如故。又好上高,极其力不已,至坠地死。

今世之嗜取者,遇货不避,以厚其室,不知为己累也[6],惟恐其不积。及其怠而踬也,黜弃之,迁徙之,亦以病矣[7]。苟能起,又不艾[8]。日思高其位,大其禄,而贪取滋甚[9],以近于危坠,观前之死亡不知戒。虽其形魁然大者也,其名人也,而智则小虫也[10]。亦足哀夫[11]。

注释

[1] 关于《蝜蝂传》:这是以立传形式而创作的一篇寓言。蝜蝂(bǎn):一种小爬虫。

[2] 辄:就。 卬:同"昂"。

[3] 虽困剧:即使疲惫到极点。 剧:至,极。

[4] 卒:终于,最后。 踬(zhī)仆:跌倒。

[5] 或:倘若。 苟:如果。

[6] 嗜(shì):特别喜好。 累:牵累,累赘。

[7] 黜弃:遭贬斥,被罢官。 迁徙:因遭贬谪而漂流外地。 病:困苦。

[8] 艾(yì):自责,悔改。

[9] 滋甚:更加厉害。

[10] 虽其形三句:尽管其身躯魁伟高大,名义上是人,其智能却近似小虫。 魁然:高大的样子。

[11] 亦足哀夫:确实(令人)悲哀呀!

鉴赏评析

这是采用为蝜蝂立传的形式而精心结撰的一则寓言。

前一段写蝜蝂,抓住它善负物、喜上高、积习成性而着力描写,直到坠地而死。旨在对应和比照下文的封建官僚。

后一段夹叙夹议,抓住腐败官僚贪得无厌、好向上爬以及死不改悔的特性展开叙述和议论,并画龙点睛地揭破其"外形魁然,而智则小虫"的精神实质,寄寓着作者的辛辣嘲讽和无情鞭笞。

黔之驴[1]

柳宗元

黔无驴,有好事者船载以入[2]。至则无可用,放之山下。虎视之,庞然大物也,以为神。蔽林间窥之,稍出近之,慭慭然莫相知[3]。

他日,驴一鸣,虎大骇,远遁[4];以为且噬己也[5],甚恐。然往来视之,觉无异能者;益习其声[6],又近出前后,终不敢搏。稍近,益狎[7],荡倚冲冒。驴不胜怒,蹄之。虎因喜,计之曰:"技止此耳!"因跳踉大㘎[8],断其喉,尽其肉,乃去。

噫!形之庞也类有德[9],声之宏也类有能,向不出其技,虎虽猛,疑畏卒不敢取。今若是焉,悲夫!

注释

[1] 关于《黔之驴》:本文选自柳宗元的《三戒》,借外强中干的黔之驴讽刺腐败无能的朝中官僚。 黔:指黔中道,唐代十五道之一,辖境包括今贵州东北部和四川、湖南、湖北的小部分地区。其治所在黔州。

[2] 好事者:喜欢多事的人。

[3] 慭慭(yìn)然:小心谨慎的样子。

[4] 远遁:远远地逃跑。

[5] 以为且噬己也:认为将要吃掉自己。 噬(shì):咬。

[6] 益习其声:渐渐地习惯了驴的叫声。 益:渐渐。

[7] 益狎:更加靠近(放肆)。 狎(xiá):轻忽,蔑视。

[8] 跳踉大㘎:跳跃着大声吼叫。 跳踉(liáng):跳跃。 大㘎(hǎn):大声怒吼。

[9] 类有德:好像有德行。 类:好像。

鉴赏评析

这是柳宗元《三戒》的第二篇,其序云:"吾恒恶世人不知推己之本,而乘物以逞,或依势而干非其类,出技以怒强,窃时以肆暴,而卒迨于祸。"本篇即讥讽"出技以怒强,窃时以肆暴"的寓言精品。

全文共三段。首段写黔驴来历及老虎初见时的心态,反衬黔驴的"形之庞"。次段通过老虎由"远遁"到"习其声"、再由"益狎"到最终食之以反衬黔驴的"声之宏"及其虚弱本质。末段借议论而升华主题,表达作者对某些威势显赫、而寡才之能的权贵人物的辛辣嘲讽。形象生动,寓意深刻。

希世奇珍[1]

刘 基

工之侨得良桐焉,斫而为琴,弦而鼓之,金声而玉应[2]。自以为天下之美也,献之太常[3],使国工视之,曰:"弗古",还之。

工之侨以归,谋诸漆工,作断纹焉[4]。又谋诸篆工,作古窾焉[5]。匣而埋诸土,期年出之[6]。抱以适市,贵人过而见之,易之以百金[7],献诸朝。乐官传视,皆曰:"希世奇珍也!"

工之侨闻之,叹曰:"悲哉!世也。岂独一琴哉?莫不然矣。"

注释

[1] 关于作者与本篇:刘基(公元1311—1375年),字伯温,浙江青田人。元末进士,曾任高安县丞,浙江儒学副提举,后弃官归隐。朱元璋起兵后,被邀出山,聘为谋士,成为明代开国功臣之一。封为诚意伯,著有《诚意伯文集》。《希世奇珍》:节选自刘基的《郁离子·千里马》。《郁离子》是用寓言及议论形式写成的著作,共18章,195篇。

[2] 斫(zhuó):砍削。 弦而鼓之:绷上弦去演奏。 鼓:演奏。 金声而玉应:声音如金钟,回响如玉磬。

[3] 太常:朝廷中主管音乐的官。

[4] 诸:之乎,之于。

[5] 篆(zhuàn)工:能刻写篆字的工匠。 窾:通"款",款识,即刻在器物上作为标志的文字。

[6] 期(jī)年:满一周年。

[7] 易之:买它(指琴)。

鉴赏评析

此乃针砭世风的寓言小品。

厚古薄今、贵假贱真的社会环境逼迫着人们弄虚作假,以赢得社会的认可。否则,货真价实之物、忠厚老实之人只能寂寂无闻,沉埋终生。此则寓言即揭露并鞭笞了这种怪异现象。

内容分三层。首段写优质桐琴遭国工遗弃。次段写桐琴经一番造假而得到认可——成了"希世奇珍"。末段是工之侨无可奈何的悲叹,有力地揭露、控诉了元末伪风盛行,而真风告逝的社会现实。

第四讲 寓言(性)传记 妙揭时弊

　　寓言（性）传记，表面上好像人物传记，实则带有寓言性质。它往往采用人物对话的形式（作者问，对方答），借他人之口既尖锐地揭露时政弊端，也巧妙地保护了作者自身。在构思安排方面，颇有值得借鉴之处。

齐人有一妻一妾[1]

《孟子》

齐人有一妻一妾而处室者。其良人出，则必餍酒肉而后反[2]。其妻问所与饮食者，则尽富贵也。其妻告其妾曰："良人出，则必餍酒肉而后反，问其与饮食者，尽富贵也；而未尝有显者来。吾将瞷良人之所之也[3]。"

蚤起，施从良人之所之，遍国中无与立谈者[4]。卒之东郭墦间之祭者乞其余[5]，不足，又顾而之他。此其为餍足之道也。

其妻归，告其妾曰："良人者，所仰望而终身也，今若此！"与其妾讪其良人[6]，而相泣于中庭。良人未之知也，施施从外来[7]，骄其妻妾。

由君子观之，则人之所以求富贵利达者，其妻妾不羞也，而不相泣者，几希矣[8]！

注释

[1]《齐人有一妻一妾章》：本文选自《孟子·离娄下》，通过齐人外乞墦间、内骄妻妾的故事描写，讽刺宦海中当面为人、背后为鬼的可耻行径。

[2] 处室：居家度日。 良人：即丈夫。 餍（yàn）：饱食。 反：同"返"。

[3] 显者：显要富贵之人。 瞷（jiàn）：偷看，暗中监视。

[4] 蚤：同"早"。 施（yì）：悄悄地，偷偷摸摸地。 国中：城中。

[5] 墦（fán）间：坟墓间。

[6] 讪（shàn）：讥笑，怨谤。

[7] 施施（yí）：得意洋洋。

[8] 几希：很少。 希：同"稀"。

鉴赏评析

这是一篇带有寓言性质的人物记。

内容分两层。首层记人物（包括前三段）。先写齐人"餍酒肉""交富贵"的夸耀引起妻子疑心。次写其妻跟踪以及发现其所谓的"餍足之道"——即墦间行乞。再写妻子的哭诉以及齐人依然故态的骄色傲相，充分展示其虚伪卑鄙、恬不知耻的丑恶形象和心态。

第二层即末段，借君子之口而发议论，将齐人装腔作势的欺诈行为与官场上弄虚作假、欺世盗名的卑劣伎俩相联系，从而辛辣地讽刺了为升官发财而不择手段的追名逐利客。

种树郭橐驼传[1]

柳宗元

  郭橐驼,不知始何名。病偻,隆然伏行,有类橐驼者[2],故乡人号之"驼"。驼闻之曰:"甚善,名我固当。"因舍其名,亦自谓"橐驼"云。

  其乡曰丰乐乡,在长安西。驼业种树,凡长安豪富人为观游及卖果者,皆争迎取养[3]。视驼所种树,或移徙,无不活,且硕茂、早实以蕃[4]。他植者虽窥视效慕,莫能如也[5]。

  有问之,对曰:"橐驼非能使木寿且孳也,能顺木之天以致其性焉尔[6]。凡植木之性:其本欲舒,其培欲平,其土欲故,其筑欲密[7]。既然已,勿动勿虑,去不复顾[8]。其莳也若子,其置也若弃[9],则其天者全而其性得矣。故吾不害其长而已,非有能硕茂之也;不抑耗其实而已,非有能早而蕃之也。他植者则不然:根拳而土易[10];其培之也,若不过焉则不及[11]。苟有能反是者,则又爱之太殷[12],忧之太勤,且视而暮抚,已去而复顾。甚者爪其肤以验其生枯,摇其本以观其疏密[13],而木之性日以离矣。虽曰爱之,其实害之;虽曰忧之,其实仇之;故不我若也。吾又何能为哉!"

  问者曰:"以子之道,移之官理[14],可乎?"驼曰:"我知种树而已。理,非吾业也。然吾居乡,见长人者好烦其令,若甚怜焉,而卒以祸[15]。旦暮吏来而呼曰:'官命促尔耕,勖尔植,督尔获;早缫而绪,早织而缕,字而幼孩,遂而鸡豚[16]。'鸣鼓而聚之,击木而召之。吾小人辍飧饔以劳吏者[17],且不得暇,又何以蕃吾生而安吾性也?故病且怠[18]。若是,则与吾业者其亦有类乎?"

  问者嘻曰[19]:"不亦善夫!吾问养树,得养人术。"传其事以为官戒也[20]。

注释

  [1]《种树郭橐驼传》:本文既像是人物传记,更兼有寓言性质。作者借郭橐驼之口,由种树之理谈到做官治民,巧妙地揭露生事扰民的时政弊端。 橐驼:骆驼,因驼背上有高起如橐袋的肉峰,故称骆驼为橐驼。

  [2]偻(lǚ):脊背弯曲,指驼背。 隆然伏行:脊背高起,伏身走路。 类:类似,好像。

  [3]业种树:以种树为职业。 为观游:修建观赏游览场所。 争迎取养:争着迎接他,请他养树。

［4］早实以蕃：果实结得早而多。

［5］窥伺效慕：偷偷观察，仿效学习。

［6］寿且孳（zī）：寿命长而且茂盛。　顺木之天以致其性：顺应树木的生长规律，使获得它的生长习性。　天：自然规律。　致：使获得。

［7］培：壅土，在根基周围堆上土。　故：旧（土）。　筑：捣土。

［8］既然已：这样做了以后。　去不复顾：离开不要再管（它）。

［9］其莳也若子二句：栽种时要像对待儿子那样精心，栽好后要像抛弃了一样放心。莳（shì）：栽种。　置：搁。

［10］拳：屈曲不舒展。　土易：换了新土。

［11］其培之也二句：培土时，如果不是培过头儿，就是没有培到位。

［12］苟有能反是者：如果有人和上面的种法相反。　殷：指（爱护得）过分。

［13］爪其肤：扣树皮。　摇其本：晃树根儿。

［14］官理：为官治民。　理：治理。

［15］长人者：指官吏。　若甚怜焉二句：好像很怜悯百姓，结果给百姓带来了灾祸。卒：最终，结果。

［16］勖（xù）：勉励。　缫（sāo）：煮茧抽丝。　绪：丝线，线头儿。　缕：线。字：养育。　遂：成长，指喂养好。　豚（tún）：小猪。

［17］辍（chuò）：停止。　飧饔（sūn yōng）：晚饭和早饭，代指饭食。

［18］病且怠：困苦疲劳。

［19］嘻：笑。

［20］官戒：当官者的鉴戒。

鉴赏评析

这是一篇带有寓言性的人物传记。

结构上，作者煞有介事地采用现场采访记的形式，先介绍郭橐驼的得名由来及其高超的种树经验，而后通过问答，借郭橐驼之口，论述种树之理及为官治民之道，从而巧妙而深刻地揭露了"长人者"生事扰民的时政弊端。

郭橐驼谈种树之理采用对比手法，先叙其"顺木之天以致其性"的成功经验，以比照两种他植者的错误做法。而在介绍两种他植者（即草率马虎和过分操心）的错误做法时，对前者一略而过，对后者则详加渲染，以突出过分操心的严重危害；从而与下文"长人者好繁其令"构成类比，以突出其"若甚怜焉，而卒以祸"的扰民后果。类比的运用大大增强了文章的形象性和艺术感染力。

捕蛇者说[1]

柳宗元

永州之野产异蛇,黑质而白章[2];触草木,尽死;以啮人,无御之者[3]。然得而腊之以为饵,可以已大风、挛踠、瘘、疠,去死肌,杀三虫[4]。其始,太医以王命聚之,岁赋其二,募有能捕之者,当其租入[5]。永之人争奔走焉。

有蒋氏者,专其利三世矣。问之,则曰:"吾祖死于是,吾父死于是,今吾嗣为之十二年,几死者数矣[6]。"言之,貌若甚戚者。

余悲之,且曰:"若毒之乎?余将告于莅事者,更若役[7],复若赋,则何如?"蒋氏大戚,汪然出涕曰:"君将哀而生之乎?则吾斯役之不幸,未若复吾赋不幸之甚也。向吾不为斯役,则久已病矣[8]。自吾氏三世居是乡,积于今六十岁矣,而乡邻之生日蹙,殚其地之出,竭其庐之入[9],号呼而转徙,饥渴而顿踣,触风雨,犯寒暑,呼吸毒疠,往往而死者相藉也[10]。曩与吾祖居者,今其室十无一焉;与吾父居者,今其室十无二三焉;与吾居十二年者,今其室十无四五焉;非死则徙耳[11],而吾以捕蛇独存。悍吏之来吾乡,叫嚣乎东西,隳突乎南北[12],哗然而骇者,虽鸡狗不得宁焉。吾恂恂而起,视其缶,而吾蛇尚存,则弛然而卧[13]。谨食之,时而献焉。退而甘食其土之有,以尽吾齿[14]。盖一岁之犯死者二焉,其余则熙熙而乐。岂若吾乡邻之旦旦有是哉[15]?今虽死乎此,比吾乡邻之死则已后矣,又安敢毒邪?"

余闻而愈悲。孔子曰:"苛政猛于虎也[16]。"吾尝疑乎是,今以蒋氏观之,犹信。呜呼!孰知赋敛之毒有甚是蛇者乎[17]?故为之说,以俟夫观人风者得焉[18]。

注释

[1]《捕蛇者说》:本文借捕蛇者的言论,揭露了中唐统治者横征暴敛、民生日蹙的社会现实,也揭示了"苛政猛于虎""赋敛毒甚蛇"的主题思想。

[2]黑质而白章:黑色皮肤上呈现有白色花纹。　章:花纹。

[3]啮(niè):咬。　御:抵挡,防治。

[4]腊(xī):干肉,此处有"晾干"之意。可以已大风句:可以治好麻风、挛踠、瘘、疠等疾病,消除腐烂的肌肉,杀死危害人体的病虫。　已:止住,治好。　大风:麻风病。　挛踠(luán wǎn):手脚弯曲不能伸展。　瘘(lòu):脖子肿。　疠(lì):恶疮。

三虫：指使人致病的寄生虫。

[5] 太医：专为皇帝治病的医生。　岁赋其二：每年征收两次。　当：充抵，充当。

[6] 是：这种事（捕蛇）。　嗣：继承。　几死：接近死亡。　几：接近，差点儿。

[7] 若毒之乎：你痛恨这件事吗？　毒：痛恨。　莅事者：管政事的人。　莅（lì）：掌管。　更：改，变换。

[8] 向：假如从前。　病：困苦。

[9] 日蹙（cù）：一天天困迫。　殚（dān）其地之出二句：拿出地里的全部收获，拿出家中的全部财产。

[10] 号呼而转徙二句：哭喊着到处流浪，饥渴得跌倒地上。　顿踣（bó）：困顿跌倒。　呼吸毒疠：呼吸着毒疫之气。　疠：疫气。　相藉：相互藉压。

[11] 曩（nǎng）：从前。　非死则徙：不是死了，就是迁移了。

[12] 叫嚣乎东西二句：形容四处吆喝、横冲直撞的情景。　隳突：骚扰冲突。　隳（huī）：破坏。

[13] 恂恂（xún）：小心谨慎的样子。　缶（fǒu）：瓦罐。　弛然而卧：轻松放心地躺下。

[14] 以尽吾齿：来度过我（生命）的岁月。　齿：年岁。

[15] 熙熙：和乐的样子。　旦旦有是：天天遭遇这种危险。

[16] 苛政猛于虎：语出《礼记·檀弓下》，意谓烦苛政治的危害比老虎更凶猛。

[17] 孰知赋敛之毒句：谁知道赋敛的毒害比毒蛇更毒呢？

[18] 故为之说二句：所以记下他的言论，等待考察民情的官吏得到它。　俟（sì）：等待。　观人风者：指考察民情的官吏。

鉴赏评析

此文在体裁和结构上均与前篇相似。体裁上属于寓言性人物言论记，结构上仍是现场采访记的形式。

全文共三部分。开篇记述永州异蛇的毒性、药物疗效及永之人争捕的原因，为后文预作铺垫和反衬。

第二部分是精心编制的采访过程，包括中间三个自然段，主要记述作者与蒋氏的问答，通过蒋氏之口，揭露了悍吏对农夫的残酷搜刮，致使耕田之家死的死、逃的逃，而蒋氏却因捕蛇独存并深为庆幸。

由此自然引出结尾部分——采访者的总结发言：先引孔子"苛政猛于虎"的名言作衬托，而后将赋敛之毒与蛇毒相对比，从而鲜明深刻地揭示出赋敛之毒甚于蛇的主题思想。

卖柑者言[1]

刘 基

杭有卖果者，善藏柑，涉寒暑不溃[2]。出之烨然[3]，玉质而金色。置于市，贾十倍，人争鬻之[4]。予贸得其一，剖之，如有烟扑口鼻。视其中，则干若败絮[5]。予怪而问之曰："若所市于人者，将以实笾豆、奉祭祀、供宾客乎[6]？将炫外以惑愚瞽乎[7]？甚矣哉，为欺也！"

卖者笑曰："吾业是有年矣，吾赖是以食吾躯[8]。吾售之，人取之，未尝有言，而独不足子所乎？世之为欺者不寡矣，而独我也乎？吾子未之思也[9]。今夫佩虎符、坐皋比者，洸洸乎干城之具也，果能授孙吴之略耶[10]？峨大冠、拖长绅者，昂昂乎庙堂之器也，果能建伊皋之业耶[11]？盗起而不知御，民困而不知救，吏奸而不知禁，法斁而不知理，坐縻廪粟而不知耻[12]。观其坐高堂、骑大马、醉醇醴而饫肥鲜者，孰不巍巍乎可畏、赫赫乎可象也[13]？又何往而不金玉其外、败絮其中也哉？今子是之不察[14]，而以察吾柑！"

予默然无以应。退而思其言，类东方生滑稽之流[15]。岂其愤世嫉邪者耶？而托于柑以讽耶[16]？

注释

[1]《卖柑者言》：本文选自《诚意伯文集》，作者假托卖柑者的议论，揭露讽刺封建官僚"金玉其外、败絮其中"的腐朽本质。

[2] 涉寒暑不溃：经冬历夏而不腐烂。 涉：经历，经过。

[3] 烨（yè）然：鲜艳夺目的样子。

[4] 贾：同"价"。 鬻（yù）：本意为"卖"，此处作"买"。

[5] 贸：买。 干若败絮：干枯得像破旧的棉絮。

[6] 若所市于人者：你卖给别人的柑。 若：你。 市：卖。 笾（biān）豆：古代祭祀或宴会时用来盛果品或食物的器皿。

[7] 将炫外以惑愚瞽乎：还是炫耀其（柑）华美的外表来蒙骗傻子和瞎子呢？ 愚瞽：傻子和瞎子。

[8] 吾业是有年：我以此为业多年了。 吾赖是以食吾躯：我靠这个（生意）来养活自身。 赖：依靠。 食（sì）：养活。

[9] 吾子未之思：你不曾考虑这一点儿。 吾子：对对方的尊称。

[10] 虎符：虎状的兵符，古代朝廷调兵的凭证，上刻文字，双方各执一半，以验真假。　皋比（gāo pí）：虎皮，此代指披着虎皮的椅子。　洸洸（guāng）：威武的样子。干城之具：捍卫国家的才子。　干：通"捍"。　具：才能。　孙吴之略：孙武和吴起的兵法。　孙吴：指孙武和吴起，春秋战国时期的军事家。　略：兵法，谋略。

[11] 峨大冠：高高地戴着官帽。　峨：高耸。　拖长绅：（腰间）拖着长长的带子。长绅：古代士大夫系在腰间的长带。　昂昂：气概不凡的样子。　庙堂之器：朝廷重臣，国家栋梁。　伊皋：指伊尹和皋陶，上古时两个有名的贤臣。伊尹是商汤的宰相，曾助汤伐桀，后治国有方。皋陶曾辅佐虞舜治国，掌管刑法。

[12] 御：抵抗。　奸：狡诈，此指贪污舞弊。　法斁（dù）：法律败坏。　糜廪粟：耗费国家的粮食。　廪：国家的仓库。

[13] 醉醇醴：喝足了美酒。　醇醴（chún lǐ）：美酒。　饫肥鲜：饱餐了肥肉鲜鱼。饫（yù）：饱食。　孰不巍巍乎可畏二句：哪一个不威风凛凛的令人望而生畏、显赫威武的让人敬慕效法呢？　象：模仿，效法。

[14] 是之不察：这些不去过问。

[15] 类：好像是。　东方生：东方朔，字曼倩，汉武帝时文学家，善辞赋，官金马门侍中，聪明诙谐，常以滑稽之语讽谏皇帝。

[16] 岂其愤世嫉邪者耶二句：难道他是愤世嫉邪的人，而假托柑子来讥讽时事吗？

鉴赏评析

此文亦属于寓言性人物言论记。

全文三段：先由买柑被骗而责问卖柑者。次为卖柑者的辩解和反驳。三是遭反驳后的沉思。

文章结构自然巧妙。前两部分中，由对卖柑者欺骗行为的责问引出卖柑者的辩驳，从而将外观烨然、内若败絮的柑橘与朝廷上威风凛凛、实无一能的达官显宦联系起来，由小欺到巨骗，深刻揭露并讽刺了"金玉其外，败絮其中"的朝廷重臣及元末的腐败政治。

同时，作者由义正词严地责问卖柑者到被卖柑者责问得默然不应、理屈词穷。这样安排的好处在于，既借他人之口犀利地揭露了时政弊端，也巧妙地保护了作者自身。

第五讲　情寄山水　物我交融

　　受元结游记文的启迪,谪居永州的柳宗元写出了著名的山水游记代表作品《永州八记》。其特点在于刻画细致、寄托深远、寓情于景、情景交融。即在山水描写中自然地透出作者身影(包括遭遇、志向、性情等,皆物我合一),从而使山水游记成为一种独立的散文样式,成了一道别具特色的文学风景线。

始得西山宴游记[1]

柳宗元

　　自余为僇人,居是州,恒惴栗[2]。其隟也,则施施而行,漫漫而游[3],日与其徒上高山,入深林,穷回溪[4]。幽泉怪石,无远不到;到则披草而坐,倾壶而醉;醉则更相枕以卧,卧而梦,意有所极,梦亦同趣[5];觉而起,起而归。以为凡是州之山水有异态者,皆我有也[6],而未始知西山之怪特。

　　今年九月二十八日,因坐法华西亭[7],望西山,始指异之。遂命仆人过湘江,缘染溪[8],斫榛莽,焚茅茷[9],穷山之高而止。攀缘而登,箕踞而遨[10],则凡数州之土壤,皆在衽席之下[11]。其高下之势,岈然洼然,若垤若穴[12];尺寸千里,攒蹙累积,莫得遁隐[13];萦青缭白,外与天际[14],四望如一。然后知是山之特立,不与培塿为类[15]。悠悠乎与颢气俱,而莫得其涯;洋洋乎与造物者游,而不知其所穷[16]。引觞满酌,颓然就醉[17],不知日之入。苍然暮色,自远而至,至无所见,而犹不欲归。心凝形释,与万化冥合[18]。然后知吾向之未始游[19],游于是乎始[20],故为之文以志。是岁,元和四年也。

注释

　　[1]《始得西山宴游记》:这是永贞革新失败之后,作者贬官永州司马时所作的《永州八记》第一篇。因西山为"向之未始游",故以"始得"二字命题名篇。　西山:在今湖南零陵城西。

　　[2] 僇(lù)人:遭受刑戮侮辱的人。　是州:这个州,指永州。　惴栗:惊恐不安,不时战栗。

　　[3] 隟:闲暇,空闲。　施施(yí):缓行的样子。　漫漫:漫无目的的样子。

　　[4] 回溪:迂回曲折的溪水。　溪:同"溪"。

　　[5] 意有所极二句:心中想到哪里,做梦也跟随到哪里。　极:至。　趣:同"趋",往。

　　[6] 有:欣赏,领略。

　　[7] 法华西亭:零陵县城内东山上有法华寺,元和四年(公元809年),作者在寺西建亭,并撰文《永州法华寺新作西亭记》记其事。

　　[8] 缘:沿着,顺着。　染溪:潇水支流,在湖南零陵西南。一名"冉溪"。

　　[9] 斫榛莽:砍伐芜杂丛生的草木。　茅茷(fèi):茂密的茅草。

　　[10] 箕踞:两腿伸开,像簸箕一样席地而坐。　遨:游,指目游。

[11] 衽（rèn）席：座席。

[12] 岈（xiā）然：山峰高耸的样子。　洼然：山谷深陷的样子。　垤（dié）：蚂蚁洞前的小土堆。

[13] 攒蹙：形容景物聚缩收拢在一起。　攒（cuán）：聚集。　蹙（cù）：收缩。

[14] 萦青缭白：青山白水互相缠绕。　际：连接。

[15] 特立：卓然独立。　培塿（pǒu lóu）：小土丘。

[16] 悠悠乎与颢气俱二句：描写登高望远，随着视野开阔而心胸亦为之开阔的情景。大意说：目光无穷无尽，心胸顿觉广阔无边，似乎随大气升腾，无所不在；似乎随天地同游，无所不至。　悠悠：无穷无尽的样子。　颢（hào）气：指天地间的大气。　洋洋：无边无际的样子。　造物者：指天地，大自然。

[17] 引觞满酌：端起酒杯，满满斟上酒。　觞（shāng）：酒杯。　酌：斟酒。　颓然：松弛倒下的样子。

[18] 心凝形释二句：形容物我两忘、超脱一切的精神境界。大意是，心神凝定专一，忘记了自身存在，似乎形体已经冰释，与万物暗暗地合成了一体。　心凝：心神凝定虚静。　形释：形体似乎已经融化消失，不复存在。　万化：万物。

[19] 向：从前。

[20] 游于是乎始：游玩从这一次开始。

鉴赏评析

永贞革新失败后，曾为礼部员外郎的作者被革职查办，其间免不了遭刑挨打，心理创伤殊为严重。故而贬官永州后，他得空便外出——游山玩水，想借此排遣郁懑，疗治心灵的创伤。由此即产生了著名的《永州八记》。

本文是《永州八记》的第一篇。首段叙述贬官心境及平日游玩，为其后的西山之游作铺垫反衬。后段记叙西山之游及其感悟。

突出的特点是寓情于景，物我交融。文章中高大特立、"不与培塿为类"的西山实则象征着作者孤高自恃、蔑视群小、卓荦特立的人品；而西山幽处荒远、不被人知的处境也暗寓着作者远谪蛮荒、备受冷落的凄惨境遇。乍看来，句句写山水；细味之，处处含人韵。充分显示了作者借山水以展现自我的艺术功力。

钴𬭁潭西小丘记[1]

柳宗元

得西山后八日,寻山口西北道二百步[2],又得钴𬭁潭。潭西二十五步,当湍而浚者为鱼梁[3]。梁之上有丘焉,生竹树。其石之突怒偃蹇[4],负土而出,争为奇状者,殆不可数。其嵌然相累而下者,若牛马之饮于溪;其冲然角列而上者[5],若熊罴之登于山。

丘之小不能一亩,可以笼而有之。问其主,曰:"唐氏之弃地,货而不售。"问其价,曰:"止四百。"余怜而售之。李深源、元克己时同游,皆大喜,出自意外[6]。即更取器用,铲刈秽草[7],伐去恶木,烈火而焚之。嘉木立,美竹露,奇石显。由其中以望,则山之高,云之浮,溪之流,鸟兽之遨游,举熙熙然回巧献技,以效兹丘之下[8]。枕席而卧,则清泠之状与目谋,瀯瀯之声与耳谋,悠然而虚者与神谋,渊然而静者与心谋[9]。不匝旬而得异地者二,虽古好事之士,或未能至焉。

噫!以兹丘之胜,致之沣、镐、鄠、杜,则贵游之士争买者[10],日增千金而愈不可得。今弃是州也,农夫、渔父过而陋之,贾四百,连岁不能售;而我与深源、克己独喜得之,是其果有遭乎?书于石,所以贺兹丘之遭也。

注释

[1]《钴𬭁潭西小丘记》:是《永州八记》的第三篇,第二篇是《钴𬭁潭记》。钴𬭁潭:在西山西麓,因潭形似熨斗,故名。

[2] 寻:沿着,顺着。

[3] 当湍而浚者:在水深流急的地方。湍(tuān):水流急。浚:水深。鱼梁:垒在水中的石堰,中间留有缺口,用来安放渔具捕鱼。

[4] 突怒:石头高耸的样子。偃蹇(jiǎn):屈曲起伏的样子。

[5] 嵌然相累而下:由高向低衔接着而下。冲然角列而上:像兽角斜列着往上。

[6] 李深源、元克己:二人皆为作者朋友。深源名幼清,原任太府卿;克己原任侍御史,此时与作者同贬永州。

[7] 更:各自。铲刈:铲除割掉。

[8] 举熙熙然回巧献技:都高高兴兴地呈现出巧姿和技艺。效:显耀,表现。

[9] 清泠之状与目谋四句:清幽美妙的景色与视觉和谐一致,轻匀而有节奏的水声与

听觉和谐一致,悠远而空旷的天色与精神和谐一致,深幽而宁静的环境与心灵感觉和谐一致。 谋:合拍,一致。

[10] 沣、镐、鄠、杜:皆唐朝京都长安附近的地方,为达官贵人的住处。 沣(fēng):古地名,在今陕西户县东。 镐(hào):古地名,在今陕西西安西南,周武王建都于此。 鄠(hù):汉代县名,在今陕西户县,汉代上林苑所在地。 杜:旧县名,在今陕西西安东南,也称杜陵。 贵游之士:爱好游玩的贵族之士。

鉴赏评析

文章借小丘之胜及其被人遗弃的遭遇,抒发作者贬谪蛮荒、怀才不遇的愤懑情怀。

首段写小丘位置及丘石遍布,异态纷呈。中段写小丘遭遇(由"货而不售"到终遇买主)及梳整后的胜景。末段通过议论,明贺小丘,而暗伤自身。

山水人格化的特点在本文体现得尤为突出,即在小丘的描写中处处蕴含着作者的身影。譬如,在小丘梳整后的形胜美景及异态纷呈的丘石描绘中,隐透着作者踔厉风发而又品格俊逸的才子形象;小丘"连岁不能售"以及"农夫渔父过而陋之"的命运,正是作者怀才不遇、备受冷落的生动写照;篇末对小丘的庆贺里,更饱含着浓厚的自叹自怜之情。物我交融,寄慨遥深。

小石潭记[1]

柳宗元

从小丘西行百二十步，隔篁竹，闻水声，如鸣佩环[2]，心乐之。伐竹取道，下见小潭，水尤清冽。全石以为底，近岸，卷石底以出。为坻、为屿、为嵁、为岩[3]。青树翠蔓，蒙络摇缀[4]，参差披拂。

潭中鱼可百许头，皆若空游无所依。日光下澈，影布石上，佁然不动[5]。俶尔远逝，往来翕忽[6]，似与游者相乐。

潭西南而望，斗折蛇行[7]，明灭可见。其岸势犬牙差互[8]，不可知其源。坐潭上，四面竹树环合，寂寥无人，凄神寒骨，悄怆幽邃[9]。以其境过清，不可久居，乃记之而去。

同游者：吴武陵、龚古、余弟宗玄[10]；隶而从者，崔氏二小生，曰恕己、曰奉壹[11]。

注释

[1]《小石潭记》：是《永州八记》的第四篇。

[2] 篁（huáng）竹：竹丛。 佩环：即佩玉，亦名玉佩，是古人系在腰间的玉饰，行走时叮叮作响。

[3] 坻（chí）：水中高地。 屿（yǔ）：小岛。 嵁（kān）：不平的岩石。

[4] 蒙络摇缀：遮掩笼罩，互相交织。

[5] 日光下澈：日光直照到水底。 澈：同"彻"。 佁（yǐ）然：静止的样子。

[6] 俶（chù）尔远逝：突然游向远处。 翕（xì）忽：迅捷的样子。

[7] 斗折蛇行：形容溪流曲折如北斗，蜿蜒似游蛇。

[8] 犬牙差互：形容岸势似狗牙般交错。 差互：互相交错。

[9] 悄怆幽邃：形容环境幽深、寂静得令人心寒，毛骨悚然。

[10] 吴武陵：作者好友，信州人，当时亦贬在永州。 龚古：未详。 宗玄：作者从弟。

[11] 隶而从者：跟随游玩的人。 崔氏二小生：姓崔的两个少年，即崔恕己、崔奉壹，是作者姐夫崔简的儿子。

鉴赏评析

《小石潭记》是作者《永州八记》中最为人称道的力作，"水尤清冽"四字是全篇的主心骨（中心描写句）。

开篇用先声夺人之法点明石潭位置及"水尤清冽"的特点。接着借水底之石的奇形怪状及潭中游鱼的动态静姿而着力表现"水清"，以至于清澈见底，空若无物；暗寓着作者光明磊落、冰清玉洁的高尚人品。后两段写石潭环境。如此"清冽"的石潭，四周却殊为幽寂，以至于"凄神寒骨，悄怆幽邃"，寄托着作者被弃远荒、备受冷落、无人理睬的凄惨境遇。

与前两篇一样，在小石潭的景物描写中，读者自可窥见作者的人格魅力及其命运遭际的凄惨哀戚。

满井游记[1]

袁宏道

燕地寒,花朝节后[2],余寒尤厉,冻风时作。作则飞沙走砾[3],局促一室之内,欲出不得。每冒风驰行,未百步辄返。

廿二日,天稍和,偕数友出东直[4],至满井。高柳夹堤,土膏微润,一望空阔,若脱笼之鹄[5]。于是,冰皮始解,波色乍明[6],鳞浪层层,清澈见底,晶晶然如镜之新开,而冷光之乍出于匣也[7]。山峦为晴雪所洗,娟然如拭,鲜艳明媚,如倩女之靧面而髻鬟之始掠也[8]。柳条将舒未舒,柔梢披风;麦田浅鬣寸许[9]。游人虽未盛,泉而茗者,罍而歌者,红装而蹇者[10],亦时时有。风力虽尚劲,然徒步则汗出浃背。凡曝沙之鸟,呷浪之鳞,悠然自得[11],毛羽鳞鬣之间,皆有喜气。始知郊田之外,未始无春[12],而城居者未之知也。

夫能不以游堕事,而潇然于山水草木之间者,惟此官也[13]。而此地适与余近,余之游将自此始,恶能无纪?己亥之二月也[14]。

注释

[1]《满井游记》:选自《袁中郎全集》。 满井:井名,在北京东直门外近郊。其井水水面常比井边高,井中是个水泉。明清之际,居京人士常来此游览。

[2]燕地:指北京一带,因古属燕国,故称燕。 花朝节:旧时以农历二月十五(或云二月初二,或云二月十二)为百花生日,故称是日为花朝节。

[3]飞沙走砾:沙尘飞扬,碎石子乱滚。 砾(lì):碎石子。

[4]偕:陪同。 东直:即东直门,北京东城墙北门。

[5]土膏微润:土地刚刚解冻,有些湿润。 若脱笼之鹄:好像从笼子里放飞的鸟一样。 鹄(hú):天鹅,此代指鸟。

[6]波色乍明二句:水波刚刚泛出光亮,荡着一层层鱼鳞似的浪花。 乍:刚刚。

[7]晶晶然如镜之新开二句:亮洁的水面好像刚打开的镜子,清冷的光不时地明灭闪烁。 匣:盒子,此指镜盒。

[8]娟然如拭:美好秀丽的样子,如同擦拭过。 如倩女之靧面句:好像美女洗脸时刚刚梳理过的发髻。 靧(huì)面:洗脸。

[9]舒:伸展,放开。 柔梢披风:柔嫩的柳梢在春风中飘散。 浅鬣寸许:(麦苗像)短短的马鬣有一寸高左右。 鬣(liè):马鬣。

[10]泉而茗者三句:取泉水煮茶的,边饮酒边唱歌的,身着红装而骑毛驴儿的(妇

女)。　茗：茶，此指煮茶。　罍：酒器，此指饮酒。　蹇（jiǎn）：驴子，此指骑驴者。

[11] 曝沙之鸟：在沙滩上晒太阳的鸟。　曝：晒。　呷浪之鳞：在水面呼吸逗乐的鱼类。　呷（xiá）：吸。

[12] 未始无春：并非没有春天，城中人不知道罢了。

[13] 夫能不以游堕事：能不因为游玩而影响事务。　堕：耽误，影响。　此官：当时作者为顺天府儒学教授。

[14] 适：刚好。　恶能：怎能。　己亥：万历二十七年（公元1599年）。

鉴赏评析

春日里，生机勃勃的原野给作者带来无尽的喜悦，也酿就了这篇优美的游记体散文。

首段以压抑的笔触叙写燕地春寒，冻风囚人，为下文的描写预作有力铺衬。

中段为全文重心，着力描写郊游的勃勃春意。先总写出游感受：经过一冬的闭锁而来到空阔的原野，顿生出"若脱笼之鹄"的突获解放之感。接着描写春景：由清澈如镜的河水写到如倩女新妆的山峦，再通过柳条、麦田的勾勒，展现一派清新明媚的气象。继而写游人之乐、鱼鸟之喜，"毛羽鳞鬣之间，皆有喜气"。既烘托出荡漾无边的春意，也披露了作者难掩的愉悦。

末段由职位的闲散、寄情山水的志趣进而点明作记原因和时间，也是游记结尾的常见形式。

登泰山记[1]

姚 鼐

泰山之阳，汶水西流；其阴，济水东流[2]。阳谷皆入汶，阴谷皆入济。当其南北分者，古长城也[3]。最高日观峰[4]，在长城南十五里。

余以乾隆三十九年十二月，自京师乘风雪，历齐河、长清，穿泰山西北谷，越长城之限，至于泰安[5]。是月丁未，与知府朱孝纯子颖由南麓登[6]。四十五里，道皆砌石为磴，其级七千有余。泰山正南面有三谷。中谷绕泰安城下，郦道元所谓环水也[7]。余始循以入，道少半，越中岭，复循西谷，遂至其巅。古时登山，循东谷入，道有天门[8]。东谷者，古谓之天门溪水，余所不至也。今所经中岭及山巅崖限当道者[9]，世皆谓之天门云。道中迷雾冰滑，磴几不可登。及既上，苍山负雪，明烛天南[10]。望晚日照城郭、汶水、徂徕如画[11]，而半山居雾若带然。

戊申晦，五鼓[12]，与子颖坐日观亭，待日出。大风扬积雪击面。亭东自足下皆云漫，稍见云中白若樗蒱数十粒者[13]，山也。极天云一线异色，须臾成五彩。日上，正赤如丹，下有红光，动摇承之[14]，或曰：此东海也。回视日观以西峰，或得日，或否，绛皓驳色[15]，而皆若偻。

亭西有岱祠，又有碧霞元君祠[16]。皇帝行宫在碧霞元君祠东。是日，观道中石刻，自唐显庆以来，其远古刻尽漫失[17]。僻不当道者，皆不及往。

山多石少土，石苍黑色，多平方少圆。少杂树多松，生石罅[18]，皆平顶。冰雪无瀑水，无鸟兽音迹。至日观数里内无树，而雪与人膝齐。桐城姚鼐记。

注释

[1] 关于作者与本篇：姚鼐（公元1732—1815年），字姬传，因室名惜抱轩，人或称惜抱先生。安徽桐城人，乾隆进士，官至刑部郎中。后辞官，曾先后在江宁、扬州等地书院主持讲学四十余年。散文创作上，师法方苞、刘大魁，为桐城派的主要作家，著有《惜抱轩全集》。《登泰山记》：选自《惜抱轩文集》卷十四，是作者的散文代表作品。

[2] 汶水：大汶河，发源于山东莱芜东北的原山，向西南流经泰安。 济水：也称沉水。发源于河南济源西的王屋山，东流入山东。清末其下游河道为黄河所吞占。

[3] 古长城：指战国时期齐国所筑的长城，其南为鲁，其北为齐。

[4] 日观峰：位于泰山顶东端的一座山峰，因在其上可观日出，故名。

[5] 乾隆三十九年：公元1774年。　泰安：县名，在泰山南，是清代泰安府所在地。

[6] 丁未：指这年阴历十二月二十八日。　朱孝纯：字子颖，山东济南人，乾隆间进士，当时任泰安知府。能诗善画，与作者皆为刘大櫆弟子。

[7] 环水：总名中溪，又名梳洗河，水出泰山南溪。

[8] 天门：泰山天门有三处，即上天门、中天门、南天门。登上南天门即渐入坦途而至山顶。

[9] 中岭：又叫中溪山，中溪发源于此。　崖限当道者：横拦在路上像门槛一样的山崖。　崖限：山崖对峙若门户。

[10] 苍山负雪二句：青山上覆盖着积雪，（雪光）映照得南面天空通明。烛：照耀。

[11] 徂徕（cú lái）：山名，在泰安城东南40里。

[12] 戊申晦：指这年的腊月二十九日。　晦：农历每月的最后一天。　五鼓：五更，指黎明之前。

[13] 樗蒱（chū pú）：古时的一种赌具，也叫五木，像骰（tóu）子似的，中间平广，两头尖锐，一面涂白色，一面涂黑色，子有黑白，立起来像座陡峭的山峰。

[14] 正赤如丹：纯红色像朱砂一样。　下有红光二句：（太阳）下边有一片红光，晃晃荡荡地托着它。

[15] 绛皓驳色：红色、白色相互交错。　绛：大红色。　皓：白色。

[16] 岱祠：泰山之神东岳大帝的庙。又称东岳祠、玉帝观等。　碧霞元君祠：又称碧霞圣母庙。传说碧霞元君是东岳大帝的女儿。

[17] 显庆：唐高宗年号（公元656—660年）。　漫失：磨灭不可见。

[18] 石罅（xià）：岩石裂缝。

鉴赏评析

登名山，游胜水，而留下著名的记游奇文。《登泰山记》即属此类。

首段介绍泰山的地理形势，语言简洁利落。次段记登山，分别从时间、伴侣、路线、途中所经、登顶所见等方面着笔，层层叙写，清晰异常。三段为泰山顶上观日出的特写，是文章重心所在。先叙待日出时的风雪击面，次写日将出时的云山变幻，再由日初起时正赤如丹、红光摇承的海景而绘及日出后群峰"绛皓驳色"的伟观，可谓写景状物，曲尽其妙。

后两段为略写：一记当日游览活动——观赏古人石刻；一记山顶风物——山石树木，尽显冬季特色。

通览全文，层次清晰，繁简得体，状物记游，生动细致。

第六讲　托名记游　别寓怀抱

　　有些散文，表面上看也像是记游体，诸如《游褒禅山记》《岳阳楼记》《墨池记》《病梅馆记》等。其实这些文章的写作意图并不在记游，而是假托记游之名，旁生议论，别寓作者怀抱而已。对此，我们可视之为记游文的一种变体。

菊圃记[1]

元 结

春陵俗不种菊[2]，前时自远致之，植于前庭墙下。及再来也，菊已无矣。徘徊旧圃，嗟叹久之。

谁不知菊也芳华可赏？在药品是良药，为蔬菜是佳蔬[3]。纵须地趋走，犹宜徙植修养。而忍践踏至尽，不爱惜乎？

於戏！贤士君子自植其身，不可不慎择所处。一旦遭人不爱重，如此菊也，悲伤奈何？

注释

[1] 关于作者与本篇：元结（公元719—772年），字次山，号漫叟，河南鲁山人。天宝十二载（公元753年）进士，曾充山南东道节度参谋，后任道州刺史，官至容管经略使。著有《元次山集》十卷。《菊圃记》：这是作者第二次任道州刺史时所作，篇中由菊圃的遭人践踏毁坏引起人生立身处世的慨叹。

[2] 春陵：汉侯国名，故城在今湖南宁远西北，唐时属道州。

[3] 在药品二句：古人认为菊花既能延年益寿，有一定药物价值，同时又可作蔬菜食用。

鉴赏评析

作者再度来道州，见先前垦植的菊圃被人践踏净尽，满怀感慨地写了这篇《菊圃记》。

内容分三层。开篇由菊圃被毁而起嗟叹：先叹人心之狠——对如此美好之物竟毫不怜惜；接下去借题发挥：由芳菊联想到贤士君子，进而慨叹人生立身处世的重要，与君子"行必择友，居必择邻"的古训颇有相通之处。

托名记游，实抒感慨，借题发挥，联想巧妙。

右溪记[1]

元 结

道州城西百余步[2]，有小溪。南流数十步，合营溪[3]。水抵两岸，悉皆怪石，欹嵌盘曲[4]，不可名状。清流触石，洄悬击柱。修木异竹，垂阴相荫。

此溪若在山野，则宜逸民退士之所游处[5]；在人间，可为都邑之胜境，静者之林亭。而置州以来[6]，无人赏爱；徘徊溪上，为之怅然。

乃疏凿芜秽，俾为亭宇；植松与桂，兼之香草，以裨形胜[7]。为溪在州右，遂命之曰右溪。刻铭石上，彰示来者[8]。

注释

[1]《右溪记》：本文选自《元次山集》。 右溪：因在道州城西，故名（古代尊者坐北朝南，故北为上，南为下，东为左，西为右）。《舆地纪胜》卷五十八："（荆湖南路道州）右溪在城西百余步，元次山有记。"

[2] 道州：治所在今湖南道县，唐属江南西道。

[3] 营溪：水名，源出今湖南宁远南，流经道县，北至零陵西入湘水。

[4] 欹嵌盘曲：形容溪石相互嵌压、侧欹、弯曲的情状。

[5] 逸民退士：指隐逸之士。

[6] 置州以来：道州的设置始于初唐，即唐高祖武德四年（公元621年）于零陵郡的永阳县设置营州，后改为道州。

[7] 以裨形胜：（借助亭宇和树木）来为风景增光添色。 裨（bì）：补益。

[8] 彰：显。

鉴赏评析

本文内容分三层。首层叙述右溪位置及其胜景："怪石""清流""修木异竹"等以见其景致之美；中间以议论之笔慨叹小溪虽美而无人赏爱的遭遇；结尾交代修凿整理及其命名经过。

作者笔下的右溪带有明显的自况寓意——即借小溪的奇特美好而无人赏爱以抒发自身怀才不遇的慨叹。这种写法开启了柳宗元山水游记的先声。

岳阳楼记[1]

范仲淹

庆历四年春,滕子京谪守巴陵郡[2]。越明年[3],政通人和,百废俱兴。乃重修岳阳楼,增其旧制,刻唐贤今人诗赋于其上,属予作文以记之[4]。

予观夫巴陵胜状[5],在洞庭一湖。衔远山,吞长江,浩浩汤汤,横无际涯;朝晖夕阴[6],气象万千。此则岳阳楼之大观也,前人之述备矣[7]。然则北通巫峡,南极潇湘,迁客骚人[8],多会于此,览物之情,得无异乎[9]?

若夫淫雨霏霏,连月不开[10],阴风怒号,浊浪排空;日星隐耀,山岳潜形[11];商旅不行,樯倾楫摧[12];薄暮冥冥,虎啸猿啼。登斯楼也,则有去国怀乡,忧谗畏讥[13],满目萧然,感极而悲者矣。

至于春和景明,波澜不惊[14];上下天光,一碧万顷[15];沙鸥翔集,锦鳞游泳;岸芷汀兰,郁郁青青[16]。而或长烟一空,皓月千里,浮光跃金,静影沉璧[17];渔歌互答,此乐何极;登斯楼也,则有心旷神怡,宠辱偕忘[18],把酒临风,其喜洋洋者矣。

嗟夫!予尝求古仁人之心,或异二者之为,何哉?不以物喜,不以己悲[19];居庙堂之高则忧其民,处江湖之远则忧其君[20]。是进亦忧,退亦忧,然则何时而乐耶?其必曰"先天下之忧而忧,后天下之乐而乐"欤?噫!微斯人,吾谁与归[21]?

时六年九月十五日。

注释

[1] 关于作者与本篇:范仲淹(公元989—1052年),字希文,苏州吴县(位于今江苏苏州)人,北宋著名的政治家和文学家。少时家贫苦学,大中祥符八年(公元1015年)中进士。仁宗时,曾任陕西经略副使,御边有功。庆历三年(1043年)升任参知政事,倡导新政,后因旧势力反对而罢职,卒谥"文正",著有《范文正公集》。《岳阳楼记》:本文表面看是一篇名胜记,实则借胜景以抒写独特的思想情怀。 岳阳楼:在今湖南岳阳,面对洞庭湖,始建于唐朝初年,北宋时由滕子京重建。

[2] 庆历四年:公元1044年。 庆历:宋仁宗的年号。 滕子京:名宗谅,洛阳人,与范仲淹为同年进士。 巴陵郡:岳阳的旧称。

[3] 越明年:到了第二年。

[4] 增其旧制：扩大原来的规模。　属：同"嘱"。

[5] 胜状：美景。

[6] 浩浩汤汤（shāng）：水势浩大的样子。　朝晖夕阴：早上晴日朗照，傍晚烟雾迷茫。

[7] 大观：宏伟壮观的景象。　备：详尽。

[8] 极：尽，直到。　迁客：指降职远调的官员。

[9] 览物之情二句：观看景色的情怀，难道没有差别吗？

[10] 淫雨：连绵不断的雨。　霏霏（fēi）：雨水纷纷下落的样子。　连月不开：整月不见晴天。

[11] 日星隐耀二句：在云遮雾掩之中，太阳和星星隐藏了光耀，高山也隐没了形迹。

[12] 樯倾楫摧：桅杆歪斜，船桨断折。

[13] 去国：离开京都，指被赶出朝廷。　忧谗：担心别人的诽谤。　畏讥：害怕别人的讥笑。

[14] 春和景明：春风和煦，阳光明媚。

[15] 上下天光二句：天水相连，无边无际，到处都是碧绿之色。

[16] 岸芷（zhǐ）汀兰二句：岸上的小草、小洲中的兰花，香气浓郁，茂盛青翠。

[17] 浮光跃金：月光照着浮动的水波，湖面金光闪闪。　静影沉璧：映在平静湖水中的月影，如沉在下面的璧玉。

[18] 宠辱：指进退得失。　宠：指受到君王宠遇而升官。　辱：指遭到贬斥。

[19] 不以物喜二句：不因为环境优美而高兴，也不因为个人沉沦而悲伤。

[20] 居庙堂之高：在朝廷中占据高位。　庙堂：指朝廷。　处江湖之远：指罢免官职，远离朝廷，处在江湖之上。

[21] 微斯人二句：如果没有这些人，我和谁为同调？　微：不是，没有。　归：归类，同调。

鉴赏评析

《岳阳楼记》是脍炙人口的优秀散文。

但作为一篇名胜记，其魅力不在名楼胜景的描摹，而在于借此所披露的高尚的思想情操。

文章共三部分。首部分（第一段）叙述岳阳楼的重建及作记原因。中间（三个自然段）描写岳阳楼大观及游人悲喜迥异的情致。"览物之情，得无异乎"为提纲挈领的中心句，由此引出了迁客骚人"淫雨霏霏"之际的"忧谗畏讥""感极而悲"以及"春和景明"之际的"心旷神怡""其喜洋洋"两种大相径庭的情趣。

作者以此为铺垫，借助常人荣辱得失时的大悲大喜以对比衬托篇末"仁人志士"的"不以物喜，不以己悲"，从而自然地归结出主题——吐露作者"先天下之忧而忧，后天下之乐而乐"的襟怀和情操。

综览全文，托记胜景，而旁生议论；披襟述志，格高千古。

游褒禅山记[1]

王安石

　　褒禅山亦谓之华山。唐浮屠慧褒始舍于其址，而卒葬之[2]。以故其后名之为褒禅。今所谓慧空禅院者，褒之庐冢也[3]。距其院东五里，所谓华山洞者，以其乃华山之阳名之也。距洞百余步，有碑仆道，其文漫灭[4]，独其为文犹可识曰"花山"。今言"华"如"华实"之"华"者，盖音谬也。

　　其下平旷，有泉侧出[5]，而记游者甚众，所谓前洞也。由山以上五六里，有穴窈然[6]，入之甚寒，问其深，则其好游者不能穷也[7]，谓之后洞。余与四人拥火以入，入之愈深，其进愈难，而其见愈奇。有怠而欲出者[8]，曰："不出，火且尽。"遂与之俱出。盖予所至，比好游者尚不能十一，然视其左右，来而记之者已少。盖其又深，则其至又加少矣。方是时，予之力尚足以入，火尚足以明也。既其出，则或咎其欲出者，而予亦悔其随之而不得极夫游之乐也[9]。

　　于是予有叹焉。古人之观于天地、山川、草木、虫鱼、鸟兽，往往有得[10]，以其求思之深而无不在也。夫夷以近[11]，则游者众；险以远，则至者少。而世之奇伟、瑰怪、非常之观[12]，常在于险远，而人之所罕至焉，故非有志者不能至也。有志矣，不随以止也，然力不足者，亦不能至也。有志与力，而又不随以怠，至于幽暗昏惑而无物以相之[13]，亦不能至也。然力足以至焉，于人为可讥，而在己为有悔[14]；尽吾志也而不能至者，可以无悔矣，其孰能讥之乎？此予之所得也。

　　余于仆碑，又以悲夫古书之不存，后世之谬其传而莫能名者，何可胜道也哉[15]？此所以学者不可以不深思而慎取之也。

　　四人者：庐陵萧君圭君玉、长乐王回深父、余弟安国平父、安上纯父[16]。至和元年七月某日，临川王某记[17]。

注释

[1] 关于作者与本篇：王安石（公元1021—1086年），字介甫，号半山，临川（今属江西）人。北宋著名的政治家和文学家。仁宗庆历二年（公元1042年）进士，做过十多年地方官。神宗熙宁二年（公元1069年），任参知政事（副宰相），依靠神宗，实行变法，遭到保守派反对，曾两度被迫辞职。晚年退居江宁，封荆国公。著有《临川先生文集》。《游褒禅山记》：这是作者由记游引发感想，进而探索为学之理的一篇文章。　褒禅山：又

叫华山,在今安徽省含山县北15里。

〔2〕浮屠:也作"佛图",意为佛教徒。有时也作"塔"讲,这里指和尚。 慧褒:唐代贞观年间的和尚。 卒葬之:死后葬在那里。

〔3〕庐冢:禅房和墓地。

〔4〕仆道:倒在路边。 其文漫灭:上面的碑文模糊不清。

〔5〕有泉侧出:有泉水从旁边流出。

〔6〕窈(yǎo)然:幽暗深远的样子。

〔7〕穷:尽,走到尽头。

〔8〕怠:怠惰,意志松懈。

〔9〕或:有人。 咎:埋怨,怪罪。 极:尽,有"尽情享受"之意。

〔10〕有得:有所收获。

〔11〕夷以近:平坦又近。

〔12〕瑰怪:瑰丽奇异。 非常之观:不寻常的景象。

〔13〕幽暗昏惑:幽深昏暗使人迷惑(的地方)。 无物以相之:没有物质条件帮助他。 相:帮助。

〔14〕然力足以至焉三句:力量(条件)完全可以达到(却不去争取),在别人看来应该被讥笑,对自己来说应感到后悔。

〔15〕后世之谬其传而莫能名者二句:后世以讹传讹,使人不能了解真相的(事物),怎能说得完呢?

〔16〕萧君圭君玉:萧君圭,字君玉。 长乐王回深父:福建长乐人王回,字深父,宋代理学家。 安国平父:王安国,字平父。 安上纯父:王安上,字纯父。

〔17〕至和:宋仁宗的年号(公元1054—1055年)。

鉴赏评析

作为一篇游记,本文的中心意旨不在记游,而是借记游引发议论,以抒写独特的心得体会。

文章大体三部分。首部分(一二段)记游,中间(三四段)议论,末尾交代同游之人。

开篇由褒禅山的得名引出华阳洞的游历,突出"入之愈深,其进愈难,而其见愈奇"的观感以及在"力足以入,火足以明"的情况下,竟随怠者而出的愧悔——愧悔其"志"之不坚,从而为下文"志""力""物"三者关系的议论预作铺垫。

中间通过议论抒发其独特感受:先由古人游历"有得"在于"求思之深"——暗示"志"的重要性;次由"世之奇伟、瑰怪、非常之观,常在于险远……故非有志者不能至"——点明"志"对人生的引导和激励作用;再由剖析"志""力""物"(事业、学业成功的三大要素)之间的关系,进而强调"尽吾志也而不能至者,可以无悔"的精神感悟及其人生信念。

恰如谚语所谓"壮志搭起通天路,勇气撞开智慧门""有志者事竟成,无志者事事空"以及建安七子徐干所谓"志者,学之师也;才者,学之徒也。学者不患才之不赡,而患志之不立"(《中论·治学》)。阅读此文,尤其对于那些不甘平庸、渴望有所作为之人,自然会从作者的感悟中受到诸多启迪。

石钟山记[1]

苏 轼

《水经》云:彭蠡之口有石钟山焉[2]。郦元以为下临深潭[3],微风鼓浪,水石相搏,声如洪钟。是说也,人常疑之:今以钟磬置水中,虽大风浪不能鸣也,而况石乎?至唐李渤始访其遗踪[4],得双石于潭上,扣而聆之,南声函胡,北音清越,枹止响腾,余韵徐歇[5]。自以为得之矣,然是说也,余尤疑之:石之铿然有声者[6],所在皆是也,而此独以"钟"名,何哉?

元丰七年六月丁丑,余自齐安舟行适临汝[7]。而长子迈将赴饶之德兴尉[8],送之至湖口,因得观所谓"石钟"者。寺僧使小童持斧,于乱石间择其一二扣之,硿硿焉[9],余固笑而不信也。至其夜月明,独与迈乘小舟至绝壁下。大石侧立千尺,如猛兽奇鬼,森然欲搏人;而山上栖鹘,闻人声亦惊起,磔磔云霄间,又有若老人欬且笑于山谷中者,或曰:"此鹳鹤也[10]。"余方心动欲还,而大声发于水上,噌吰如钟鼓不绝[11],舟人大恐。徐而察之,则山下皆石穴罅,不知其浅深,微波入焉,涵澹澎湃而为此也[12]。舟回至两山间,将入港口,有大石当中流,可坐百人,空中而多窍,与风水相吞吐,有窾坎镗鞳之声[13],与向之噌吰者相应,如乐作焉。因笑谓迈曰:"汝识之乎?噌吰者,周景王之无射也;窾坎镗鞳者,魏庄子之歌钟也[14]。古之人不余欺也!"

事不目见耳闻而臆断其有无[15],可乎?郦元之所见闻,殆与余同[16],而言之不详;士大夫终不肯以小舟夜泊绝壁之下,故莫能知;渔工、水师虽知而不能言[17],此世所以不传也。而陋者乃以斧斤考击而求之,自以为得其实[18]。余是以记之,盖叹郦元之简,而笑李渤之陋也。

注释

[1]《石钟山记》:这是作者途经鄱阳湖口,为考察石钟山得名而写的一篇游记体文章。 石钟山:位于今江西湖口鄱阳湖东岸,分为"上钟"和"下钟"两山。上钟山在湖口城南,下钟山在城北,二山相向,高五六百尺,当地称为"双钟"。

[2]《水经》:是记载我国江河源流分布情况的一部地理书。 彭蠡(lǐ):即今之鄱阳湖。

[3] 郦(lì)元:即郦道元(约公元467?—527年),北魏时人,杰出的地理学家,曾为《水经》作注,写成《水经注》40卷。

〔4〕李渤：唐代洛阳人，唐宪宗元和年间为江州刺史时曾写过《辨石钟山记》一文，对石钟山的得名作过解释。

〔5〕函胡：含糊不清。 枹止响腾二句：鼓槌停敲后响声仍然在传扬，余音慢慢地才能消失。 枹（fú）：鼓槌。 徐歇：慢慢地消失。

〔6〕铿（kēng）然：形容敲击金石所发出的响声。

〔7〕元丰七年：即公元1084年。 元丰：宋神宗赵顼（xù）的年号。 齐安：即今湖北黄冈市。 临汝：即今河南临汝县。 适：往。

〔8〕而长子迈将赴饶之德兴尉：我的大儿子苏迈将要去饶州府德兴县做县尉。

〔9〕硿硿（kōng）：敲击石头的响声。

〔10〕栖鹘：栖息的鹘鸟。 鹘（hú）：一种凶猛的鸟。 磔磔（zhé）：象声词，鸟鸣声。 欬且笑：一边咳嗽，一边发笑。 欬（ké）：同"咳"。 鹳（guán）：一种与鹤相类似的鸟，颈和嘴都很长，但顶部不红，翅和尾呈黑色，在高树上结巢。

〔11〕噌吰（zēng hóng）：洪亮的钟声。

〔12〕石穴罅：石头间的缝隙。 罅（xià）：裂缝。 涵澹（dàn）：水波动荡的样子。

〔13〕空中而多窍二句：中间是空的，且有许多窟窿，湖水随着风浪在石窟中进进出出。 窾坎（kuǎn kǎn）：敲击器物声。 镗鞳（tāng tà）：是钟鼓声。

〔14〕汝识之乎：你知道吗？ 识：知道，记得。 周景王：东周的国君，名姬贵，公元前544—前520年在位。 无射（yì）：钟名，据载铸成于周景王二十四年（公元前521年）。 魏庄子：魏绛，春秋时晋国大夫。 歌钟：古乐器名，即编钟。据《左传》记载：晋侯曾把郑人送来的歌钟分一半赐给魏绛。

〔15〕臆断：主观判断。

〔16〕殆：大概。

〔17〕水师：船夫。

〔18〕陋者：浅薄的人，指李渤。 斧斤：斧头类的工具。 考：敲。 得其实：掌握了真实情况。

鉴赏评析

《石钟山记》名为游记，实则由记游而引发议论，阐述文学创作之理。

首段夹叙夹议，提出对石钟山得名两种说法的质疑。这是颇具匠心的开端，正是以这种质疑为引线，自然导致中段的实地考察。

中段以记游为主，先说自己因事路过，顺便寻访；继而细致描写深夜历险、实地考察以及发现石钟山得名的真正原因，终于印证了《水经》的说法。

在此基础上，自然引出了末段的议论和慨叹。石钟山的得名之所以后世不传，原因有三：一是曾作实地考察的郦道元记载不详。二是有文化素养的士大夫不肯冒险考察——由于不知内情而无法记载。三是深知内情的渔工、水师由于缺乏文化素养，想说却说不来。这里，作者巧妙地揭示了文化素养和写作素材（实践）必须相结合才能产生作品的创作理论。

　　作者另有《琴诗》："若言弦上有琴声，放在匣中何不鸣？若言声在指头上，何不于君指上听？""弦"和"指"分别代表着素材和素养（技巧），唯有二者合为一体，才会有美妙的交响。《琴诗》所揭示的道理与本文末段的议论若合一契。

　　综观全文，借记游而生议论，强调素养与素材相结合的创作原理，可谓别出心裁，新人耳目。

墨 池 记[1]

曾 巩

临川之城东,有地隐然而高,以临于溪[2],曰新城。新城之上,有池洼然而方以长,曰王羲之之墨池者,荀伯子《临川记》云也[3]。羲之尝慕张芝[4],临池学书,池水尽黑,此为其故迹,岂信然邪?

方羲之之不可强以仕,而尝极东方[5],出沧海,以娱其意于山水之间,岂有徜徉肆恣,而又尝自休于此邪[6]?羲之之书晚乃善,则其所能,盖亦以精力自致者,非天成也[7]。然后世未有能及者,岂其学不如彼邪?则学固岂可以少哉?况欲深造道德者邪?

墨池之上,今为州学舍。教授王君盛恐其不章也,书"晋王右军墨池"之六字于楹间以揭之[8]。又告于巩曰:"愿有记!"推王君之心,岂爱人之善,虽一能不以废[9],而因以及乎其迹邪?其亦欲推其事以勉其学者邪[10]?夫人之有一能,而使后人尚之如此[11],况仁人庄士之遗风余思,其被于来世者何如哉[12]?

庆历八年九月十二日,曾巩记[13]。

注释

[1] 关于作者与本篇:曾巩(公元1019—1083年),字子固,宋南丰(今属江西)人。嘉祐二年(公元1057年)进士,历任馆阁校勘、集贤校理、史馆修撰,以中书舍人卒。追谥文定,学者称南丰先生,著有《南丰类稿》。《墨池记》:本文是作者应抚州州学教授王盛请求而作。 墨池:是用墨笔练字时洗涤笔砚的水池。

[2] 临川:宋县名,即今江西抚州。 隐然而高:渐次升高,很不明显。 临:靠近。

[3] 王羲之:字逸少,晋琅琊临沂(今属山东)人,居会稽山阴(今浙江绍兴)。官至右军将军、会稽内史,世称王右军。我国古代著名的书法家。 荀伯子:南朝宋代颍阴(今河南许昌)人,曾任临川内史,著《临川记》六卷。

[4] 张芝:字伯英,东汉人,善草书,后世称为"草圣"。王羲之钦佩张芝书法,与友人写信说:"张芝临池学书,池水尽黑。使人耽之若是,未必后之也。"(见《晋书·王羲之传》)。

[5] 方:当。 不可强以仕:不可勉强他做官。王羲之曾任会稽内史,后称病去职,

誓不再仕。　极：穷尽。

　　[6] 岂有徜徉肆恣二句：难道他纵情游玩山水之时，又曾在这里修炼过书法吗？　徜徉（cháng yáng）：游荡。　肆恣：放纵，任情。　休：通"修"，修炼，练习。

　　[7] 盖亦以精力自致者二句：大概也是凭着努力而自我修炼达到的，并非天生的（特长）。

　　[8] 恐其不章：担心其不显著。　章：同"彰"，清楚，显著。　楹（yíng）：柱子。　揭：标明，揭示。

　　[9] 一能：一技之长。

　　[10] 其亦欲推其事以勉其学者邪：还是想宣扬这个事件来勉励他的学生呢？　推：宣传，张扬。

　　[11] 尚之如此：推崇到如此地步。

　　[12] 仁人庄士：指有道德学问的人。　遗风余思：遗留后世的典范德行。　被于：影响到。

　　[13] 庆历八年：公元1048年。

鉴赏评析

　　这是作者应抚州教授王盛之请而作的一篇名胜古迹记。

　　托名作记，实则借记古迹而发抒议论，盛赞王羲之的苦学精神，以勉励后世学者勤奋治学，有所作为。

　　写作上，以夹叙夹议为主。首段侧重记叙，在点明墨池处所、得名由来的基础上，并以简括的议论表达了钦服得近于惊叹的疑问。

　　中段先叙后议，剖析王羲之书法的成功在于"精力自致"，由此推出一个"学"字，强调苦学的重要。

　　末段侧重议论，由王盛之请进而推究王盛之心，由后世对前贤的景仰进而勉励学者努力深造、学有所成，以赢得千秋爱戴。

　　借古迹之记而勉励后学，将叙事议论熔铸一体，笔法巧妙，意旨显豁，颇可一读。

病梅馆记[1]

龚自珍

江宁之龙蟠、苏州之邓尉、杭州之西溪[2]，皆产梅。

或曰：梅以曲为美，直则无姿；以欹为美[3]，正则无景；梅以疏为美，密则无态。固也，此文人画士心知其意，未可明诏大号，以绳天下之梅也[4]。又不可以使天下之民斫直、删密、锄正，以夭梅、病梅为业以求钱也[5]。梅之欹、之疏、之曲，又非蠢蠢求钱之民，能以其智力为也。有以文人画士孤僻之隐，明告鬻梅者[6]：斫其正，养其旁条；删其密，夭其稚枝；锄其直，遏其生气[7]，以求重价，而江浙之梅皆病。文人画士之祸之烈至此哉！

予购三百盆[8]，皆病者，无一完者。既泣之三日，乃誓疗之、纵之、顺之[9]。毁其盆，悉埋于地，解其棕缚[10]，以五年为期，必复之全之。予本非文人画士，甘受诟厉，辟病梅之馆以贮之[11]。呜呼！安得使予多暇日，又多闲田，以广贮江宁、杭州、苏州之病梅，穷余生之光阴以疗梅也哉！

注释

[1] 关于作者与本篇：龚自珍（公元1792—1841年），字璱人，号定庵，又名易简，号伯定，浙江仁和（今杭州）人。道光进士，官礼部主事。学务博览，为嘉道间提倡"通经致用"的今文经学派的重要人物。著有《定庵文集》。《病梅馆记》：又题为《疗梅说》，写于作者愤然辞京的道光十九年（公元1839年），文中借梅树的横遭戕害，揭露了封建专制摧残人才、扭曲人性的罪恶。

[2] 江宁：清代江宁府，今南京。 龙蟠：即龙蟠里，在今南京清凉山下。 邓尉：山名，在苏州西南70里，传说汉人邓尉曾隐居于此，故得名。 西溪：杭州灵隐寺西北。

[3] 欹（qī）：歪斜不正。

[4] 固也：确实这样。 明诏大号：公开宣传，大声号召。 绳：（用病态的尺度）衡量。

[5] 斫直：砍去直枝。 删密：剪去密条。 锄正：锄掉正枝。 夭梅：摧残梅树。

[6] 孤僻之隐：怪异嗜好的隐衷。 隐：隐衷，内心活动。 鬻（yù）：卖。

[7] 稚枝：嫩枝。 遏其生气：抑制梅树的繁茂。

[8] 盆：同"盆"。

[9] 纵之：解放它，让它自由生长。 顺之：顺其天性。

[10] 解其棕缚：解除它身上捆绑的棕绳。

[11] 诟厉：辱骂，斥责，憎恨。　辟：开辟，设置。

鉴赏评析

作者辟置病梅馆，与固守"孤僻之隐"的文人画士相对抗——决心疗救病梅，这种行为本身即包含着对时代的不满。

此文通过为病梅馆作记而独发议论，托物感怀，抒发了对封建专制统治者戕害人才、扭曲人性的强烈愤慨。

文章共两段。前段由梅的产地写到梅的病因和病状，暗喻统治者用病态的衡才标准来摧残人才、禁锢思想的严重程度。

后段叙写疗梅的决心，既暗喻作者治疗病态社会和追求个性解放的思想，也寄托着爱惜人才、护育人才的美好意愿。

文章表面上笔笔记梅，实际上则句句写人，托记感怀，独抒隐衷，自为高格。

第七讲 借物喻人 托物言志

咏物散文与咏物诗词一样,大多数篇章都是以物为喻,或自比,或他比,而托物言志,或托物感怀的。物我交融是其主要特色,即物性人情,交相辉映。

马　说[1]

韩　愈

世有伯乐[2]，然后有千里马。千里马常有，而伯乐不常有。故虽有名马，只辱于奴隶人之手，骈死于槽枥之间[3]，不以千里称也。

马之千里者，一食或尽粟一石，食马者不知其能千里而食也[4]。是马也，虽有千里之能，食不饱，力不足，才美不外见，且欲与常马等不可得，安求其能千里也？

策之不以其道，食之不能尽其材，鸣之而不能通其意，执策而临之[5]，曰："天下无马！"呜呼！其真无马邪？其真不知马也！

注释

[1]《马说》：本文选自《韩昌黎全集·杂说》，原文无题目，是《杂说》的第四篇。

[2] 伯乐：姓孙名阳，字伯乐。春秋时秦穆公之臣，据说善于相马。

[3] 奴隶人：本是地位低下受奴役之人，此指庸碌小人。　骈：并，一起。　槽枥：泛指养马的地方。　枥（lì）：马厩。

[4] 食马者：喂马的人。　食（sì）：饲养。

[5] 策之：驾驭它。　策：马鞭，此有鞭打、驾驭之意。　临之：面对着它。

鉴赏评析

此乃托物言志的杂文，通过千里马命运遭际的论说，慨叹世无识才的伯乐，致使英才俊杰横遭摧残和埋没。

开篇以"世有伯乐，然后有千里马"的警策之语提出中心论点。接着采用反证法，从相反角度先点破：千里马不遇伯乐，只能辱没而死。进而分两层加以申论：一是饲马者不能以其千里的特性对待，致其空自埋没；二是御马者在摧残良马之后，而又执策慨叹："天下无马！"生动形象地展示了昏庸当权者一方面摧残人才，一方面叹息无才的丑恶形象，同时也表达了作者对人才被毁的惋惜、同情以及对昏暗政治的强烈愤慨。

爱莲说[1]

周敦颐

水陆草木之花,可爱者甚蕃[2]。

晋陶渊明独爱菊;自李唐来[3],世人甚爱牡丹;予独爱莲之出淤泥而不染,濯清涟而不妖[4];中通外直,不蔓不枝,香远益清,亭亭净植,可远观而不可亵玩焉[5]。

予谓菊,花之隐逸者也;牡丹,花之富贵者也;莲,花之君子者也。

噫!菊之爱,陶后鲜有闻[6];莲之爱,同予者何人?牡丹之爱,宜乎众矣[7]。

注释

[1] 关于作者与本篇:周敦颐(公元1017—1073年),字茂叔,北宋道州营道(今湖南道县)人。世称濂溪先生,谥号元公,其学说对其后的理学发展有很大影响。著有《太极图说》《通书》等,被后人辑为《周子全书》。《爱莲说》:本文选自《周元公集》,是托物言志的精品。

[2] 蕃:多。

[3] 李唐:指唐王朝。因唐天子姓李,故称李唐。

[4] 出淤泥而不染二句:从污泥里长出却不受污染,在清水里洗过却不妖艳。淤泥:即污泥。濯(zhuó):洗涤。清涟:指清水。

[5] 香远益清:香气愈远愈清纯。亵玩:轻佻地靠近逗弄。

[6] 鲜:少。

[7] 宜:应该。

鉴赏评析

此亦借花喻人、托物言志的短篇佳制。

文中将莲、菊、牡丹三种名花相比照,前段由渊明爱菊、世人爱牡丹说到予独爱莲,侧重于描绘莲之"出淤泥而不染"的高洁庄重的资质与特性。

后段先借议论揭示出三种花各自的象征意蕴:菊似隐者,莲似君子,牡丹则象征富贵。并以概括之语点破各色人等的不同追求,从而在对莲花的极力赞美中,寄托着作者鄙薄富贵利禄、不与世俗同流合污而洁身自好的思想志趣。

题丛兰棘刺图[1]

郑　燮

东坡画兰，长带荆棘，见君子能容小人也[2]。吾谓荆棘不当尽以小人目之，如国之爪牙、王之虎臣[3]，自不可废。兰在深山，已无尘嚣之扰；而鼠将食之、鹿将齧之，豕将豗之，熊、虎、豹、麛、兔、狐之属将啮之[4]，又有樵人将拔之割之。若得荆棘为之护撼，其害斯远矣[5]。

秦筑长城，秦之棘篱也；汉有韩、彭、英[6]，汉之棘卫也；三人既诛，汉高过沛，遂有安得猛士守四方之慨[7]。然则蒺藜、铁菱角、鹿角、棘刺之设[8]，安可少哉？

予画此幅，山上山下皆兰棘相参[9]，而兰得十之六，棘亦居十之四。画毕而叹，盖不胜幽并十六州之痛、南北宋之悲耳[10]！以无棘刺故也。

注释

[1] 关于作者与本篇：郑燮（公元1693—1765年），字克柔，号板桥，江苏兴化人。早年家贫，应科举为康熙秀才、雍正举人、乾隆进士，曾在山东范县（今属河南）及潍县任知县官十年，因灾荒之年请开仓济民，得罪大吏，而称病辞官，以卖画为生。工书善画，尤擅写兰竹，为"扬州八怪"之一。著有《郑板桥全集》。《题丛兰棘刺图》：本文选自《郑板桥全集》。作者画了一幅带棘刺的丛兰图，然后根据图画写了这篇题记。

[2] 长：常常，往往。　见：显示，有披露、寄托之意。

[3] 爪牙：与下面的"虎臣"同义，皆指勇武的将领（或卫士）。

[4] 尘嚣：指都市里的飞尘和嘈杂声。　齧（kǔn）：啃咬。　豗（huī）：名词动用，形容猪用嘴拱地。　麛（mí）：幼鹿。　啮（niè）：用牙咬或啃。

[5] 护撼：保护，保卫。　撼：应为"捍"字之误。

[6] 韩、彭、英：指追随汉高祖刘邦平定天下的三员猛将：韩信、彭越、英布。韩信曾封为齐王、楚王、淮阴侯；彭越封梁王；英布封九江王、淮南王。后来三人皆以谋反被杀。

[7] 安得猛士守四方：刘邦统一天下后曾回故乡沛郡，与家乡父老饮宴间作《大风歌》："大风起兮云飞扬，威加海内兮归故乡，安得猛士兮守四方？"

[8] 蒺藜：有刺的灌木。　铁菱角：铁制的障碍物，形状似菱角。　鹿角：也是防守的障碍物，用树枝等做成，形状似鹿角。

[9] 相参：互相夹杂。

[10] 幽并十六州之痛、南北宋之悲：指幽并十六州等边塞重地沦入契丹后而引起的令人伤痛的严重后果。五代时，后唐节度使石敬瑭图谋自立（事发公元936年），被后唐末帝李从珂围于晋阳（今山西太原），石敬瑭向契丹求援，得解晋阳之围，并由契丹主册立为皇帝，国号为晋。因称契丹国主为父皇帝，自称儿皇帝，且献幽并十六州之地于契丹。幽并之地本为中原的藩篱和屏障，藩屏既失，使后来两宋王朝直接面临着北方的威胁。加之宋太祖"杯酒释兵权"的自去爪牙之举，于是演绎了两宋相继灭亡的悲剧。

鉴赏评析

此文既是一篇题画记，也是借物感怀、托物兴讽的杂文小品。

内容分三层。开篇由东坡画荆棘之兰而剖析荆棘的作用：如国之爪牙、王之虎臣，是保护丛兰免受鼠、豕、豺、虎等伤害的护身符。

中间以秦之长城、汉之韩彭英作比，反论"蒺藜、铁菱角"等防护措施的必不可少。

末层照应题目，由"兰棘相参"的画幅自然引出题画之意：引古鉴今，借幽并十六州之痛、南北宋之悲而委婉讽君：随意诛杀封疆大吏无异于自去爪牙、自毁长城，后果怎堪设想啊！

观　鱼[1]

梅曾亮

渔于池者，沉其网而左右縻之[2]。网之缘，出水可寸许[3]。缘愈狭，鱼之跃者愈多：有入者，有出者，有屡跃而不出者，皆经其缘而见之。

安知夫鱼之跃而出者，不自以为得耶？又安知夫跃而不出与跃而反入者，不自咎其跃之不善耶[4]？而渔者视之，忽不加得失于其心[5]。

嗟夫！人知鱼之无所逃于渔也，其鱼之跃者可悲也。然则人之跃者何也？

注释

[1]　关于作者与本篇：梅曾亮（公元1786—1856年），字伯言，上元（今南京江宁）人。道光三年（公元1823年）中进士，任户部郎中。晚年在扬州书院主持讲学，著有《柏枧山房文集》18卷。《观鱼》：作者因观鱼有感而写了这篇杂文。

[2]　渔于池者：在池中捕鱼的人。　渔：捕鱼。　縻（mí）：系，牵动。

[3]　缘：边缘，指网边。　可寸许：一寸左右。

[4]　自咎：自我责备。

[5]　忽：丝毫，一点点。

鉴赏评析

清朝的文字狱害得文人们在作文著述时总是提心吊胆，生怕稍有不慎，即陷进文字的罗网而不能自脱。龚自珍诗句"避席畏闻文字狱"，即揭示了当时文人的心态。这篇托物感怀的《观鱼》亦反映了此等内容。

文章分三层。首层描写鱼在网缘上来往跳跃的情景，为后文预作铺垫。中层剖析心理：由脱网鱼的"自得"、落网鱼的"自咎"比照渔者"忽不加得失"——网络一切、尽在掌握的心理。末尾为点睛之笔：由鱼之跃联想到人之跃，同处网络之中，其悲岂非一也？

篇中以渔者暗比统治者，以渔网隐喻文网，用网络之鱼比喻书生文人，从而托物感怀，深刻揭示了身处网络之中而备受摧残的知识分子的可悲命运。

骡 说[1]

刘大魁

乘骑者皆贱骡而贵马。夫煦之以恩，任其然而不然；迫之以威使之然，而不得不然者，世之所谓贱者也[2]。煦之以恩，任其然而然，迫之以威使之然而愈不然，行止出于其心，而坚不可拔者[3]，世之所谓贵者也。然则马贱而骡贵矣。

虽然，今夫轶之而不善，楗楚以威之而可以入之善者[4]，非人耶？人岂贱于骡哉？"然则骡之刚愎自用，而自以为不屈也久矣[5]。"呜呼！此骡之所以贱于马欤？

注释

[1] 关于作者与本篇：刘大魁（公元1698—1779年），字才甫，号海峰，安徽桐城人。官至黟县教谕，提倡古文，师事方苞，为桐城派重要作家之一。有《海峰文集》等。《骡说》：本文选自《海峰文集》，是受韩愈《马说》的启迪而别生感慨，借骡马之议而议论人才。

[2] 煦（xù）：温暖。 任其然而不然三句：顺其自然时则不从命，用武力强迫使之从命，则不得已而从命，是社会上公认的下贱啊！

[3] 行止出于其心：一举一动发自内心。 拔：移易，改变。

[4] 轶：通"逸"，放任，放纵。 楗（jiǎ）楚：用于笞打的一种刑具。

[5] 然则二句：是世俗之人的辩解，所以特加了引号。

鉴赏评析

受韩愈《马说》的启迪，因科考屡屡失意而愈发倔强的作者便写了这篇托物感怀的《骡说》。

内容分两层。开篇提出乘骑者贱骡而贵马的传统认识，继而将人们对贵贱的习惯看法（"威武不能屈"者贵，为威势所屈者贱）与马性骡性结合起来，归纳出与世俗独异的"马贱骡贵"的新观点。

后半部分先由人的容易屈服而归结出人贱于骡；接着引用世俗的辩解并给以有力的质疑和反驳，从而对骡倔强不屈的个性给予充分肯定。

文章托物感怀，既抒发了作者因屡次失第而积郁在胸的满腔愤恨，也在人才评判上提出了一个新的价值尺度，至今仍有一定的现实意义。

第八讲　因事生感　托事兴讽

　　受日常小事的启迪而触动某种情思或灵感，进而生发议论，以规劝世俗、托事讽君。这就是因事生感、托事兴讽的杂文小品。其特点在于，因事与事相类而构成联想或比喻，进言巧妙，生动深刻。

邹忌讽齐王纳谏[1]

《战国策》

邹忌修八尺有余，而形貌昳丽[2]。朝服衣冠，窥镜，谓其妻曰："我孰与城北徐公美[3]？"其妻曰："君美甚，徐公何能及君也？"城北徐公，齐国之美丽者也。忌不自信，而复问其妾曰："吾孰与徐公美？"妾曰："徐公何能及君也？"旦日[4]，客从外来，与坐谈，问之客曰："吾与徐公孰美？"客曰："徐公不若君之美也。"明日，徐公来，孰视之[5]，自以为不如；窥镜而自视，又弗如远甚。暮寝而思之，曰："吾妻之美我者，私我也[6]；妾之美我者，畏我也；客之美我者，欲有求于我也。"

于是入朝见威王，曰："臣诚知不如徐公美[7]。臣之妻私臣，臣之妾畏臣，臣之客欲有求于臣，皆以美于徐公。今齐地方千里，百二十城，宫妇左右莫不私王[8]，朝廷之臣莫不畏王，四境之内莫不有求于王。由此观之，王之蔽甚矣[9]。"

王曰："善！"乃下令："群臣吏民，能面刺寡人之过者[10]，受上赏；上书谏寡人者，受中赏；能谤讥于市朝，闻寡人之耳者，受下赏。"令初下，群臣进谏，门庭若市；数月之后，时时而间进；期年之后，虽欲言，无可进者。燕、赵、韩、魏闻之，皆朝于齐。此所谓战胜于朝廷[11]。

注释

[1]《邹忌讽齐王纳谏》：本文选自《战国策》，题目为后人所加。　邹忌：战国时齐人，齐威王时曾做过齐相，封为成侯。　讽：劝说。　齐王：齐威王。　纳谏：接受劝说和建议。

[2] 修：长，指身高。　昳（yì）丽：光艳美丽。

[3] 服：穿戴。　我孰与城北徐公美：我和城北徐公谁美？　孰：谁。

[4] 旦日：明日。

[5] 孰视：仔细地看。　孰：同"熟"，有仔细、认真之意。

[6] 私：偏爱。

[7] 臣诚知：我确实知道。

[8] 宫妇左右：皇宫妃嫔以及皇帝身边的人。

[9] 蔽甚：受蒙蔽很严重。

[10]面刺寡人之过:当面指责我的过错。

[11]时时而间进:隔一段时间,才偶然有人进谏。 间:偶尔。 期(jī)年:满一年。 此所谓战胜于朝廷:这就是所说的在朝廷上战胜敌人。

鉴赏评析

此乃托事兴讽的记事小品。

内容分三层:一是因事生感——邹忌因发现妻、妾、客对自己的赞美不合实情而感到深受蒙蔽。二是托事兴讽——邹忌将心比心,推己及君,从而劝谏齐王:奖赏批评,广开言路,消除蒙蔽。三是叙写齐王纳谏及四方来朝的最终效应。

综览全文,由主人公邹忌的因事生感到托事讽君,再到齐王纳谏以及最终结果,叙事完整,交代清楚,脉络分明,饶有兴味。

试梁道士笔[1]

刘子翚

善将不择兵,善书不择笔,顾所用如何耳[2]!

南渡以来,毛颖乏绝,幔亭黄冠,以笔遗予[3]。玉表霜里,视之皆触藩之柔毳也[4]。束缚精妙,驱使如意,亦管城之亚匹也[5]。

因念神州赤县半没埃秽中,或言南兵剽轻不足仗者[6]。而春秋吴楚之霸、六朝晋宋之捷,不闻借锐于他方,选徒于外境[7]。昔人云:京口酒可饮[8],兵可用。岂用之自有道耶[9]?书生过计:推此理于试笔之间,庶几魏颗之裔不专美于旧谈、组练之军或有为于今日[10]。

注释

[1] 关于作者与本篇:刘子翚(公元1101—1147年),字彦冲,号屏山,一号病翁,建州崇安(今属福建)人。因为官不得志,而退居家乡屏山讲学,著有《屏山集》。《试梁道士笔》:本文由试用梁道士赠笔而借题发挥,兴讽南宋小朝廷借口"南兵不足仗"而苟且耽乐、不思复国的现实。 梁道士:事迹不详。

[2] 善书:好的书法(家)。 顾:只是。

[3] 南渡:指公元1127年金兵占领汴京,宋王室渡江南奔事。 毛颖:因韩愈曾写作为毛笔立传的《毛颖传》,此以毛颖代指毛笔。 幔亭:山峰名,在福建武夷山上。 黄冠:代指梁道士。 遗(wèi):赠送。

[4] 玉表霜里:形容毛笔从外表到内质都很晶莹。 触藩之柔毳:指公羊身上柔软的细毛。 触藩:指抵擦篱笆的公羊。 毳(cuì):鸟兽的细毛。

[5] 管城:因韩愈《毛颖传》叙说毛笔的结局是"归封邑,终于管城"。此处借以代指上好毛笔。 亚匹:可相匹配。

[6] 神州赤县:指中国。 半没埃秽:指北方土地沦陷,被女真族奴隶主所占领。 剽轻:轻狂好动。

[7] 春秋吴楚之霸:春秋时,南方的吴国、楚国曾先后称霸一时。 六朝晋宋之捷:指六朝时建都在建康(今江苏南京市)的东晋王朝的淝水之战以及南朝宋武帝刘裕北伐所取得的胜利。 锐:指精兵锐卒。 徒:此指征战之士。

[8] 京口:今江苏镇江市。

[9] 道:方法。

[10] 过计:谬以为,私下考虑。 庶几:希望。 魏颗之裔:泛指毛笔。 魏颗

(jùn nuò)：狡兔。古代毛笔多用兔毛为之，故用以借代。　裔：后代。　不专美于旧谈：不要垄断了以毛笔为题的文章内容。　组练之军：指用锁链、绳索武装起来的南方军队。组练：指绳索和锁链（皆船上所用之物）。

鉴赏评析

古代优质毛笔必由兔毫制作而成，韩愈《毛颖传》即有记述。梁道士所赠毛笔虽由公羊毫制成，外观却同样精美，质地同样优异，用起来得心应手。作者受此小事启迪：念及时局艰危，江山半壁，遂由用笔想到用兵，而写了这篇精妙短论。

内容分三层。开篇由"善将"联系"善书"，并强调"所用如何"，即亮明了观点，也明确了文章纲要。中间叙写梁道士赠笔的精美实用，既照应上文"善书不择笔"，也为下文议论作铺垫。末层借题发挥，在驳斥"南兵剽轻不足仗"——批评统治者苟且偷安的同时，也希望他们有所振作——率南兵、抗顽敌而收复失地。

艺术上，本文亦是因事生感，借题发挥，托事兴讽。

蜃　说[1]

林景熙

　　尝读《汉天文志》载："海旁蜃气像楼台"，初未之信。

　　庚寅季春[3]，余避寇海滨。一日饭午，家僮走报怪事曰："海中忽涌数山，皆昔未尝有！父老观以为甚异。"余骇而出，会颍川主人走使邀余[4]。既至，相携登聚远楼东望。第见沧溟浩渺中，蠢如奇峰，联如叠巘，列如崒岫，隐见不常[5]。移时，城郭台榭，骤变歘起，如众大之区[6]，数十万家，鱼鳞相比。中有浮屠老子之宫，三门嵯峨，钟鼓楼翼其左右，檐牙历历，极公输巧不能过[7]。又移时，或立如人，或散如兽，或列若旌旗之饰，瓮盎之器[8]，诡异万千。日近晡[9]，冉冉漫灭。向之有者安在？而海自若也！

　　《笔谈》记登州海市事[10]，往往类此。余因是始信。

　　噫嘻！秦之阿房，楚之章华，魏之铜雀，陈之临春、结绮[11]……突兀凌云者何限！运去代迁[12]，荡为焦土，化为浮埃。是亦一蜃也，何暇蜃之异哉？

注释

[1]关于作者与本篇：林景熙（公元1242—1310年），字德阳，号霁山，浙江平阳人。宋咸淳七年（公元1271年）进士，官至从政郎。宋亡后隐居家乡。著有《霁山先生集》等。《蜃说》：作者由海市蜃楼的倏忽幻灭联想到历代统治者连云楼阁的兴替焚毁，从而对统治者的愚行表示讽刺。　蜃（shèn）：大蛤蜊，海里的一种动物。古人曾误认为，海市蜃楼即由蜃吐气而成。

[2]《汉天文志》：即《汉书·天文志》，东汉班固所撰。

[3]庚寅：元世祖至元二十七年（公元1290年）。　季春：春季的最后一个月，即农历三月。

[4]会：适逢。　走使邀余：派使者跑着来邀请我（前去观看）。

[5]第见：只见。　沧溟：大海。　叠巘（yǎn）：重叠的山峰。　崒岫（zú xiù）：高耸的山峰。　不常：不固定。

[6]移时：一会儿。　台榭：亭台楼阁。　歘（xū）起：忽然出现。　众大之区：众人聚集的地方。

[7]浮屠老子之宫：指佛教、道教的宫观。　浮屠：代指佛教。　老子：即老聃，道家创始人，代指道教。　三门：庙门。　檐牙：突起的房檐好像外露的獠牙。　公输：鲁班，春秋时鲁国的能工巧匠。

[8] 盎(àng)：古代一种腹大口小的器皿。

[9] 晡(bū)：申时，即午后三点到五点。

[10]《笔谈》：指宋代沈括所著的《梦溪笔谈》。

[11] 阿房：即阿房宫。　章华：即楚灵王所建的章华台。　铜雀：曹操所建的铜雀台。　临春、结绮：即陈后主所建的临春阁、结绮阁。

[12] 运去代迁：时代变迁，国运衰替。

鉴赏评析

此乃因事生议、托事兴讽的杂文小品。

内容分两部分。开篇由叙事写起，先由古书记载引出亲身经历，继以烘托、白描相结合的手法，既有力渲染人们见到蜃景时的讶异和惊骇，更按时间顺序——自"第见""移时""又移时"直到"日近晡"等，层次清晰而细腻地描绘了瞬息万变的海市蜃楼的自然奇观，为后文作了有力铺垫。

后半部分借助议论而点睛，作者由蜃楼的瞬息万变联想到历代名楼的繁华毁废——即历代王朝的兴衰更替，从而对封建统治者的奢靡淫乐表示极度的轻蔑和无情的嘲讽。

阅读此文，自然令人想起李白《梦游天姥吟留别》的诗章。白诗由"海客""越人"的闲谈引出"梦游"美景，借梦境的猝然破灭而兴讽世间行乐；此文则由古书记载引出亲睹海市蜃楼的奇景，借蜃景的倏忽幻灭而兴讽历代统治者的骄奢淫逸。

瓯 喻[1]

归有光

人有置瓯道旁,倾侧坠地,瓯已败。其人方去之,适有持瓯者过,其人亟拘执之曰[2]:"尔何故败我瓯?"因夺其瓯,而以败瓯与之。市人多右先败瓯者,持瓯者竟不能直而去[3]。

噫!败瓯者向不见人则去矣[4]。持瓯者不幸值之[5],乃以其全瓯易其不全瓯,以其不全瓯易其全瓯。事之变如此,而彼市人亦失其本心也哉!

注释

[1] 关于作者与本篇:归有光(公元1506—1571年),字熙甫,人称震川先生,昆山(今江苏昆山)人。明嘉靖十四年(公元1565年)进士,官至南京太仆寺丞。与唐顺之、王慎中、毛坤等同被称为"唐宋派",著有《震川先生集》。《瓯喻》:本文选自《震川先生集》,文章通过败瓯者讹诈持瓯者一事的记叙及议论,既讽刺前者的恶行,也包含规劝世俗的良苦用心。 瓯(ōu):瓦罐。

[2] 适:恰巧。 亟(jí):急忙。

[3] 右:袒护,偏向。 不能直:有理难伸。

[4] 向:假使,假如。

[5] 值:碰上,遇到。

鉴赏评析

《瓯喻》,顾名思义,即借瓯事为喻而托事兴讽。

文章先叙后议。通过败瓯者讹诈持瓯者的恶行,既讽刺前者的卑劣无赖,也对不辨曲直、袒护刁民的市人表示愤慨和不解。

记得某报刊载消息:一老太骑车雨后摔倒,幸得好心人搀救并送之入医院。然老太却反诬搀救者将其撞倒,因而引来一场复杂的诉讼。

此等怪事古今皆有。老太之举与败瓯者之行将永遭世人愤恨与唾弃。

第九讲　主客问答　独抒愤懑

挫折与坎坷往往导致人们精神的分化与裂变，从而演绎成乐观自信与悲观苦闷两种思想的激烈斗争。在备受此等精神折磨之后，作者便将两种对立的意绪外化为两个人物——"主"与"客"。通过二者的问话与对答，展示"乐观自信"与"悲观苦闷"两种思想的激烈冲突，再现作者自我战胜的心理过程。这就是古代抒情赋中常用的"主客对话，抑客伸主"的表现方式。

渔 父[1]

屈 原

屈原既放，游于江潭，行吟泽畔[2]，颜色憔悴，形容枯槁。渔父见而问之曰："子非三闾大夫欤？何故至于斯[3]？"屈原曰："举世皆浊我独清，众人皆醉我独醒，是以见放[4]。"渔父曰："圣人不凝滞于物而能与世推移[5]。世人皆浊，何不淈其泥而扬其波？众人皆醉，何不餔其糟而歠其醨[6]？何故深思高举[7]，自令放为？"屈原曰："吾闻之，新沐者必弹冠[8]，新浴者必振衣。安能以身之察察，受物之汶汶者乎[9]？宁赴湘流，葬于江鱼之腹中，安能以皓皓之白，而蒙世俗之尘埃乎？"

渔父莞尔而笑，鼓枻而去[10]。乃歌曰："沧浪之水清兮，可以濯吾缨[11]；沧浪之水浊兮，可以濯吾足。"遂去，不复与言。

注释

[1] 关于作者与本篇：屈原（约公元前340—前278年），名平，字原，战国时楚国人，出身贵族，曾任左徒、三闾大夫等职。主张联齐抗秦，变革图强。因受谗毁，先被楚怀王疏远，后遭顷襄王放逐，最后自投汨罗江而死。诗歌作品主要有《离骚》《天问》《九歌》《九章》等。 《渔父》：汉王逸《楚辞章句》认为本篇是屈原所作，但也有人认为，这是屈原死后，楚国人因怀念他而记载下来的有关传说。 渔父：渔翁。

[2] 潭：水渊。 泽畔：水边。

[3] 三闾大夫：楚官名，负责掌管王族屈、景、昭三姓的事务。 斯：这样。

[4] 见放：被流放。

[5] 凝滞：冻结不流，此处有拘泥、固执不变之意。

[6] 淈（gǔ）：浑浊。此有搅浑、扰乱之意。 餔（bǔ）：吃。 糟：酒滓。 歠（chuò）：同"啜"，喝。 醨（lí）：薄酒。

[7] 高举：行为高出世俗，即志行高洁。

[8] 沐：洗头。 弹冠：弹掉帽子上的灰尘。

[9] 察察：洁白的样子。 汶汶（mén）：昏暗不明的样子，指受污浊。

[10] 莞（wǎn）尔：微笑的样子。 鼓枻：拍打船舷。 枻（yì）：船旁板。

[11] 沧浪：水名。 濯（zhuó）：洗涤。 缨：帽带子。

鉴赏评析

身为楚国三闾大夫的屈原遭受流放之后,是坚持理想,还是变节从俗?两种思想的斗争殊为激烈,如《卜居》所言:"宁正言不讳以危身乎?将从俗富贵以偷生乎?……宁与骐骥亢轭乎?将随驽马之迹乎?此孰吉孰凶?何去何从?"本文通过屈原与渔父的对话生动地展示了作者内心深处激烈的矛盾冲突。

在这段对话中,渔父体现着作者思想中随波逐流、与时俯仰、不顾国事而苟且偷生的一面;屈原则代表着作者思想中坚持理想、忠贞为国、宁为玉碎而至死不屈的一面。前者为宾,后者为主,通过宾主之间的劝诫辩说及对比衬托,有力地突出了作者追求理想精神的坚定执着及其思想品格的灿烂辉煌。

用对话展示心理矛盾的写法在《离骚》中也略见端倪,譬如女媭对作者的劝诫:"鲧婞直以亡身兮,终然殀乎羽之野。汝何博謇而好修兮,纷独有此姱节?……世并举而好朋兮,夫何茕独而不予听?"实际也是随波逐流之念的短暂闪现。这种表现方法开启了赋体文章"主客对话,抑客伸主"的创作形式的先河。

答 客 难[1]

东方朔

客难东方朔曰:"苏秦、张仪一当万乘之主,而身都卿相之位[2],泽及后世。今子大夫修先王之术,慕圣人之义,讽诵《诗》《书》百家之言,不可胜记,著于竹帛,唇腐齿落,服膺而不可释[3]。好学乐道之效[4],明白甚矣。自以为智能海内无双,则可谓博闻辩智矣。然悉力尽忠,以事圣帝,旷日持久,积数十年,官不过侍郎,位不过执戟,意者尚有遗行邪[5]?同胞之徒,无所容居,其故何也?"

东方先生喟然长息,仰而应之曰:"是故非子之所能备[6]。彼一时也,此一时也,岂可同哉?夫苏秦、张仪之时,周室大坏,诸侯不朝,力政争权,相侵以兵;并为十二国,未有雌雄;得士者强,失士者亡,故说得行焉[7]。身处尊位,珍宝充内,外有廪仓,泽及后世[8],子孙长享。今则不然。圣帝德流,天下震慑[9],诸侯宾服。连四海之外以为带,安于覆盂[10]。天下平均,合于一家。动发举事,犹运之掌。贤与不肖何以异哉[11]?遵天之道,顺地之理,物无不得其所。故绥之则安,动之则苦;尊之则为将,卑之则为虏;抗之则在青云之上[12],抑之则在深渊之下;用之则为虎,不用则为鼠。虽欲尽节效情,安知前后?夫天地之大,士民之众,竭精驰说,并进辐凑者不可胜数[13]。悉力慕之,困于衣食,或失门户。使苏秦、张仪与仆并生于今之世,曾不得掌故[14],安敢望侍郎乎?"传曰:"天下无害,虽有圣人,无所施才;上下合同,虽有贤者,无所立功。"故曰时异世异。

虽然,安可以不务修身乎哉[15]?《诗》曰:"鼓钟于宫,声闻于外[16]。""鹤鸣九皋,声闻于天[17]。"苟能修身[18],何患不荣?太公体行仁义,七十有二,乃设用于文武,得信厥说;封于齐,七百岁而不绝[19]。此士所以日夜孳孳[20],修学敏行而不敢怠也。譬若鹡鸰[21],飞且鸣矣。传曰:"天不为人之恶寒而辍其冬;地不为人之恶险而辍其广;君子不为小人之匈匈而易其行[22]。天有常度,地有常形,君子有常行。君子道其常,小人计其功。《诗》云:'礼义之不愆,何恤人之言[23]?'""水至清则无鱼,人至察则无徒。冕而前旒,所以蔽明;黈纩充耳,所以塞聪[24]。"明有所不见,聪有所不闻。举大德,赦小过,无求备于一人之义也。"枉而直之,使自得之;优而柔之,使自求之;揆而度之，使自索之[25]。"盖圣人之教化如此，欲其自得之，自得之，则敏且广矣[26]。

今士之处世，时虽不用，块然无徒，廓然独居，上观许由，下察接舆，计同范蠡，忠合子胥[27]，天下和平，与义相扶。寡偶少徒，固其宜也。子何疑于予哉？若夫燕之用乐毅，秦之任李斯，郦食其之下齐，说行如流，曲从如环[28]；所欲必得，功若丘山；海内定，国家安；是遇其时者也。子又何怪之邪？

语曰：以管窥天，以蠡测海，以莛撞钟[29]。岂能通其條贯，考其文理，发其音声哉？犹是观之，譬由鼱鼩之袭狗，孤豚之咋虎，至则靡耳[30]，何功之有？今以下愚而非处士，虽欲勿困，固不得已。此适足以明其不知权变而终惑于大道也。

注释

[1] 关于作者与本篇：东方朔（公元前154—前93年），字曼倩，汉平原（今山东平原附近）人。武帝时待诏金马门，官至太中大夫、给事中。《答客难》：是假托客人非难而自作辩驳以抒愤懑的文章。《汉书·东方朔传》云："朔上书陈农战强国之计……欲求试用。其言专商鞅、韩非之语也。指意放荡，颇复诙谐，辞数万言，终不见用。朔因著论，设客难己，用位卑以自慰谕。" 难：诘问，非难。

[2] 苏秦、张仪：战国时的纵横家。 当：遇到。 万乘之主：拥有兵车万辆的大国君主。 都：占据。

[3] 子大夫：指东方朔。 修：研习。 讽诵：熟读成诵。 竹帛：书写的竹简和缣帛。 服膺：记忆在心中。

[4] 效：功效，效果。

[5] 官不过侍郎，位不过执戟：官位不过是执戟、侍从之类的郎官罢了。 意者：让人觉得。 遗行：过失行为。

[6] 备：详知。

[7] 力政：同"力征"，尽力征战。 十二国：指齐、楚、燕、赵、韩、魏、秦、鲁、宋、卫、郑、中山等。 说（shuì）：游说。

[8] 廪（lǐn）：仓房。 泽：恩惠。

[9] 德流：德泽流布。 慴（zhé）：同"慑"，畏惧。

[10] 连四海之外以为带二句：包括四海之外都成了一体，比倒放的盂还安稳。

[11] 犹运之掌：如同在手掌内运转一样容易。 不肖：不贤。

[12] 绥（suī）：安抚。 抗：抬举。

[13] 竭精驰说（shuì）：竭尽精力去游说，聚集而并进的，数也数不清。 辐凑：同"辐辏"，原意是车辐聚集在车的轴心。比喻人或物很密集地聚集在一块儿。

[14] 掌故：掌管故事（管档案查事例）的官。

[15] 务：致力，努力。

[16] 鼓钟于宫，声闻于外：是《诗经·小雅·白华》诗句，此处用来比喻人们的一举一动都有影响。

[17] 鹤鸣九皋，声闻于天：是《诗经·小雅·鹤鸣》诗句，此处同样用来比喻人们一举一动的影响。 九皋：深远的沼泽淤地。

[18] 苟：如果，只要。

[19] 太公：指姜子牙。 体行：身体力行。 文武：指周文王和周武王。 七百岁：自太公封于齐至田和篡齐，约七百年。

[20] 孳孳（zī）：勤勉的样子。

[21] 鹡鸰（jí lǐng）：鸟名，身体小，头顶黑色，前额纯白，嘴细长，常食昆虫和小鱼，飞则鸣叫，行则摇尾。此处被用来比喻人勤勉修身而不懈怠。

[22] 恶（wù）：厌恶，讨厌。 辍（chuò）：停止，终止。 訩訩：同"汹汹"，大闹的样子。

[23] 愆（qiān）：过错，差错。 恤：忧虑。

[24] 冕而前旒四句：冕前边垂着旒，是用来遮蔽视线的；冕两边悬着黄绵，垂在耳旁，是用来阻塞听觉的。 旒（liú）：冕前边垂挂的一串串小珠子。 黈纩（tǒu kuàng）：黄绵。 充：填，塞。 聪：听力。

[25] 枉而直之六句：要想让曲者变直，不应操之过急，要使他自己得直；要优厚宽柔地对待他，使他自己去求取；要揣情度理地诱导他，使他自己去索求。 揆（kuí）：揣度。

[26] 敏且广：敏捷而宏大。

[27] 处士：有才而未仕的无官之人，暗含作者自己。 块然：孤独的样子。 廓然：空虚的样子。 许由：尧时隐者，尧将天下让给他，他不接受。 接舆：与孔子同时，亦为隐者，曾唱歌讥笑孔子热心于政治。 范蠡（lǐ）：越王勾践的谋臣。 子胥：吴王夫差的大臣，姓伍名员，尽忠而被杀。

[28] 乐毅：燕昭王之臣，曾大破齐国，得七十余城。 李斯：秦始皇之臣，帮助始皇统一天下。 郦食其（lì yì jī）：汉高祖之臣，曾以说客身份，说得齐城七十余座。 说行如流二句：游说之辞像流水那样顺利，君主听从像轮子转动那样自如。

[29] 管：竹筒。 蠡：螺壳。 筳：小竹枝。

[30] 鼱鼩（jīng qú）：地鼠。 豚（tún）：小猪。 咋（zé）：咬。 靡：烂，粉碎。

鉴赏评析

怀抱治世之才而不为重用，沉沦下僚，郁结块垒，只好借助主客的诘难与辩驳以发泄胸中之愤懑。

文章两部分，一为客之诘难，二为己之辩解。

开篇假设客人之诘难——用苏秦、张仪的因才而显对比作者的抱才而困,古今比照中兼以抑扬之法,即扬古人而抑自身,意在自讽以讽世——看似嘲谑自身无能,实则嘲刺时政昏暗,抑制贤才,可谓用笔婉曲。

客之诘难自然引出己之辩解,亦分三层。首先通过苏秦、张仪与自身的遇与不遇说明"时异世异"——即苏张生逢战乱频仍、贤才必用之时;我则生于天下一统、贤才不必用之时。此等解说貌似冠冕堂皇,实则正话反说,深婉地揭露了当今执政者肆意压抑、扼杀贤才的现实。

接着由时事而转言修身——时代可以弃我不用,我却不能不务修身:一是因为"君子有常行",要不断地自我完善;二是在希望中等待——今日虽困顿,异日将显荣;姜太公不也是"七十有二,乃设用于文武"吗?我何不效法前贤,"君子道其常"——穷且益坚呢?

篇末更用乐毅、李斯等人事而暗比自身以体现"时异世异",隐刺时弊;且用"以管窥天,以蠡测海,以筳撞钟"等多重喻象说明面对客人不谙时世变化而无理取闹的诘难,自己实在无可奈何。

作者巧设问答,正话反说,借自嘲以嘲时弊。语言犀利,诙谐风趣。

进学解[1]

韩 愈

国之先生晨入太学，招诸生立馆下[2]，诲之曰："业精于勤荒于嬉，行成于思毁于随[3]。方今圣贤相逢，治具必张，拔去凶邪，登崇俊良[4]。占小善者率以录，名一艺者无不庸[5]。爬罗剔抉，刮垢磨光[6]。盖有幸而获选，孰云多而不扬[7]？诸生业患不能精，无患有司之不明；行患不能成，无患有司之不公[8]。"

言未既[9]，有笑于列者曰："先生欺余哉！弟子事先生，于兹有年矣。先生口不绝吟于六艺之文，手不停披于百家之编[10]。记事者必提其要，纂言者必钩其玄[11]。贪多务得，细大不捐。焚膏油以继晷，恒兀兀以穷年[12]。先生之业，可谓勤矣。觝排异端，攘斥佛老[13]；补苴罅漏，张皇幽眇[14]；寻坠绪之茫茫，独旁搜而远绍[15]；障百川而东之，回狂澜于既倒[16]。先生之于儒，可谓有劳矣。沉浸浓郁，含英咀华[17]，作为文章，其书满家。上规姚姒，浑浑无涯[18]；周诰殷盘，佶屈聱牙[19]；《春秋》谨严，《左氏》浮夸[20]；《易》奇而法，《诗》正而葩[21]；下逮《庄》《骚》，太史所录。子云相如，同工异曲[22]。先生之于文，可谓闳其中而肆其外矣[23]。少始知学，勇于敢为；长通于方，左右俱宜[24]。先生之于为人，可谓成矣。然而公不见信于人，私不见助于友。跋前踬后，动辄得咎[25]。暂为御史，遂窜南夷[26]。三年博士，冗不见治[27]。命与仇谋，取败几时[28]？冬暖而儿号寒，年丰而妻啼饥。头童齿豁，竟死何裨[29]？不知虑此，而反教人为？"

先生曰："吁！子来前！夫大木为杗，细木为桷[30]，欂栌侏儒，椳闑扂楔[31]，各得其宜，施以成室者，匠氏之工也。玉札丹砂，赤箭青芝[32]，牛溲马勃，败鼓之皮[33]，俱收并蓄，待用无遗者，医师之良也。登明选公，杂进巧拙[34]，纡余为妍，卓荦为杰[35]，校短量长，惟器是适者，宰相之方也[36]。昔者孟轲好辩，孔道以明，辙环天下，卒老于行[37]。荀卿守正，大论是弘，逃谗于楚，废死兰陵[38]。是二儒者，吐辞为经，举足为法，绝类离伦，优入圣域[39]，其遇于世何如也！今先生学虽勤而不繇其统，言虽多而不要其中[40]；文虽奇而不济于用，行虽修而不显于众。犹且月废俸钱，岁靡廪粟[41]；子不知耕，妇不知织；乘马从徒，安坐而食；踵常途之役役，窥陈编以盗窃[42]。然而圣主不加诛，宰臣不见斥，兹非其幸欤？动而得谤，名亦随之，投闲置散，乃分之宜[43]。若夫商财贿之有亡，计班资之崇庳，忘己量之所称，指前人之瑕疵，是所谓诘匠氏之不以杙为楹，而訾医师以昌阳引年，欲进其豨苓也[44]。

注释

[1] 关于《进学解》：作者于元和七年（公元812年）由职方员外郎降官为国子博士，因心怀不满，盖于次年而作此文。《旧唐书·韩愈传》载："（愈）复为国子博士，愈自以才高，累被摈黜，作《进学解》以自喻。执政览其文，……以其有史才，改比部郎中，史馆修撰。" 进学解：即关于增进学业问题的解说。

[2] 国子先生：即国子博士，作者自称。 太学：即国子监，是唐代管理教育的官署。 馆：国子监中的学舍。

[3] 业精于勤荒于嬉二句：学业由于勤奋而精进，由于嬉戏而荒废；德行由于谨慎思索而完善，由于因循随俗而败坏。 嬉：玩乐，游戏。 随：因循随俗。

[4] 圣贤：圣君贤臣。 治具毕张：法令全得以实施。 登崇俊良：尊重选拔了才俊之士。

[5] 占小善者：稍微有点特长的人。 率以录：全都录取。 名一艺者：凭着研治一种经书而著名的人。 庸：同"用"，任用。

[6] 爬罗：爬梳搜罗。 剔抉：挑选择取。 刮垢磨光：刮去污垢，磨砺出光亮，比喻精心培养造就人才。

[7] 盖有幸而获选二句：可能会有缺乏真才实学的人而被侥幸录用的；哪会有博学多才而得不到选拔呢？ 扬：举，指被选用。

[8] 患：担心。 有司：某方面的官吏，此指具体负责选拔人才的官吏。

[9] 既：完，尽。

[10] 六艺：即六经，包括《诗》《书》《礼》《易》《乐》《春秋》。 披：翻阅。 百家：先秦诸子的书籍。

[11] 记事者必提其要二句：读记事的文章，一定提取其要点；读议论的文章，一定探究其深刻的义理。 纂：同"撰"。 钩：探索。 玄：深奥。

[12] 焚膏油以继晷二句：点起油灯来接续日影，勤劳辛苦，年头到年尾。 晷（guǐ）：日影。 兀兀：勤苦的样子。

[13] 觝排异端二句：抵制非儒家的学说，驳斥佛教和道教。 异端：指不合孔孟思想的学说。 觝：通"抵"。

[14] 补苴罅漏二句：弥补儒学的疏漏处，阐发其幽深隐微的道理。 补苴（jū）：修补，弥补。 罅（xià）漏：缝隙，缺漏。

[15] 寻坠绪之茫茫二句：无边地寻找（儒学中）失落的头绪，广泛地搜索（发掘）而远远地继承。 坠绪：失落的头绪。 绍：继承。

[16] 障百川而东之二句：阻挡横行的异端邪说，复兴萎靡不振的儒家学说。　障：防堵，阻挡。　百川：喻指横行的异端邪说。

[17] 沉浸浓郁二句：潜心于儒家经典的研究，细细咀嚼，认真体味。　浓郁：用香醇的美酒比喻儒家经典。　英、华：比喻儒家的精华。

[18] 规：取法，模仿。　姚姒（sì）：姚是虞舜的姓，姒是夏禹的姓，借指《尚书》中的《虞书》和《夏书》。　浑浑无涯：浑厚无边。

[19] 周诰：《尚书·周书》有《大诰》篇。　殷盘：《尚书·商书》中的《盘庚》上中下三篇的总称。　佶（jié）屈聱牙：文字艰涩拗口。

[20] 《春秋》谨严：意谓《春秋》文字简约严谨，暗寓褒贬。　左氏浮夸：意谓《左传》文辞藻饰，夸张华美。

[21] 《易》奇而法：《易经》所载既奇妙变化，又有法则。　《诗》正而葩：《诗经》内容纯正，又有文采。　葩（pā）：花，比喻富有文采。

[22] 下逮庄骚四句：及至于《庄子》《离骚》《史记》和扬雄、司马相如的赋，都各尽其妙。　子云：扬雄的字。　相如：即司马相如。

[23] 闳其中而肆其外：文章内容深广而文辞奔放。　闳（hóng）：博大，深广。肆：奔放，放纵。

[24] 长通于方二句：成人后通晓事理，行为处处适合。　方：道理，事理。　宜：合适。

[25] 跋前踬后二句：形容身处困境，进退两难。　跋：踩踏。　踬（zhì）：绊倒。咎：罪过。

[26] 暂为御史二句：刚当了一段监察御史，就被贬官南方荒远之地。作者于唐德宗贞元十九年（公元803年）曾任监察御史，同年冬，因上疏言弊政得罪，被谪为连州（今广东）阳山令。

[27] 冗不见治：身为闲散之职，显不出政绩。

[28] 命与仇谋二句：命运与仇敌相结合，以致屡遭挫折。　几时：不时，屡次。

[29] 头童齿豁二句：头发秃了，牙齿脱了，到死又有何用？　童：山无草木为童。裨（bì）：补益。

[30] 夫大木为杗二句：大木做栋梁，小木做屋椽。　杗（máng）：梁。　桷（jué）：椽。

[31] 欂栌侏儒：泛指房上的各种木料。　欂（bó）：壁柱。　栌（lú）：柱顶方木，即斗拱。　侏儒：梁上短木。　椳闑扂楔：泛指门上的各种木料。　椳（wēi）：门枢。闑（niè）：门中央所竖短木。　扂（diàn）：门闩。　楔（xiē）：门两侧长木。

[32] 玉札丹砂二句：指各种贵重药材。　玉札：地榆。　丹砂：朱砂。　赤箭：天麻。　青芝：龙芝。

[33] 牛溲马勃二句：指各种廉贱药材。　牛溲（sōu）：牛尿。一说车前草。　马勃：

马屁菌，可治恶疮。　败鼓之皮：破旧的鼓皮，有解毒作用。

〔34〕登明选公二句：选拔人才公正明察，聪明的、憨厚的都能合理任用。　巧：聪明伶俐之人。　拙：憨厚沉稳之士。

〔35〕纡余为妍二句：性格内向、委屈周备的显出平和之美，性情外露、善于表现的显得俊杰超逸。　纡（yū）余：委屈周备。　妍：美好。　卓荦（luò）：超绝，突出。

〔36〕校短量长三句：比较优劣，唯才是用，（这是）宰相的用人之道啊！　器：才。　适：任用。　方：术。

〔37〕孟轲好辩四句：孟轲善于辩论，孔子学说因而得以发扬光大；然而他一生周游列国，最后老死在道路上（其志未伸，其才未展）。

〔38〕荀卿守正四句：荀卿坚守儒家正道，弘扬了儒学理论；却因逃避谗言，由齐到楚，后为兰陵令，废官后而死。

〔39〕吐辞为经四句：开口说话成为经典，一举一动成为法则，远远超出众人之上，优异达到圣人的境界。

〔40〕不繇其统：没有遵从儒学道统。　繇（yóu）：通"由"。　不要其中：不能切中儒学的关键。

〔41〕岁靡廪粟：年年耗费国家的粮食。　靡：耗费。

〔42〕踵常途之役役二句：拘谨小心地按照常规办事，在旧书中窃取迂腐之论而毫无创见。　踵：脚后跟，此处有跟着走之意。　役役：劳苦貌。　陈编：旧书。　盗窃：指抄袭。

〔43〕动而得谤四句：一举一动遭到毁谤，名声也随之败坏。被安置在闲散的岗位，正是我的才分所应该的。　分（fèn）：才分。

〔44〕若夫商财贿之有亡六句：至于说考虑俸禄的多寡、计较官位的高低、忘了自己能力所适合，而指责执政者用人上的不妥，就等于责问木匠不用小木桩代替大木柱，而批评医生用昌阳延年益寿，偏要其换用猪苓啊！　商：考虑，计较。　财贿：财产，指俸禄。　有亡：有无，意谓多寡。　班资：品级，官位。　崇庳：高低。　庳：通"卑"。　称：适合。　瑕疵（cī）：微小的缺点。　诘：责问。　以杙（yī）为楹：以小木桩代替大柱子。　訾（zǐ）：非议，讥评。　昌阳：即菖蒲，常服之可延年益寿。　豨（xī）苓：又名猪苓，一种泻药。

鉴赏评析

作者文才盖世而备受压抑，屡遭贬黜，投闲置散。激荡的内心翻滚着牢骚、怨怼的浪潮，于是他以"进学解"为题，借师生之间的问答与辩难，委婉曲折地抒发了自身怀才不遇的哀怨、愤懑，同时也讽刺了当权者的用人不公、赏罚不明。

内容三部分。开篇为先生的训话。他故唱高调，假话真说，一方面勉励学生进德修业,一方面颂扬时政英明,显得堂皇郑重。为下文学生的诘难留下充裕的把柄。

中间是学生的诘难。面对先生严正虚假的训话,学生先用"先生欺余哉"一句概括,接着"以子之矛,攻子之盾"——用先生自身的遭遇戳破先生训话的荒谬。即先通过"学业""复儒""为文""为人"等说明先生的"业精""行成",而后转述先生遭遇的凄惨、处境的可悲,句句属实,铿锵有力,从而将先生训话的虚谬彻底戳穿。

最后是先生的辩解,显然是在打圆场。他先以匠氏用木、医师用药比喻宰相的用人之方。而后借孟子、荀子的遭遇来自我宽慰。"吐辞为经,举足为法"的孟、荀尚且不遇,"学""言""文""行"皆望尘莫及的我能够"月费俸钱,岁靡廪粟;子不知耕,妇不知织;乘马从徒,安坐而食",难道不是大幸吗?事实上,孟、荀的怀才不遇早已说明了历史的荒谬,今天作者的不遇恰是荒谬历史的重演。作者引孟、荀自比,只能起打圆场作用,无法解释其合理性。

综览全篇,作者先唱高调,后打圆场,中间托学生之口,用铁的事实尖锐地揭露时政、讽刺当权者,既发泄了一腔愤懑,又不给执政者留下任何把柄,可谓构思巧妙,用笔委婉。沈确士评赞此文:"首段发端,中间是驳,后段是解。胸中抑郁,反借他人说出,而己则心气和平。宜当时宰相读之,旋生悔心,改公为史馆修撰也。"

前赤壁赋[1]

苏　轼

　　壬戌之秋，七月既望[2]，苏子与客泛舟游于赤壁之下。清风徐来，水波不兴[3]。举酒属客，诵明月之诗，歌窈窕之章[4]。少焉，月出于东山之上，徘徊于斗牛之间[5]。白露横江，水光接天。纵一苇之所如，凌万顷之茫然[6]。浩浩乎如冯虚御风而不知其所止；飘飘乎如遗世独立羽化而登仙[7]。

　　于是饮酒乐甚，扣舷而歌之。歌曰："桂棹兮兰桨，击空明兮溯流光；渺渺兮予怀[8]，望美人兮天一方。"客有吹洞箫者，倚歌而和之[9]。其声呜呜然，如怨如慕，如泣如诉；余音袅袅，不绝如缕[10]。舞幽壑之潜蛟，泣孤舟之嫠妇[11]。

　　苏子愀然[12]。正襟危坐而问客曰："何为其然也？"客曰："'月明星稀，乌鹊南飞，'此非曹孟德之诗乎[13]？西望夏口，东望武昌，山川相缪，郁乎苍苍，此非孟德之困于周郎者乎[14]？方其破荆州，下江陵[15]，顺流而东也，舳舻千里，旌旗蔽空，酾酒临江，横槊赋诗[16]，固一世之雄也，而今安在哉？况吾与子渔樵于江渚之上，侣鱼虾而友麋鹿[17]，驾一叶之扁舟，举匏樽以相属[18]。寄蜉蝣于天地[19]，渺沧海之一粟。哀吾生之须臾[20]，羡长江之无穷。挟飞仙以遨游，抱明月而长终。知不可乎骤得，托遗响于悲风[21]。"

　　苏子曰："客亦知夫水与月乎？逝者如斯[22]，而未尝往也；盈虚者如彼，而卒莫消长也[23]。盖将自其变者而观之，则天地曾不能以一瞬[24]；自其不变者而观之，则物与我皆无尽也，而又何羡乎？且夫天地之间，物各有主，苟非吾之所有[25]，虽一毫而莫取。惟江上之清风，与山间之明月，耳得之而为声，目遇之而成色。取之无禁，用之不竭，是造物者之无尽藏也，而吾与子之所共适[26]。"

　　客喜而笑，洗盏更酌[27]。肴核既尽，杯盘狼藉[28]。相与枕藉乎舟中，不知东方之既白。

注释

　　[1]《前赤壁赋》：本文写于宋神宗元丰五年（公元1082年），是年作者在黄州，曾于七月十六日、十月十五日两游赤壁，写下两篇以游赤壁为题的赋，即《前赤壁赋》和《后赤壁赋》。　赤壁：实为黄州赤鼻矶，当地人因音近而误称"赤壁"，并非三国时赤壁

之战旧址。

［2］壬戌：宋神宗元丰五年（公元1082年）。　既望：农历每月十六日。　望：农历每月十五。

［3］徐：慢慢。　兴：起。

［4］属（zhǔ）：通"嘱"，劝请。　诵明月之诗二句：吟诵《诗经·陈风》中的《月出》篇，其中有云："月出皎兮，佼人僚兮，舒窈纠兮，劳心悄兮。"所谓"窈窕之章"，即指"舒窈纠兮"之章。"窈纠"：同"窈窕"。

［5］斗牛：星宿名，指斗宿和牛宿。

［6］纵：放任。　一苇：喻指苇叶般的小船。　如：往。　茫然：旷远迷茫的样子。

［7］冯虚御风：倚靠虚空，驾驭长风。　冯（píng）：通"凭"，依靠，依托。　遗世：脱离尘世。　羽化：道教称成仙飞升为"羽化"。

［8］棹（zhào）：船桨。　溯（sù）：逆流而上。　流光：映着月光的江水。　渺渺：悠远的样子。

［9］倚歌：按照歌声。　和：伴奏。

［10］袅袅：细弱悠长的样子。　缕：丝线。

［11］幽壑：深渊。　嫠（lí）妇：寡妇。

［12］愀（qiǎo）然：神色严肃而忧愁的样子。

［13］月明星稀二句：是曹操《短歌行》中的诗句。　孟德：曹操的字。

［14］夏口：即今汉口。　缪（liáo）：通"缭"，盘绕。　郁：繁茂。　周郎：即周瑜，其任中郎将时年仅24岁，人称周郎。

［15］方其：当他……时。　破荆州：指建安十三年（公元208年）曹操率大军南下，刘琮投降，操军不战而占领荆州事。　下：攻克。

［16］舳舻（zhú lú）：战船。　酾（shī）酒：斟酒。　横槊（shuò）：横持着长矛。

［17］渔樵：捕鱼砍柴。　江渚（zhǔ）：江边沙洲。　侣鱼虾：与鱼虾为伴侣。　友麋鹿：与麋鹿为朋友。

［18］扁（piān）舟：小船。　匏樽：用葫芦做的酒器。　匏（pāo）：葫芦的一种。

［19］蜉蝣（fú yóu）：一种昆虫，夏秋之交生于水边，生命短促，仅数小时。

［20］须臾：片刻。

［21］遗响：指洞箫的余音。

［22］逝者如斯：那逝去的就像这呀！此处引用《论语·子罕》：子在川上曰："逝者如斯夫，不舍昼夜。"　斯：这，指江水。

［23］盈虚：指月亮的圆缺。　卒：终于。　消长：减少和增加。

［24］则天地曾不能以一瞬：那么天地万物简直不能有一分一秒的停留。　曾：简直。

［25］苟非：如果不是。

［16］造物者：指大自然。　无尽藏：无穷无尽的宝藏。　适：享用。

[27] 更酌：重新斟酒。

[28] 肴核：菜肴和果品。　狼藉：纵横杂乱的样子。

鉴赏评析

王安石变法期间，苏轼因政见不合，被外黜于杭、密、徐、湖等州。后因写诗讽刺新法，于元丰二年（公元1079年）系狱四月有余（自八月十八至十二月二十八），即有名的"乌台诗案"。出狱后，被贬为黄州团练副使。作者此时虽名为朝廷命官，实则作为罪犯而身受监视，心情殊为苦闷。

在这篇赋中，作者借助泛游赤壁的所见所感，将积郁胸中的两种思想情绪外化为主（苏子）、客两个人物，"主"代表着乐观旷达的情怀，"客"代表着悲观苦闷的意绪。通过两者的问话与应答，展示作者激烈的思想矛盾和斗争。最后，客被主所说服，体现了作者思想由消极转为积极——亦即自我战胜的心理过程，同时也披露了作者身处逆境时的乐观态度和旷达情怀。

景物方面，文章开篇着力于清风、江水、明月的描写，既在此基础上抒发遗世独立的旷达之情，又借此物象阐发"变"与"不变"两重性的哲理，在全文中起到了很好的铺垫作用。

第十讲 片言居要 提纲挈领

在章法布局方面，陆机《文赋》曾说过："立片言以居要，乃一篇之警策。"这是概括前人文章布局而得出的理论，对其后写作也有着重要的指导意义。

的确，在论说文中，我们常看到这样的匠心独运：作者提炼中心论点为只言片语，并将其放在关键位置，以提纲挈领、振起全篇而神采飞扬。

舍生取义[1]

《孟子》

鱼，我所欲也；熊掌[2]，亦我所欲也。二者不可得兼，舍鱼而取熊掌者也。生，亦我所欲也；义，亦我所欲也。二者不可得兼，舍生而取义者也。

生亦我所欲，所欲有甚于生者，故不为苟得也[3]。死亦我所恶，所恶有甚于死者，故患有所不辟也[4]。

如使人之所欲莫甚于生，则凡可以得生者何不用也[5]？使人之所恶莫甚于死者，则凡可以辟患者何不为也？由是而生，而有不用也；由是则可以辟患，而有不为也。是故所欲有甚于生者，所恶有甚于死者，非独贤者有是心也，人皆有之，贤者能勿丧耳[6]。

注释

[1]《舍生取义》：本文节选自《孟子·告子下》，题目是编者根据内容所加。
[2] 熊掌：熊的脚掌，是珍贵的食品。
[3] 苟得：苟且得到（生存），意谓为求生存而不择手段。
[4] 患：祸患，灾难。 辟：同"避"，逃避。
[5] 何不用也：什么（卑鄙的手段）不可采用呢？
[6] 丧：丧失（其本心）。

鉴赏评析

这是作者劝世行义的一段精妙议论。

首层采用类比法。借助舍鱼而取熊掌的巧妙比喻引出舍生取义的中心论点，起着统摄全篇的作用。

次层剖析舍生取义的心理动因：取义，是为求取至爱；舍生，是为远避至恶，"所恶有甚于死者，故患有所不辟也"。

末层用贪生恶死者为求生存而不择手段，比衬义士抛弃一切手段而舍生取义的高风亮节。并进而指出："所欲有甚于生者，所恶有甚于死者"是人人皆有之心，唯独贤者能保持而不丧失罢了。

通篇围绕"舍生取义"四字而生发阐释，清晰地表明了劝世行义的主要意旨。

生于忧患[1]

《孟子》

舜发于畎亩之中[2]；傅说举于版筑之间[3]；胶鬲举于鱼盐之中[4]；管夷吾举于士[5]；孙叔敖举于海[6]；百里奚举于市[7]。

故天将降大任于斯人也，必先苦其心志，劳其筋骨，饿其体肤，空乏其身，行拂乱其所为，所以动心忍性，曾益其所不能[8]。

人恒过[9]，然后能改。困于心，衡于虑，而后作；征于色，发于声，而后喻[10]。入则无法家拂士，出则无敌国外患者[11]，国恒亡。然后知生于忧患，而死于安乐也。

注释

[1]《生于忧患》：本文节选自《孟子·告子下》，题目是编者截取篇末二句而名之，亦即文章的中心论点。

[2] 发：发迹，被起用。 畎（quǎn）亩：田野。传说虞舜最初在历山耕田，30岁时，被尧任用为辅，后来继尧为帝。

[3] 傅说（yuè）：殷王武丁时人。传说傅说原在傅岩之地作泥水匠，为人筑墙，武丁寻访他，任用为相。 举：被选拔。 版筑：筑墙时，在两块夹板中间放土，用杵捣实，谓之版筑。

[4] 胶鬲（gé）：周文王时人。相传胶鬲原曾贩卖鱼盐，西伯姬昌将他举荐给纣，后来他又辅助周武王。

[5] 管夷吾：即管仲，春秋时齐人。他原为齐公子纠的臣。因公子纠与公子小白（齐桓公）争夺君位而失败，他作为罪人被押解回国，齐桓公听说他有才能，即用为相。 士：狱官。

[6] 孙叔敖：春秋时楚国人，曾隐居海滨，楚庄王听说他贤良，任为令尹。

[7] 百里奚：春秋时虞人，晋灭虞后逃到秦国，隐于都市，后被秦穆公聘用为相。

[8] 所以动心忍性二句：用来震动其心，坚韧其性，使其建树原本不能建树的事业。 曾益：增加。 曾：同"增"。

[9] 恒过：常常有过失。

[10] 困于心六句：搁放在心里，横塞在脑海里，然后才能奋发；表现在脸色上，流露在声音里，然后才能被人理解。 困：束缚，搁置。 衡：同"横"，梗塞。 作：奋起，指有所作为。 征：证验，表现。 发：流露，吐露。 喻：理解，了解。

[11] 入：在国家内部。　法家拂士：指有法度的朝臣和善于辅佐的贤士。　拂（bì）：同"弼"。　出：在国家外部。

鉴赏评析

陆机《文赋》云："立片言以居要，乃一篇之警策。"本文结构充分体现了这一原则。标题取自于篇末二句，鲜明地概括出文章的中心论点。

作者采用归纳论证方法。

开篇列举古代六位圣贤崛起于贫贱忧患的具体事例，继而从正反两方面剖析忧患催人奋发的道理：就天意而言，上天要成全其人，必先折磨其人，以"动心忍性，曾益其所不能"。就个人情感体验而言，只有深深的忧患才能使人"困于心，恒于虑，而后作；征于色，发于声，而后喻"。

相反，人们——尤其是国君，一旦脱离了艰难忧患，则往往会因为情感放纵而身败名裂、国破家亡。至此，水到渠成——篇末画龙点睛，一语道破"生于忧患，死于安乐"的人生真谛，意旨突出，发人深省。

天时不如地利[1]

《孟子》

天时不如地利，地利不如人和[2]。

三里之城，七里之郭，环而攻之而不胜[3]。夫环而攻之者，必有得天时者矣。然而不胜者，是天时不如地利也。

城非不高也，池非不深也，兵革非不坚利也[4]，米粟非不多也；委而去之[5]，是地利不如人和也。

故曰：域民不以封疆之界，固国不以山溪之险[6]，威天下不以兵革之利。得道者多助，失道者寡助。寡助之至，亲戚畔之[7]。多助之至，天下顺之[8]。以天下之所顺，攻亲戚之所畔，故君子有不战，战必胜矣。

注释

[1]《天时不如地利》：本文节选自《孟子·公孙丑下》，题目取自于文章首句。

[2] 天时、地利、人和：是古人在治国或作战方面经常强调的几种因素，如《荀子·王霸》云："农夫朴力而寡能，则上不失天时，下不失地利，中得人和，而百事不废。"天时、地利为自然因素（天时即时令、气候等天气条件；地利即有利的地理形势）；人和则为人为因素（即上下团结，人心所向）。

[3] 三里之城：指周围三里的很小的城。　郭：外城。　环：包围。

[4] 池：指护城河。　兵革：泛指武器装备。　兵：武器。　革：用皮革制成的铠甲。

[5] 委：放弃，抛弃。

[6] 域：疆界，界限。此处名词动用，有"限制"之意。　固国：巩固国防。

[7] 至：极点。　畔：同"叛"。

[8] 顺：归顺，服从。

鉴赏评析

战国时期，诸侯兼并，战乱频仍，给人民带来深重的灾难。为此，孟子提出了"仁政爱民"的政治主张。本文即是在仁政基础上而生发的有关战略思想的短论。

孟子认为，战争胜负的决定性因素在于人心的向背——即君王能否使国民精诚团结，一致对敌。所以开篇即提纲挈领地提出中心论点："天时不如地利，地利不如人和。"

接着用攻城不克的战例说明"天时不如地利",再用弃城逃跑的战例说明"地利不如人和"。

最后进而论析"人和"的重要性,并由此推出"得道多助,失道寡助"的著名论断,对当时沉迷于战争而不顾百姓死活的君王无疑是强有力的破梦警钟。

文章中心突出,层次昭晰,逻辑谨严,说服力强。

教学相长[1]

《礼记》

虽有佳肴,弗食不知其旨也;虽有至道[2],弗学不知其善也。是故学然后知不足,教然后知困[3]。知不足,然后能自反也;知困,然后能自强也[4]。故曰教学相长也。

注释

[1] 关于《礼记》与本篇:《礼记》是儒家经典之一。据汉末郑玄《六艺论》载,汉儒者戴德传礼85篇,为《大戴记》;其侄戴圣删为46篇,为《小戴记》。汉末马融,增补3篇,合计49篇为一书,即今之《礼记》。其实,该书乃为秦汉以前儒者有关"礼"之论述的资料汇编。《教学相长》:本文选自《礼记·学记》,旨在论述教与学互相促进的道理。

[2] 旨:滋味美。 至道:最好的道理。

[3] 困:困惑,迷惑不解。

[4] 自反:反躬自省,反过来严格要求自己。 自强:自我督促,奋发向上。

鉴赏评析

文章旨在论述教与学互相促进的道理。

开篇以"佳肴"喻"至道",反论不学之害。接着将"学"与"教"相联系,正论二者"曲线救国"的性质及其意义:学则由"知不足"而"自反",教则由"知困"而"自强"。"自反""自强",皆为积极影响。于是篇末一语概括,画龙点睛,精警有力。

发愤著书[1]

司马迁

古者富贵而名摩灭，不可胜记，唯倜傥非常之人称焉[2]。盖文王拘而演《周易》[3]；仲尼厄而作《春秋》[4]；屈原放逐，乃赋《离骚》[5]；左丘失明，厥有《国语》[6]；孙子膑脚，《兵法》修列[7]；不韦迁蜀，世传《吕览》[8]；韩非囚秦，《说难》《孤愤》[9]；《诗》三百篇，大抵圣贤发愤之所为作也。

注释

[1] 关于作者与本篇：司马迁（公元前145—前?），夏阳（今陕西韩城南）人。我国古代伟大的史学家和文学家。30岁为郎中，后袭父职为太史令。因替投降匈奴的李陵辩解，被汉武帝处以宫刑。其后含垢忍辱，发愤著书，终于完成《史记》的写作。《史记》共130篇，52万字，是我国第一部纪传体通史。　《发愤著书》：本段文字节选自司马迁《报任安书》，标题为编者概括末句之意所加。

[2] 摩灭：同"磨灭"，指声名埋没不传。　倜傥（tì tǎng）：卓越突出，超逸豪迈。　称：扬名后世。

[3] 盖文王拘而演《周易》：周文王被囚禁在羑里，推演《易经》的八卦为六十四卦。　演：推演，演化。

[4] 仲尼厄而作《春秋》：孔子一生困顿才写作了《春秋》。　厄：困厄。

[5] 屈原放逐二句：屈原被疏远、流放，才写作了《离骚》。　赋：写作。

[6] 左丘失明二句：左丘明因丧失了视力，而写作了《国语》。相传鲁国史官左丘明为《国语》的作者。　失明：丧失视力。

[7] 孙子膑脚二句：孙子被砍掉双足，才编写《兵法》一书。　孙子：指孙膑，因被同学庞涓陷害而受膑刑，故以"膑"名，是战国时的军事家，著有《孙膑兵法》。　修列：编撰。

[8] 不韦迁蜀二句：吕不韦免官至蜀，才组织门客编撰了《吕氏春秋》。　不韦：吕不韦，秦庄襄王丞相。秦王政即位，尊其为相国，后因罪被免职，又命他举家迁往蜀地，后畏罪自杀。

[9] 韩非囚秦二句：韩非被囚禁在秦国，才写出了《说难》《孤愤》等著名文章。　韩非：韩国公子，曾屡次进谏韩君，不为所用，因作《说难》《孤愤》等文。因其文受到秦王赏识而作为使者出使秦国，后为李斯所害，囚死狱中。

鉴赏评析

因替投降匈奴的李陵辩解而遭宫刑,人生的奇耻大辱刺激着作者,使其思接千载,探古鉴今。通过文王拘、仲尼厄、屈原放逐、左丘失明等人生痛苦遭遇而导致各以其名著传世的具体事例,推导出文学创作方面"发愤著书"的著名论断。

归纳法的运用,使结尾断语遂成点睛之笔,振起满篇文字。

不平则鸣[1]

韩 愈

　　大凡物不得其平则鸣。草木之无声,风挠之鸣[2];水之无声,风荡之鸣。其跃也,或激之;其趋也,或梗之[3];其沸也,或炙之[4]。金石之无声[5],或击之鸣。人之于言也亦然,有不得已者而后言,其歌也有思,其哭也有怀。凡出乎口而为声者,其皆有弗平者乎?

注释

[1]《不平则鸣》:本文节选自韩愈《送孟东野序》。孟东野:即孟郊,字东野,中唐诗人,一生坎坷困顿,潦倒失意,以苦吟著称。

[2] 挠:摇荡。

[3] 梗:阻挡。

[4] 炙:烧。

[5] 金石:钟磬之类的打击乐器。

鉴赏评析

　　此段文字用了类比论证方法。

　　首句点明主旨,接着通过草受风挠,水遭风激、物梗、火炙以及金石因受打击而鸣的现象说明人生遭受精神刺激、忍无可忍、而不得不倾诉——即"不平则鸣"的文学创作规律。

　　开篇点题,结尾呼应,提纲挈领,意旨醒豁。

诗穷而后工[1]

欧阳修

予闻世谓诗人少达而多穷，夫岂然哉[2]？

盖世所传诗者，多出于古穷人之辞也。凡士之蕴其所有而不得施于世者[3]，多喜自放于山巅水涯之外，见虫鱼草木风云鸟兽之状类，往往探其奇怪；内有幽思感奋之郁积，其兴于怨刺，以道羁臣寡妇之所叹，而写人情之难言，盖愈穷则愈工[4]。然则非诗之能穷人，殆穷者而后工也[5]。

注释

[1]《诗穷而后工》：本文节选自欧阳修《梅圣俞诗集序》。梅圣俞：即梅尧臣（公元1002—1060年），字圣俞，宣城（今属安徽）人。北宋著名诗人，一生穷困不得志。有《宛陵先生集》。

[2] 予闻世谓二句：我听世人传言：诗人很少显达而大多困穷，难道真是这样吗？ 达：显达。 穷：困顿，指仕途失意。

[3] 凡士之蕴其所有而不得施于世者：凡是怀抱着真才实学而不得施展于社会的人物。 施：施行，施展。

[4] 羁臣：宦游或贬谪在外的官员。 盖愈穷则愈工：大概遭遇越困顿，诗歌就越工巧。 工：巧妙。

[5] 殆穷者而后工也：大概困顿之后诗歌创作才工巧啊！

鉴赏评析

诗人多穷的说法由来已久，杜子美即有"文章憎命达"的诗句，白乐天亦云："自古诗人多薄命。"对此，欧阳永叔却有自己的看法。

本文先从诗人多穷的传闻写起，且略表质疑。然后即由表象到内质地剖析诗歌的创作过程：穷困之人——投身山巅水涯——奇异的外在景观，诱发难耐的情志——遂道常人所难道，言人情所难言。于是篇末概括，神笔点睛："然则非诗之能穷人，殆穷者而后工也。"

破旧言，立新说，矗千古不易之至论，振起满段文字而神采飞扬。

赞 刘 谐[1]

李 贽

有一道学,高屐大履,长袖阔带;纲常之冠,人伦之衣[2];拾纸墨之一二,窃唇吻之三四,自谓真仲尼之徒焉[3]。

时遇刘谐。刘谐者,聪明士,见而哂曰:"是未知我仲尼兄也[4]。"其人勃然作色而起曰:"天不生仲尼,万古如长夜[5]。子何人者,敢呼仲尼而兄之?"刘谐曰:"怪得羲皇以上圣人尽日燃脂烛而行也[6]?"其人默然而止,然安知其言之至哉[7]?

李生闻而善曰:"斯言也,简而当,约而有余,可以破疑网而昭中天矣[8]。其言如此,其人可知也。盖虽出于一时调笑之语,然其至者百世不能易[9]。"

注释

[1] 关于作者与本篇:李贽(公元1527—1602年),号卓吾,泉州晋江(今福建晋江)人。官至云南姚安知府,公开以"异端"自居,大胆揭露封建传统教条和假道学,提出"童心说",是明代中期重要的思想家和文学家。《赞刘谐》:本文选自李贽的《焚书》,是作者批判程朱理学的代表作品之一。　刘谐:事迹不详。据文章内容可知,他也和作者一样,是颇有思想和个性的"异端"人物。

[2] 道学:宋明时的理学,此指道学家。　高屐大履四句:以讥讽的口吻描绘道学家穿着打扮、道貌岸然的形象。

[3] 拾纸墨三句:收拾几篇(古人的)破纸残墨,偷学几句(古人的)口渣剩言,自认为他是地地道道的孔子信徒。　纸墨:指儒家文章。　唇吻:指儒家言论。

[4] 哂(shěn):讥笑。　是未知我句:这人不懂得我仲尼哥哥呀!　是:这人,指道学家。　知:懂得,理解。

[5] 天不生仲尼二句:如果没有孔子,人类社会将处在黑暗之中,永远见不到光明。

[6] 怪得羲皇以上圣人句:怪得孔子以前的远古圣人整天点燃蜡烛走路啊!刘谐以此荒唐之说嘲讽道学家"万古如长夜"的论调,他们只知道无耻地吹捧孔子的伟大,其实根本不懂孔子理论的精妙。　羲皇以上圣人:泛指孔子以前的远古圣人。　羲皇:指伏羲氏,传说中的原始社会首领。

[7] 至:极,深刻。

[8] 斯言也四句:这句话,简明而恰切,精练而内涵丰富,可以冲破道学家蛊惑人心的文网而归还天空的晴朗啊!　约:简练,精练。

[9] 然其至者句：可它深刻的义理百代而下也不会改变。　易：改变，变化。

鉴赏评析

程朱理学造就了无数大大小小的道学家，他们以维护道统为名，一方面肆意曲解和糟蹋儒家的思想理论，一方面又无耻吹捧孔孟的神圣和伟大，社会影响极其恶劣。本文就是针对这种恶劣学风的尖锐批评。

内容分两层。第一层叙事：开篇描绘道学家的装腔作势，道貌岸然，字里行间流露出鄙夷和讥讽。接着叙其与刘谐的对话："天不生仲尼，万古如长夜。"此等吹捧是多么无耻和荒谬；然而刘谐应答之妙就妙在顺其思维而发展——设想孔子以前圣人白天秉烛行路，以荒谬对荒谬，反弄得荒谬者尴尬之极，无言以对。

于是自然引出第二层的议论，作者围绕"怪得"一语，照应着题目，对刘谐其人其言给以崇高的评价和赞美。

章法上，"怪得"一语既有力驳斥了道学家"万古如长夜"的荒谬论调，又引出篇末一段精彩赞论，诚可谓"立片言以居要，乃一篇之警策"也。

第十一讲 叙事铺垫 议论点睛

在叙议结合的小品文中,有一种常见的结构形式:开篇叙事,起铺垫作用;而后通过议论点睛,昭示主题。

这样的章法安排,不管在古代的文言文,还是现代白话文的创作中,都常常出现。因其议论建立在事实基础之上,故显得坚实有力,题旨醒豁。

苛政猛于虎[1]

《礼记》

孔子过泰山侧,有妇人哭于墓者而哀。夫子式而听之[2],使子路问之曰:"子之哭也,壹似重有忧者[3]。"而曰:"然。昔者吾舅死于虎[4],吾夫又死焉,今吾子又死焉。"夫子曰:"何为不去也?"曰:"无苛政。"夫子曰:"小子识之:苛政猛于虎也[5]!"

注释

[1]《苛政猛于虎》:本文节选自《礼记》,通过记叙孔子师徒与老妇人的对话,揭露暴政下人民生计维艰的悲惨情景。

[2] 夫子式而听之:先生手扶车前横木,俯下身子听妇人哭泣。 式:同"轼",车前横木。此指乘车人俯身用手扶轼。

[3] 子之哭也二句:您的哭泣里,好像包含着好几层悲哀。 壹:的确,实在。

[4] 舅:公公(指丈夫的父亲)。

[5] 小子识之二句:请你小子记住:苛虐的政治比吃人的老虎还凶猛狠毒。 识:同"志",记住。

鉴赏评析

这是一篇记言体短文,通过孔子师徒与老妇人的问答,揭示了"苛政猛于虎"的主旨,表达了儒家的仁政思想。

写法上,先记叙对话作为铺垫:舅、夫、子先后命丧虎口的老妇人仍死守泰山侧,只是因为"无苛政"。于是孔子的篇末概括便成了庄重的点睛之笔,简洁凝练,精警深刻。

去 私[1]

《吕氏春秋》

晋平公问于祁黄羊曰[2]:"南阳无令,其谁可而为之[3]?"祁黄羊对曰:"解狐可[4]。"平公曰:"解狐非子之仇邪?"对曰:"君问可,非问臣之仇也。"平公曰:"善!"遂用之,国人称善焉。

居有间[5],平公又问祁黄羊曰:"国无尉,其谁可而为之[6]?"对曰:"午可[7]。"平公曰:"午非子之子邪[8]?"对曰:"君问可,非问臣之子也。"平公曰:"善!"又遂用之,国人称善焉。

孔子闻之曰:"善哉!祁黄羊之论也。外举不避仇,内举不避子[9],祁黄羊可谓公矣。"

注释

[1] 关于作者与本篇:吕不韦(公元前?—前235年),战国末年卫国濮阳(今河南濮阳西)人。原为大商人,后被秦庄襄王任为相国,封文信侯。秦始皇亲政后被免职,忧惧自杀。其组织门人编纂的《吕氏春秋》,共160篇,分26卷,多采自先秦诸子学说,思想内容博杂。《去私》:本篇节选自《吕氏春秋·去私》,通过晋国大夫祁黄羊外荐仇敌、内荐亲子的事迹赞扬其公而忘私的精神。

[2] 晋平公:春秋时晋国国君,公元前557年—前532年在位。 祁黄羊:名奚,字黄羊,晋国大夫。

[3] 南阳无令二句:南阳邑没有行政长官,谁可担任? 南阳:晋邑名,在今河南获嘉。

[4] 解(xiè)狐:人名,晋国官员。

[5] 居有间:过了不久。

[6] 尉:掌管军事的官。

[7] 午:人名,即祁黄羊的儿子祁午。

[8] 子之子:你的儿子。

[9] 外举不避仇二句:推荐疏远的人不回避自己的仇敌;推荐亲近的人不回避自己的儿子,祁黄羊真是大公无私啊! 举:推荐。

鉴赏评析

题名《去私》,旨在弘扬公而忘私的精神。

文章分两层：一层叙事，一层议论。开篇叙述祁黄羊荐贤——一荐仇人、一荐亲子的故事，为后面的议论提供有力的事实佐证。而后引用孔子的话揭示主旨——高度赞扬祁黄羊"外举不避仇，内举不避子"的公而忘私的思想境界。

罴 说[1]

柳宗元

鹿畏貙[2]，貙畏虎，虎畏罴。罴之状，被发人立[3]，绝有力而甚害人焉。

楚之南有猎者，能吹竹为百兽之音。寂寂持弓、矢、罂、火，而即之山[4]。为鹿鸣以感其类，伺其至，发火而射之。貙闻其鹿也，趋而至。其人恐，因为虎而骇之。貙走而虎至，愈恐，则又为罴，虎亦亡去。罴闻而求其类，至则人也，捽搏挽裂而食之[5]。

今夫不善内而恃外者，未有不为罴之食也。

注释

[1]《罴说》：本文节选自柳宗元《柳河东集》。 罴：一种野兽，形状类熊，体躯高大，能直立。

[2] 貙（chū）：兽名，大小如狗，毛纹似狸。

[3] 被：同"披"。

[4] 罂：罐子的一种，口小腹大。 即之山：就近上山。

[5] 捽（zuó）：扭，揪。 挽：拉，抓。

鉴赏评析

这是一篇寓言，内容分三层。

首层介绍鹿、貙、虎、罴之间"一物降一物"的畏伏关系。

次层叙写楚南猎者在猎捕过程中想利用兽群的畏伏关系来自我保护，结果反被罴吃掉的故事。

有了上面的叙事基础，篇末的议论便自然成章，水到渠成。于是作者警告"不善内而恃外者"——即不知努力上进，培养真才实学，却总是依附权势，想在关系网中纵横捭阖的人最终不会有什么好下场（因为关系网就是赤壁连环舰，有利更有弊，一旦遭风火之难，是谁也逃不脱的）。

熟能生巧[1]

欧阳修

　　陈康肃公尧咨善射,当世无双,公亦以此自矜[2]。尝射于家圃[3],有卖油翁释担而立,睨之,久而不去。见其发矢十中八九,但微颔之[4]。

　　康肃问曰:"汝亦知射乎?吾射不亦精乎?"翁曰:"无他,但手熟尔[5]。"康肃忿然曰:"尔安敢轻吾射[6]!"翁曰:"以我酌油知之[7]。"乃取一葫芦置于地,以钱覆其口,徐以杓酌油沥之[8],自钱孔入而钱不湿。因曰:"我亦无他,但手熟尔。"康肃笑而遣之。

　　此与庄生所谓解牛、斫轮何异[9]!

注释

　　[1]《熟能生巧》:本文节选自《欧阳文忠公集·归田录》,原题为《卖油翁》,今题是根据内容概括而成。

　　[2]陈康肃公尧咨:陈尧咨,谥号康肃,北宋阆中(今四川县名)人,擅长射箭。据说他以钱为的,曾一箭射中钱孔。　自矜(jīn):自夸。

　　[3]家圃:家中自辟的射箭场地。

　　[4]但微颔之:只是微微点头(应酬性地表示赞许)。

　　[5]无他二句:没什么,不过手熟罢了。

　　[6]忿然:气愤的样子。　尔安敢轻吾射:你怎敢轻视我的箭法!

　　[7]以我酌油知之:根据我倒油的技艺,就知你的箭法巧在哪里。

　　[8]覆:蒙,盖。　徐以杓酌油沥之:慢慢地用杓子舀油倒入葫芦。　沥:注,倒。

　　[9]庄生所谓解牛、斫轮:庄子文章所讲的庖丁解牛和轮扁斫轮的故事。《庄子·养生主》说庖丁解牛,因技艺十分熟练,以至解牛的声响居然和音乐、舞蹈的节拍应和。又《庄子·天道》说工匠扁斫轮,技艺之精妙,简直无法用语言形容。

鉴赏评析

　　本文三个自然段,大抵可分两层。

　　前两段记述陈尧咨与卖油翁由射箭技艺引起的对话以及倒油技艺的演示,并借卖油翁之口道破二人技艺的秘诀均在于"手熟"。

　　末尾一句议论为点睛之笔:由射箭、倒油推论到庖丁解牛、匠扁斫轮,既让人领悟"熟能生巧"的道理,同时也给人以深刻的启迪。

西方某哲人所谓"无限的重复铸造辉煌",就是说,在无限重复中随着熟练程度的不断提高,巧妙渐渐臻于极致而生发了创造性的辉煌。此与"熟能生巧"的意蕴可谓异曲同工。

神童不神[1]

王安石

金溪民方仲永，世隶耕[2]。仲永生五年，未尝识书具，忽啼求之。父异焉，借旁近与之。即书诗四句，并自为其名[3]。其诗以养父母、收族为意[4]，传一乡秀才观之。自是指物作诗立就，其文理皆有可观者。邑人奇之，稍稍宾客其父[5]，或以钱币乞之。父利其然也，日扳仲永环谒于邑人[6]，不使学。

余闻之也久。明道中[7]，从先人还家。于舅家见之，十二三矣；令作诗，不能称前时之闻。又七年，还自扬州，复到舅家问焉，曰："泯然众人矣[8]！"

王子曰[9]："仲永之通悟，受之天也。其受之天也，贤于材人远矣[10]；卒之为众人[11]，则其受于人者不至也。彼其受之天也，如此之贤也，不受之人，且为众人矣。今夫不受之天，固众人，又不受之人，得为众人而已耶？"

注释

[1]《神童不神》：本文节选自《临川先生文集》，又题作《伤仲永》。 伤仲永：即为仲永的才华荒废而悲哀伤痛。

[2] 金溪：今浙江省金溪县。 世隶耕：世世代代替人家种田。

[3] 自为其名：亲手为诗歌标明题目。

[4] 收族：使家族团结，同心协力。 收：聚集，团结。

[5] 宾客其父：以宾客之礼款待其父。

[6] 日扳仲永环谒于邑人：每天带领仲永在本县四处走访（以献技挣钱）。 扳：同"攀"，引领。 环谒：拜谒，四处走访。

[7] 明道：宋仁宗年号（公元 1032—1033 年）。

[8] 泯然众人矣：才智丧失为普通人了。 泯（mǐn）然：消失，丧失。

[9] 王子：王安石自称。

[10] 材人：一般的才智，普通人。

[11] 卒之：终于。

鉴赏评析

这是一篇精湛的小品文，内容由叙事议论两部分组成。

首段先叙写作为神童的方仲永，因五岁能诗，而致"邑人奇之"。然"不使学"三字，已为后来的不神埋下了伏笔。次段分两步叙写神童泯灭的过程：一是十二三时，作诗"不能称前时之闻"；二是长大后的"泯然众人"。

有了上面的事实铺垫，末段升华主题的议论便水到渠成。针对仲永神童不神的现象，作者指出"受之天"而"不受之人"——即忽视后天学习的可悲。这样，既照应题目，为仲永天赋才智的丧失表示哀伤和惋惜，同时也发人深省地推出主旨：天赋重要，后天学习更重要！

日 喻[1]

苏 轼

生而眇者不识日,问之有目者[2]。或告之曰:"日之状如铜盘。"扣盘而得其声[3]。他日闻钟,以为日也。或告之曰:"日之光如烛。"扪烛而得其形[4]。他日揣籥,以为日也[5]。

日之与钟、籥亦远矣,而眇者不知其异,以其未尝见而求之人也。

注释

[1]《日喻》:本文节选自《苏东坡集》,是用太阳为喻说明仅凭道听途说而未得亲见的所谓"真知"者的荒谬。

[2] 眇(miǎo):瞎子,盲人。

[3] 扣:敲打。

[4] 扪(mén):抚摸。

[5] 揣:抚摸,摩弄。 籥(yuè):一种竹制的乐器,形状像短笛。

鉴赏评析

本文采用寓言形式,首段叙写"眇者识日"的故事,结尾议论点睛,揭示主题。

文章通过生而眇者道听途说、误将钟声和蜡烛认作太阳的故事,说明不经过实践印证,仅靠道听途说而得来的知识和学问是虚假和荒唐的,结果只能是误人误己,贻笑大方。

陆游所谓:"纸上得来终觉浅,绝知此事要躬行",盖即本文所要阐扬的意旨。

溷堕同享[1]

刘 基

西郭子侨与公孙诡随、涉虚俱为微行,昏夜逾其邻人之垣[2]。邻人恶之,坎其往来之途,而置溷焉。一夕,又往,子侨先堕于溷,弗言,而招诡随。诡随从而堕,欲呼,子侨掩其口,曰:"勿言。"俄而涉虚至,亦堕。子侨乃言曰:"我欲其无相咥也[3]。"

君子谓西郭子侨非人也,己则不慎,自取污辱,而包藏祸心以陷其友,其不仁甚矣。

注释

[1]《溷堕同享》:本文节选自刘基《诚意伯文集》,题目为编者根据内容所加。 溷堕同享:既然我掉进了茅坑,大家都得掉进来,也就算是"祸福同享"罢! 溷(hùn):茅坑,粪坑,厕所。

[2]西郭子侨:人名,复姓西郭,名子侨。 公孙诡随:人名,复姓公孙,名诡随。 涉虚:也是人名。这三个人物皆属虚构,与司马相如《子虚赋》中的"子虚""乌有""亡是公"同类。 微行:穿便服悄悄外出。 垣(yuán):墙。

[3]咥(xì):大笑的样子。

鉴赏评析

这篇短文很像寓言,文中的西郭子侨、公孙诡随以及涉虚也很像《子虚赋》中的子虚、乌有先生和亡是公。然而所记事件却真实常见,真实得如同篇末故意说明"文中人物皆用化名"的颇有警世意义的典型事件报道。

内容分两层:前一层叙写故事,作为铺垫;后面借议论点睛而昭示主题。

文章通过西郭子侨误堕厕池后,又接连诱骗朋友以至"溷堕同享"的故事,讽刺那些自取祸辱而又包藏祸心、陷害朋友、"临死更拉垫背人"的卑劣小儿的晦暗心理。

马伶传[1]

侯方域

马伶者,金陵梨园部也[2]。金陵为明之留都[3],社稷百官皆在,而又当太平盛世,人易为乐。其士女之问桃叶渡、游雨花台者,趾相错也[4]。梨园以技鸣者[5],无虑数十辈,而其最著者二:曰兴化部,曰华林部。

一日,新安贾合两部为大会,遍征金陵之贵客文人,与夫妖姬静女,莫不毕集[6]。列兴化于东肆,华林于西肆[7]。两肆皆奏《鸣凤》,所谓椒山先生者[8]。迨半奏,引商刻羽,抗坠疾徐[9],并称善也。当两相国论河套,而西肆之为严嵩相国者曰李伶[10],东肆则马伶。坐客乃西顾而叹,或大呼命酒,或移座更进之,首不复东。未几更进,则东肆不复能终曲[11]。询其故,盖马伶耻出李伶下,已易衣遁矣[12]。马伶者,金陵之善歌者也。既去,而兴化部又不肯辄易之,乃竟辍其技不奏[13],而华林部独著。

去后且三年而马伶归,遍告其故侣,请于新安贾曰:"今日幸为开宴,招前日宾客,愿与华林部更奏《鸣凤》,奉一日欢[14]。"既奏,已而论河套,马伶复为严嵩相国以出。李伶忽失声,匍匐前称弟子[15]。兴化部是日遂凌出华林部远甚。

其夜,华林部过马伶曰[16]:"子,天下之善技也,然无以易李伶,李伶之为严相国至矣。子又安从授之而掩其上哉[17]?"马伶曰:"固然。天下无以易李伶,李伶即又不肯授我。我闻今相国昆山顾秉谦者,严相国俦也[18]。我走京师,求为其门卒三年,日侍昆山相国于朝房,察其举止,聆其语言,久而得之,此吾之所为师也。"华林部相与罗拜而去[19]。

马伶,名锦,字云将,其先西域人,当时犹称马回回云。

侯方域曰:"异哉!马伶之自得师也。夫其以李伶为绝技,无所干求,乃走事昆山,见昆山犹之见分宜也[20]。以分宜教分宜,安得不工哉[21]?呜呼!耻其技之不若,而去数千里,为卒三年。倘三年犹不得,即犹不归尔。其志如此,技之工又须问耶?"

注释

[1] 关于作者与本篇:侯方域(公元1618—1655年),字朝宗,号雪苑,河南商丘

人。明末参加复社,曾因抨击阉党余孽阮大铖、马士英等人而受忌恨和迫害。清兵入关后,应河南乡试,中副榜举人。不久病逝。为明末清初著名的诗文作家,著有《壮悔堂文集》《四忆堂诗集》。《马伶传》:本文节选自《壮悔堂文集》,是作者为演员马锦所作的人物传记。 伶:古代对戏曲艺人的称号。

[2] 梨园部:剧团,戏班子。 梨园:原是唐明皇命乐工教授宫女乐曲的地方,后人因称戏班为梨园。

[3] 留都:明朝开国时建都南京,明成祖迁都北京,南京仍保留京城建制,故称留都或南都。

[4] 其士女之问桃叶渡句:当时男女寻访桃叶渡、游览雨花台的人很多。 问:探寻,游访。 桃叶渡:南京名胜之一。在秦淮河古渡口,相传东晋王献之送其爱妾桃叶在此渡江,故得名。 雨花台:在南京中华门外,相传梁武帝时云光法师在此讲授佛经,落花如雨,故得名。

[5] 以技鸣:凭着演技而闻名。 鸣:闻名,著名。

[6] 新安贾(gǔ):新安商人。 新安:徽州的别名,在今安徽婺源一带。 征:邀请,召集。 妖姬:艳丽妇人。 毕集:全部到齐。

[7] 肆:瓦肆,娱乐场所,这里指剧场。

[8] 奏:演奏,演出。 《鸣凤》:即明传奇《鸣凤记》,王世贞作,表演嘉靖年间杨继盛等人与奸相严嵩的政治斗争,杨继盛等人均受迫害,最后严嵩父子罪行被揭发并受到制裁的故事。 椒山先生:即杨继盛,字仲芳,号椒山,嘉靖进士,官至南京兵部右侍郎,因弹劾严嵩被害致死。

[9] 迨半奏:等到演出一半。 引商刻羽:按照五音变化,和谐美妙。 引:延长。 刻:深,有"强化"之意。 商、羽:中国古代五音(宫、商、角、徵、羽)之一。 抗坠疾徐:音调的高低与节奏的快慢。 抗坠:指音调的高低。 疾徐:指节奏的快慢。

[10] 两相国论河套:是《鸣凤记》第六出《河套》(二相争朝)中的情节。两相国是指明世宗时的宰相夏言(主战派)和严嵩(投降派)争论是否收复河套之事。 河套:黄河从宁夏横城流经内蒙古到陕西府谷一带所形成的"几"字形的大弯曲,俗称河套地区,当时为少数民族俺答占领。 为严嵩:扮演严嵩。 严嵩:字惟中,一字介溪,分宜(今属江西)人。弘治进士,官至太子太师,与其子严世蕃结纳党羽,操纵国事,谋害忠良,是著名的奸臣。

[11] 终曲:演唱完毕。

[12] 易衣遁:换好衣服(指脱去戏装,穿上便服)逃跑了。

[13] 辄易之:就(用其他演员)替换他。 辄其技不奏:停下来不再演唱。

[14] 幸为开宴:希望举行宴集(戏剧对唱促销会)。 奉:进献。

[15] 失声:不能自控而叫出声(指李伶因惊叹马伶的演技高超而发出叫声)。 匍匐:拜伏在地上。

[16] 过：走访。

[17] 无以易李伶：无法超过李伶。 至：到顶，尽善尽美。 安从授之而掩其上：从哪里得到指教而超过他。

[18] 昆山顾秉谦：明代昆山（今属江苏）人，万历进士，因依附魏忠贤，官至相国，曾残害左光斗等忠臣。 俦（chóu）：同类。

[19] 罗拜：环绕而拜。

[20] 干求：求取。 见昆山犹之见分宜：见到昆山人顾秉谦就如同见到江西分宜人严嵩。

[21] 以分宜教分宜二句：让活生生的严嵩（指顾秉谦）来指导演员严嵩，怎能不扮演精妙呢？ 工：巧妙，精致。

鉴赏评析

作为人物传记，本文并不像一般传记那样历叙传主的一生，而是抓住最主要的事迹再现人物精神。

其内容主要包括叙事和议论两大部分。

叙事部分，除开篇简略介绍马伶活动的社会背景外，一方面集中笔墨叙写马伶与李伶的两次技艺较量——即先惨败而后大胜的经历；一方面通过华林部过访马伶的谈话揭示马伶取胜的原因：作为奸相严嵩的扮演者——马伶通过仿效当朝宰相顾秉谦而获得巨大成功；这样就为后面的议论提供了事实依据。

篇末议论着墨不多，却是文章的重心所在。作者一方面将讽刺矛头直指当朝宰相顾秉谦，斥责他与严嵩为一丘之貉；一方面对马伶含辛茹苦、潜心钻研、精益求精的从艺精神进行高度赞扬，表现了严肃的主题思想。

第十二讲　引君入彀　纵骋宏论

　　孟子散文的一大特点，即采用"引君入彀"的论辩方式。"彀"的含义是机关、圈套。

　　所谓引君入彀、纵骋宏论，即论辩中常运用比喻，且比喻之后紧连一反诘句（巧设机关，形成圈套），以逼迫对方回答。对方不答则已，答则中其圈套，陷于被动尴尬的境地。然后，孟子则滔滔雄辩，畅谈其施仁政、行王道的治国主张。

齐桓晋文之事[1]

《孟子》

齐宣王问曰:"齐桓晋文之事[2],可得闻乎?"

孟子对曰:"仲尼之徒,无道桓文之事者[3],是以后世无传焉,臣未之闻也。无以,则王乎[4]?"

曰:"德何如,则可以王矣?"

曰:"保民而王,莫之能御也[5]。"

曰:"若寡人者,可以保民乎哉?"

曰:"可。"

曰:"何由知吾可也?"

曰:"臣闻之胡龁曰[6]:'王坐于堂上,有牵牛而过堂下者。王见之曰:"牛何之?"对曰:"将以衅钟[7]。"王曰:"舍之!吾不忍其觳觫,若无罪而就死地[8]。"对曰:"然则废衅钟欤?"曰:"何可废也?以羊易之[9]。"'不识有诸[10]?"

曰:"有之。"

曰:"是心足以王矣。百姓皆以王为爱也,臣固知王之不忍也[11]。"

王曰:"然!诚有百姓者[12]。齐国虽褊小,吾何爱一牛[13]?即不忍其觳觫,若无罪而就死地,故以羊易之也。"

曰:"王无异于百姓之以王为爱也[14]。以小易大,彼恶知之[15]?王若隐其无罪而就死地,则牛羊何择焉[16]?"

王笑曰:"是诚何心哉!我非爱其财而易之以羊也,宜乎百姓之谓我爱也[17]。"

曰:"无伤也,是乃仁术也[18],见牛未见羊也。君子之于禽兽也,见其生,不忍见其死;闻其声,不忍食其肉。是以君子远庖厨也[19]。"

王说曰[20]:"《诗》云:'他人有心,予忖度之[21]。'——夫子之谓也。夫我乃行之,反而求之,不得吾心;夫子言之,于我心有戚戚焉[22]。此心之所以合于王者何也?"

曰:"有复于王者曰[23]:'吾力足以举百钧,而不足以举一羽[24];明足以察秋毫之末,而不见舆薪[25]。'则王许之乎?"

曰:"否。"

"今恩足以及禽兽,而功不至于百姓者,独何与?然则一羽之不举,为不用力焉;舆薪之不见,为不用明焉;百姓之不见保,为不用恩焉。故王之不王,不为也,非不能也。"

曰:"不为者与不能者之形,何以异?"

曰:"挟泰山以超北海[26],语人曰:'我不能',是诚不能也。为长者折枝,语人曰:'我不能',是不为也,非不能也。故王之不王,非挟泰山以超北海之类也;王之不王,是折枝之类也。老吾老,以及人之老;幼吾幼,以及人之幼;天下可运于掌[27]。《诗》云:'刑于寡妻,至于兄弟,以御于家邦[28]。'——言举斯心加诸彼而已。故推恩足以保四海,不推恩无以保妻子;古之人所以大过人者无他焉,善推其所为而已矣。今恩足以及禽兽,而功不至于百姓者,独何与?权,然后知轻重;度,然后知长短[29]。物皆然,心为甚。王请度之:抑王兴甲兵、危士臣,构怨于诸侯[30],然后快于心欤?"

王曰:"否!吾何快于是!将以求吾所大欲也[31]。"

曰:"王之所大欲,可得闻欤?"

王笑而不言。

曰:"为肥甘不足于口欤[32]?轻暖不足于体欤[33]?抑为彩色不足视于目欤?声音不足听于耳欤?便嬖不足使令于前欤[34]?王之诸臣皆足以供之,而王岂为是哉?"

曰:"否!吾不为是也!"

曰:"然则王之所大欲可知已:欲辟土地,朝秦楚,莅中国而抚四夷也[35]。以若所为,求若所欲,犹缘木而求鱼也。"

王曰:"若是其甚欤?"

曰:"殆有甚焉。缘木求鱼,虽不得鱼,无后灾;以若所为,求若所欲,尽心力而为之,后必有灾。"

曰:"可得闻欤?"

曰:"邹人与楚人战[36],则王以为孰胜?"

曰:"楚人胜。"

曰:"然则小固不可以敌大,寡固不可以敌众,弱固不可以敌强。海内之地,方千里者九,齐集有其一;以一服八,何以异于邹敌楚哉?盖亦反其本矣[37]。今王发政施仁,使天下仕者皆欲立于王之朝,耕者皆欲耕于王之野,商贾皆欲藏于王之市,行旅皆欲出于王之途,天下之欲疾其君者,皆欲赴愬于王[38]。其若是，孰能御之？"

　　王曰："吾惛，不能进于是矣。愿夫子辅吾志，明以教我，我虽不敏，请尝试之。"

　　曰："无恒产而有恒心者[39]，惟士为能。若民，则无恒产，因无恒心。苟无恒心，放辟邪侈[40]，无不为已。及陷于罪，然后从而刑之，是罔民也[41]。焉有仁人在位，罔民而可为也？是故明君制民之产，必使仰足以事父母，俯足以畜妻子[42]；乐岁终身饱，凶年免于死亡；然后趋而之善，故民之从之也轻。今也制民之产，仰不足以事父母，俯不足以畜妻子；乐岁终身苦，凶年不免于死亡。此惟救死而恐不赡，奚暇治礼义哉[43]？王欲行之，则盍反其本矣[44]。五亩之宅，树之以桑，五十者可以衣帛矣；鸡豚狗彘之畜，无失其时，七十者可以食肉矣[45]；百亩之田，勿夺其时，八口之家，可以无饥矣；谨庠序之教，申之以孝悌之义，颁白者不负戴于道路矣[46]。老者衣帛食肉，黎民不饥不寒，然而不王者，未之有也[47]。"

注释

[1]《齐桓晋文之事章》：本文选自《孟子·梁惠王上》，是孟子游历齐国时与齐宣王的一次谈话记录。

[2] 齐宣王：战国时齐国国君，姓田，名辟疆，公元前320至—301年在位。　齐桓：齐桓公，春秋五霸之一。　晋文：晋文公，春秋五霸之一。

[3] 仲尼之徒：孔子的门徒。仲尼是孔子的字。　道：谈说。

[4] 无以二句：不能不说的话，就说说王道吧？　王（wàng）道：以仁政治理天下。

[5] 保民：保护、安抚人民。　莫之能御：没有人能抵御他。

[6] 胡龁（hé）：齐宣王的近臣。

[7] 衅钟：古代新钟铸成之后，杀牲取血，涂抹缝隙设祭，叫"衅钟"。

[8] 觳觫（hú sù）：恐惧发抖的样子。　若无罪而就死地：好像没有罪过而走向死地。

[9] 易：替换。

[10] 不识有诸：不知有没有这件事？　诸：之乎，兼词。

[11] 爱：吝惜，吝啬。　固：本来。

[12] 诚有百姓者：确实有这些（误认为我吝啬的）百姓。

[13] 褊（biǎn）小：狭小。

[14] 无异：莫怪。

[15] 恶（wū）：哪里，怎能。

[16] 隐：怜悯，同情。　牛羊何择焉：牛和羊还选择什么呢？

［17］宜乎：应该呀。

［18］无伤也二句：不要紧，这是仁慈的心术啊！

［19］远庖厨：远离厨房（远离宰杀牲畜之地）。

［20］说：同"悦"。

［21］他人有心二句：别人有什么心思，我能够揣度，说的就是先生这样的人啊！忖度（cǔn duò）：推测揣摩。

［22］戚戚：心情激动的样子。

［23］复：报告。

［24］钧：30斤为一钧。

［25］明：视力。　秋毫：秋天霜降后鸟兽新生的羽毛，末端极细。　舆薪：整车的柴草。

［26］超：跳跃，跳过。

［27］老吾老五句：敬爱自己的老人，也以同样的爱心善待别人的老人；爱护自己的幼子，也以同样的爱心善待别人的幼子；天下（的治理）像在手掌上运转（那样容易）。

［28］刑于寡妻三句：（国君以身则）首先影响妻子，而后影响兄弟，进而治理好国家。　刑：同"型"，示范，榜样。　御：治理。

［29］权：用秤称。　度（duò）：用尺量。

［30］兴甲兵：发动战争。　构怨：结怨。

［31］大欲：最想得到的东西。

［32］肥甘：肥美香甜的食品。

［33］轻暖：轻便暖和的衣服。

［34］便嬖（pián bì）：国君所宠幸的近侍。

［35］辟：开辟，开拓。　朝秦楚：使秦楚等诸侯臣服朝拜。　莅中国：统治中国。莅（lì）：临。　抚四夷：安抚四方的少数民族。

［36］邹：当时的小国，在今山东邹县。

［37］盖亦反其本矣：何不从根本上做起呢？　盖：同"盍"，何不。　反：同"返"。　本：治国的根本。

［38］商贾（gǔ）：做生意的。　涂：同"途"。　疾：痛恨，憎恨。　赴愬：跑来申诉。　愬：同"诉"。

［39］恒产：固定的产业，如土地、山林等。　恒心：长久不变的心志。

［40］放辟邪侈：放荡情志，走歪门邪道，胡作非为。

［41］然后从而刑之二句：然后施以刑罚，这是坑陷人民啊！罔：同"网"，引申为"坑陷""陷害"。

［42］制：规定。　畜：养活，抚养。

［43］此惟救死而恐不赡二句：此等财产，仅救死一项也不充足，哪有余力来讲求礼

仪呢？　惟：仅仅。　赡（shàn）：充足。　治：讲求。

[44] 则盍反其本矣：何不返回到治国根本上。

[45] 豚（tǔn）：小猪。　彘（zhì）：大猪。

[46] 谨庠序之教：认真办好学校教育。　庠序：泛指学校。　申：反复叮咛。　悌（tì）：兄弟相爱曰"悌"。　颁白者：头发斑白的人。　颁：同"斑"。　负戴：用背背东西，用头顶东西。

[47] 黎民：百姓，此处指黑头发的壮年百姓。

鉴赏评析

孟子一生周游天下，游说各国君王，以推行自己的政治主张。本文就是他与齐宣王的一次谈话记录，系统地表明了施仁政、王天下的王道理想。

内容分两大部分。第一部分自开篇至"其若是，孰能御之"，旨在阐明"保民而王，莫之能御（无敌天下）"的道理。

第二部分论述施行王道（仁政）的具体措施，主要有两点：一是富民，即注重物质建设；一是教民，即注重精神建设。这些主张和措施的提出无论在当时，还是对后世都有一定的积极意义。

论辩方面，本文最能体现孟子"引君入彀、纵骋宏论"的特点。即通过比喻连带反诘的修辞格暗设机关，将对方一步步地诱入彀中套牢，而后得以申发宏论。譬如谈话之始，为证明齐宣王有不忍之心，可以"保民而王"，孟子选择"以羊易牛"的事件为喻，继而反诘："不识有诸？"当得到肯定回答时，孟子却引用百姓的话说破"以羊易牛"的另一种含义——君王吝啬，致使齐宣王不得不被动地解释；孟子却又反诘：君王对百姓说的吝啬若不认同，请问为何用羊代牛？直问得对方自叹无奈，承认百姓批评的应该。

又如在"吾力足以举百钧，而不足以举一羽；明足以察秋毫之末，而不见舆薪"的比喻之后，接着反问："则王许之乎？"待对方一回答，孟子立即揭破比喻的谜底，并反诘："今恩足以及禽兽，而功不至于百姓者，独何欤？"弄得齐宣王更加尴尬和窘迫。

其他还有很多，这里不再罗列。总之，孟子借助于由比喻连带反诘而构成的机巧渐渐地将齐宣王引至困窘尴尬的境地，折服其心理，杀退其气焰，然后侃侃而谈，纵横论说，从而深入透辟而又系统地阐发了王道理论及其具体措施。

有为神农之言者许行[1]

《孟子》

有为神农之言者许行,自楚之滕,踵门而告文公曰[2]:"远方之人,闻君行仁政,愿受一廛而为氓[3]。"文公与之处[4]。其徒数十人,皆衣褐,捆屦织席以为食[5]。

陈良之徒陈相与其弟辛,负耒耜自宋之滕[6],曰:"闻君行圣人之政,是亦圣人也,愿为圣人氓。"

陈相见许行而大悦,尽弃其学而学焉。

陈相见孟子,道许行之言曰:"滕君,则诚贤君也[7];虽然,未闻道也。贤者与民并耕而食,饔飧而治[8]。今也,滕有仓廪府库,则是厉民而以自养也,恶得贤[9]?"

孟子曰:"许子必种粟而后食乎[10]?"

曰:"然。"

"许子必织布而后衣乎?"

曰:"否,许子衣褐。"

"许子冠乎?"

曰:"冠。"

曰:"奚冠[11]?"

曰:"素冠[12]。"

曰:"自织之与?"

曰:"否,以粟易之[13]。"

曰:"许子奚为不自织?"

曰:"害于耕。"

曰:"许子以釜甑爨,以铁耕乎[14]?"

曰:"然。"

"自为之与?"

曰:"否,以粟易之。"

"以粟易械器者,不为厉陶冶[15];陶冶亦以械器易粟者,岂为厉农夫哉?且许子何为不陶冶,舍皆取诸其宫中而用之[16]?何为纷纷然与百工交易[17]?何许子之不惮烦[18]？"

曰："百工之事，固不可耕且为也。"

"然则治天下独可耕且为与？有大人之事[19]，有小人之事。且一人之身而百工之所为备，如必自为而后用之，是率天下而路也[20]。故曰：或劳心，或劳力；劳心者治人，劳力者治于人[21]；治于人者食人，治人者食于人；天下之通义也[22]。"

"当尧之时[23]，天下犹未平，洪水横流，泛滥于天下；草木畅茂，禽兽繁殖，五谷不登，禽兽逼人，兽蹄鸟迹之道，交于中国[24]。尧独忧之，举舜而敷治焉[25]。舜使益掌火[26]，益烈山泽而焚之，禽兽逃匿。禹疏九河，瀹济漯，而注诸海[27]；决汝汉，排淮泗，而注之江[28]。然后中国可得而食也。当是时也，禹八年于外，三过其门而不入，虽欲耕，得乎？"

"后稷教民稼穑，树艺五谷，五谷熟而民人育[29]。人之有道也，饱衣暖食，逸居而无教，则近于禽兽[30]。圣人有忧之，使契为司徒，教以人伦[31]：父子有亲，君臣有义，夫妇有别，长幼有序，朋友有信[32]。放勋曰劳之来之，匡之直之，辅之翼之，使自得之，又从而振德之[33]。圣人之忧民如此，而暇耕乎？"

"尧以不得舜为己忧，舜以不得禹、皋陶为己忧[34]。夫以百亩之不易为己忧者，农夫也。分人以财谓之惠，教人以善谓之忠，为天下得人者谓之仁[35]。是故以天下与人易，为天下得人难。孔子曰：'大哉，尧之为君！惟天为大，惟尧则之，荡荡乎民无能名焉[36]。君哉舜也！巍巍乎！有天下而不与焉[37]！'尧舜之治天下，岂无所用其心哉？亦不用于耕耳。"

"吾闻用夏变夷者，未闻变于夷者也[38]。陈良，楚产也，悦周公、仲尼之道，北学于中国；北方之学者，未能或之先也。彼所谓豪杰之士也。子之兄弟，事之数十年，师死而遂倍之[39]。昔者孔子没，三年之外，门人治任将归。入揖于子贡，相向而哭，皆失声[40]，然后归。子贡反，筑室于场[41]，独居三年，然后归。他日，子夏、子张、子游以有若似圣人，欲以所事孔子事之，强曾子[42]。曾子曰：'不可，江汉以濯之，秋阳以暴之，皓皓乎不可尚矣[43]！'今也南方鴃舌之人，非先王之道，子倍子之师而学之，亦异于曾子矣[44]。吾闻'出于幽谷，迁于乔木'者[45]，未闻下乔木而入于幽谷者。《鲁颂》曰：'戎狄是膺，荆舒是惩[46]。'周公方且膺之，子是之学，亦为不善变矣。"

"从许子之道，则市贾不贰，国中无伪；虽使五尺之童适市，莫或之欺[47]。布帛长短同，则贾相若；麻缕、丝絮轻重同，则贾相若；五谷多寡同，则贾相若；屦大小同，则贾相若。"

曰:"夫物之不齐,物之情也:或相倍蓰,或相什百,或相千万[48]。子比而同之[49],是乱天下也。巨屦小屦同贾,人岂为之哉?从许子之道,相率而为伪者也,恶能治国家[50]?"

注释

[1]《有为神农之言者许行》:本文选自《孟子·滕文公上》,标题取文章首句而为之。 为神农之言者:农家学派的代表人物。战国时期,学术大发展,出现了儒、墨、道、法、名、阴阳、兵、农、纵横等学术派别。农学家推崇神农,反对剥削,重视农耕,既有其进步性,也有明显的局限性。 为:研究。 神农:神农氏,传说中的古帝,农业生产的发明者。 许行:楚国人,农家学说的倡导者。

[2] 之:到。 滕:古国名,在今山东滕县。 踵(zhǒng)门:至门,上门。 文公:滕国国君,名宏。

[3] 廛(chán):平民所住的房屋。 氓(méng):指乡野之民。

[4] 处:田宅,住所。

[5] 徒:生徒,学生。 褐(hè):古代穷人所穿的粗麻短衣。 捆屦(jǔ):编织草鞋。

[6] 陈良:楚国的儒者。 耒耜(lěi sī):耕地的农具。

[7] 诚:确实。

[8] 贤者与民二句:贤德的国君应当在与百姓共同的耕作、生活中治理好国家。 饔飧(yōng sūn):早饭和晚饭。 治:治理国家。

[9] 仓廪(lín):粮仓。 府库:存财货的仓库。 厉:损害,剥削。 恶(wū):怎能,哪能。

[10] 许子:对许行的尊称。

[11] 奚冠:什么帽子。

[12] 素冠:白色生丝绢做成的帽子。

[13] 易:交换。

[14] 以釜甑爨二句:用锅和甑烧饭、用铁器耕种吗? 釜(fǔ):古代的一种锅。 甑(zèng):古代蒸饭用的一种瓦器。 爨(cuàn):烧火做饭。

[15] 以粟易械器者二句:(农夫)用粮食交换各种器具,不算剥削陶冶工人;陶冶工人用器具交换粮食,能算剥削农夫吗? 械器:指各种器具。 陶冶:指烧制陶器的工匠和铁匠。

[16] 舍:同"啥",什么,指一切用具。 宫中:家中。

[17] 纷纷然:忙忙碌碌的样子。 百工:各行各业的工匠。

[18] 不惮烦:不怕麻烦。

[19] 大人之事:指统治阶级治理国家的政治大事。

[20] 且一人之身三句：况且一个人生存所需要的生活资料，要靠各行各业的产品才能满足；如果样样都亲自生产然后使用，就等于率领天下人不停地奔走在道路上。　率：引导率领。　路：在道路上奔走。

[21] 劳心者治人二句：脑力劳动者统治人，体力劳动者被人统治。

[22] 治于人者三句：被统治的人供养人，统治人的人被人供养，是天下通行的道理。

[23] 尧：唐尧，传说中的古代圣君。

[24] 登：成熟。　兽蹄鸟迹二句：鸟兽踏出的道路，纵横交错，遍布中原大地。中国：指中原一带。

[25] 举舜句：选拔舜为助手治理天下。　举：荐举，选拔，任用。　舜：虞舜，传说中的古代圣君。　敷：施行，实行。

[26] 益：伯益，舜的臣子。　掌火：担任火官，掌管火事。

[27] 禹：夏禹，夏朝的开国之君。传说他原为舜臣，因采用疏导法治理水患，造福生民。后来舜即把天下禅让给他。　九河：指禹在黄河下游所开凿的九条河流，即徒骇、太史、马颊、覆釜、胡苏、简、洁、钩盘、鬲（lì）津。　瀹济、漯：疏导济水和漯河。瀹（yuè）：疏通。　济：济水，流经今山东境内。　漯：漯河，古代黄河支流。　注：注入。

[28] 决汝汉三句：决开汝水和汉水，清除淮河、泗水的淤积，使其流入长江。　决：决开。　汝：汝水，在河南，东流入淮河。　汉：汉水，流入长江。　排：清除淤积。淮泗：淮河和泗水。

[29] 后稷（jì）：舜臣，主管农业，是周朝的始祖。　稼穑：耕种收获。　树艺：种植。　育：养育。

[30] 逸居而无教二句：过着安逸的生活而不受教育，则跟禽兽差不多。　逸居：安逸地生活。

[31] 有：同"又"。　契（xiè）：舜臣，殷王朝的祖先。　司徒：掌管教化的官。人伦：人与人之间的等级关系。

[32] 父子有亲五句：父子有亲情，君臣有礼仪，夫妇有分别，长幼有次序，朋友有信用。此五点为"五伦"，又称"五常"。是封建社会的道德规范。

[33] 放勋曰劳之五句：尧经常慰劳贫者，安抚来者，纠其邪行，使民端正，给予帮助，加以保护，救危济困，施以恩德。　放勋：尧的别号。　曰：每天。　劳：慰问。来：安抚。　匡：纠正。　直：使端正。　振德之：赈济百姓，施以恩德。　振：通"赈"，救济贫困。

[34] 皋陶（gāo yáo）：舜时的司法官。

[35] 分人以财谓之惠三句：拿财物分给人叫恩惠，用善言教导人叫忠诚，为天下得人才叫仁德。

[36] 大哉，尧之为君数句：伟大呀，尧为国君！老天最伟大，只有尧能效法。其仁

德浩荡无边,百姓无法来形容。　则:效法。　荡荡:形容尧德无边无际。　名:称道,称颂,形容。

[37] 君哉舜也三句:圣君,舜呀!昆仑般地崇高!天下大治,却不居功自傲。　巍巍:高峻貌,形容舜德的崇高。　不与:指与己无关,即置功劳于度外。

[38] 吾闻用夏变夷者二句:我只听说用华夏去改变蛮夷的落后,从未听说过用蛮夷的落后来改变华夏的文明。　夏:中原诸侯国,指中原文明。　夷:蛮夷,指偏远的南楚。

[39] 事:侍奉,学习。　倍:通"背",背叛,背离。

[40] 揖:拱手行礼。　子贡:姓端木,名赐,卫国人,孔子的贤弟子。　失声:悲极气噎,以至哭不出声。

[41] 反:通"返"。　筑室于场:在坟前祭场修建房间。古代父死,孝子在坟场筑室而居以尽孝。　场:指坟前供祭祀用的坛场。

[42] 子夏:姓卜,名商,字子夏。　子张:姓颛孙,名师,字子张。　子游:姓言,名偃,字子游。　有若:姓有,名若。　曾子:即曾参,字子舆。以上五人都是孔子的贤弟子。　以有若似圣人:认为有若的相貌气度好像孔子。

[43] 江汉以濯之三句:任你用江汉之水洗涤,任你用秋天艳阳曝晒,其光明洁白的境界是无法企及的。此赞美孔子品德高尚无人可比。　濯(zhuó):洗涤。　暴:通"曝",晒。　皓皓:光明洁白的样子。　尚:通"上",企及,达到。

[44] 南方鴃舌之人:指许行。　鴃(jué):伯劳鸟。　鴃舌:形容许行说话难懂,犹如伯劳鸟叫。　子倍子之师二句:你背叛师道去学习许行,与曾子尊师重道的做法完全相反呀!

[45] 出于幽谷,迁于乔木二句:出自《诗经·小雅·伐木》,此以幽谷比喻许行之说的卑微,以乔木比喻儒学的崇高。

[46]《鲁颂》六句:《诗经·鲁颂·閟宫》:"戎狄必须抵御,荆舒应当惩治。"周公尚且要惩治南方蛮夷,你却推崇他们的学说,也太不识善恶,不知学习什么好了。　戎狄:指北方的少数民族。　膺:抵御,抵挡。　荆舒:指南方的少数民族。　惩:惩治,惩罚。

[47] 贾:通"价",价格。　五尺之童:三尺多高的小孩子。古代一尺相当于今天的七寸。　适:到,往。　莫或之欺:没有人会欺骗他。

[48] 夫物之不齐五句:物品的质量不一致,这是实际情况,有的相差一倍五倍,有的相差十倍百倍,有的相差千倍万倍。　蓰(xǐ):五倍。

[49] 比而同之:把它们并列而等同起来。

[50] 为伪:弄虚作假。　恶:怎么。

鉴赏评析

这是一篇驳论文,主要驳斥农家"并耕而食,饔飧而治"的思想观念。

内容可分为三部分:前三段叙事,侧重记述陈相背师叛道、弃儒学农的愚妄之行,为下文的论辩预作铺垫。

自"陈相见孟子"至"亦为不善变矣"为第二部分,是文章的重心所在,主要驳斥农家"贤者与民并耕"的观点。此部分仍用记叙之笔,记录了孟子步步紧逼的发问以及陈相处处被动的应答;至云:"百工之事,固不可耕且为也。"陈相已完全陷入自相矛盾的尴尬境地。所谓"引君入彀",于此正可概见。因对方已"入彀"中套牢,于是孟子驰骋辩才,大展宏论:先用尧、舜、禹、稷、契等各司其职、忧劳万端的事例,详尽透辟地论述了社会分工的必要性;说透了社会分工的必要性,也就驳透了"与民并耕"的荒谬。接着又通过与孔子学生尊师重道的对比,严厉斥责了陈相背师叛道的愚妄与不义。

第三部分即最后两个自然段。"与民并耕"说被驳倒之后,陈相又亮出新的立足点而提出"市价不贰"说。对此,孟子尖锐指出:"市价不贰"的实质是否定产品质量的差异而片面强调物价的等同,必然导致弄虚作假,祸乱国家。

综览全文,充分体现了孟子"欲擒故纵、引君入彀",套牢对方,大展宏论的艺术特点。

第十三讲　金线串珠　形散神聚

古人常用"联诗缀文"来形容诗文创作活动。"缀"字昭示了写作的性质：作文犹如编织渔网。网虽有千目万孔，必有一线相连；文虽有百句千字，必有一线贯穿。在古代部分记事文（包括某些议论文）中，作者围绕主旨线索而放手挥洒笔墨，致其文章表面上纷繁散乱，实际上则一线贯穿，章法井然。对这类文章，我们概括其特点：金线串珠、形散神聚。

郑伯克段于鄢[1]

《左传》

初，郑武公娶于申[2]，曰武姜，生庄公及共叔段。庄公寤生[3]，惊姜氏，故名曰寤生，遂恶之。爱共叔段，欲立之，亟请于武公[4]，公弗许。

及庄公即位，为之请制[5]。公曰："制，岩邑也，虢叔死焉，他邑唯命[6]。"请京[7]，使居之，谓之京城大叔。祭仲曰[8]："都城过百雉，国之害也。先王之制，大都不过参国之一；中，五之一；小，九之一[9]；今京不度，非制也，君将不堪[10]。"公曰："姜氏欲之，焉辟害[11]？"对曰："姜氏何厌之有？不如早为之所[12]，无使滋蔓。蔓，难图也[13]。蔓草犹不可除，况君之宠弟乎？"公曰："多行不义必自毙，子姑待之[14]。"

既而大叔命西鄙北鄙贰于己[15]。公子吕曰[16]："国不堪贰，君将若之何[17]？欲与大叔，臣请事之；若弗与，则请除之，无生民心[18]。"公曰："无庸，将自及[19]。"大叔又收贰为己邑，至于廪延[20]。子封曰："可矣，厚将得众。"公曰："不义不暱，厚将崩[21]。"

大叔完聚，缮甲兵，具卒乘[22]，将袭郑。夫人将启之[23]。公闻其期，曰："可矣。"命子封帅车二百乘以伐京[24]。京叛大叔段，段入于鄢，公伐诸鄢[25]。五月辛丑，大叔出奔共[26]。

遂置姜氏于城颍，而誓之曰："不及黄泉，无相见也[27]。"既而悔之。颍考叔为颍谷封人[28]，闻之，有献于公。公赐之食，食舍肉[29]。公闻之，对曰："小人有母，皆尝小人之食矣，未尝君之羹，请以遗之[30]。"公曰："尔有母遗，繄我独无[31]！"颍考叔曰："敢问何谓也？"公语之故，且告之悔。对曰："君何患焉？若阙地及泉，隧而相见，其谁曰不然[32]？"公从之。公入而赋："大隧之中，其乐也融融[33]！"姜出而赋："大隧之外，其乐也泄泄[34]！"遂为母子如初。君子曰[35]："颍考叔，纯孝也，爱其母，施及庄公[36]。《诗》曰：'孝子不匮，永锡尔类[37]。'其是之谓乎[38]？"

注释

[1] 关于《左传》与本篇：《左传》是我国早期的一部编年体历史著作，又称《春秋左氏传》或《左氏春秋》。相传为春秋末年鲁国史官左丘明撰写，但有异议。《左传》记事，上自鲁隐公元年（公元前722年），下至鲁悼公四年（公元前464年），共二百五十多

年间各诸侯国的政治、军事、经济、外交等方面的历史事实。记叙线索分明，详略得当，尤其善于刻画人物，对后来《史记》等书的写作有很大影响。《郑伯克段于鄢》：本文选自《左传·隐公元年》。　郑伯：指郑庄公。因郑国是伯爵级的诸侯国，故称其国君为郑伯。　克：打败。　段：共叔段，郑庄公之弟。　鄢：地名，在今河南鄢陵。

[2] 初：当初。克段之事发生在隐公元年（公元前722年），这是追述事件的起因。郑武公娶于申二句：郑武公娶了申国国君的女儿为妻，称为武姜。　郑武公：姓姬，名掘突。　申：春秋小国名，在今河南南阳北。

[3] 寤生：逆生，指胎儿出生时脚先出，即难产。

[4] 亟（qì）：屡次。

[5] 为之请制：替共叔段请求封到制地。　制：地名，又名虎牢关，在今河南荥阳汜水西。

[6] 制，岩邑也四句：制，是险要的城邑，东虢国君虢叔就死在那里了。其他城邑我唯命是从。　岩邑：险要的城邑。　虢（guó）叔：东虢的国君，曾仗恃地势险要，不修德政，后为郑武公所灭，死于制。

[7] 京：地名，在今河南荥阳东南。

[8] 祭（zhài）仲：人名，郑国大夫。

[9] 都城过百雉六句：一般城邑的城墙超过了一百雉，将是国家的祸害！根据先王制度规定，大城不超过京都的三分之一，中城不超过京都的五分之一，小城不超过京都的九分之一。　雉（zhì）：古代度量单位，长三丈高一丈为一雉。

[10] 今京不度三句：现在的京不合法度，超过了规定的长度面积，国王您将控制不了他。

[11] 辟：同"避"。

[12] 姜氏何厌之有二句：姜氏有什么满足，不如早点给他（指共叔段）安排个地方（逮起来）。　厌：满足。

[13] 图：对付。

[14] 多行不义二句：多干不义之事必然自趋灭亡，你就暂且等待着吧！　自毙：自趋灭亡。　姑：暂且。

[15] 鄙：边邑。　贰于己：两属于自己。

[16] 公子吕：郑国大夫，字子封。

[17] 国不堪贰：一个国家忍受不了两个人的统治。

[18] 无生民心：不要让郑国人民生二心。

[19] 无庸二句：不用，他将自取其祸。　庸：同"用"。

[20] 廪延：郑国邑名，在今河南延津北。

[21] 不义不暱二句：他对君不义，对兄不亲，土地再扩展，必然灭亡。　暱：同"昵"，亲近。　崩：死。

[22] 完聚：修治城郭，聚集人民。　缮甲兵：修整盔甲武器。　具卒乘：准备士卒和战车。

[23] 夫人将启之：夫人武姜将打开城门做内应。

[24] 帅：同"率"。　乘：古时一车四马为一乘，车上有士兵3人，车后跟士兵72人。

[25] 伐诸鄢：讨伐他到鄢地。　诸：之乎，之于。

[26] 五月辛丑：古人以干支记日，五月辛丑即隐公元年五月二十三日。　共：即今河南辉县。

[27] 置：安置，暗含囚禁之意。　不及黄泉二句：死了以后再见吧！　黄泉：地下之泉，此指人死后埋葬的墓穴。

[28] 颍考叔：人名，郑国大夫。　颍谷：在今河南登封西南。　封人：管理疆界的官。

[29] 舍：放，藏。

[30] 请以遗之：请把这点肉赠给我母亲。　遗（wèi）：赠送。

[31] 繄（yī）：语助词，无义。

[32] 阙：同"掘"。　隧：隧道，地道。

[33] 赋：赋诗。　融融：快乐的样子。

[34] 泄泄（yì）：舒畅的样子。

[35] 君子曰：这是作者假托"君子"以发表评论。

[36] 纯孝：诚笃的孝子。　施（yì）：推及，延续。

[37] 孝子不匮二句：语出《诗经·大雅·既醉》：孝子的孝是无穷无尽的，永远赏赐给（影响着）你们的同类。　匮（kuì）：穷尽。

[38] 其是之谓乎：说的就是颍考叔这种事吧！

鉴赏评析

春秋初期，郑国王室内部围绕着权利分配酝酿了一场激烈斗争，并最终升级为残酷的战争。这就是《郑伯克段于鄢》的大致内容。

文章记叙线索分明，中心突出，通篇围绕着郑庄公与共叔段的矛盾而展开。首段交代矛盾的起因，二至四段叙写矛盾的发展与激化，直至用战争解决争端。末段写战后余波——郑庄公囚禁生母及其为愚弄世人而和好如初的过程。通过这一矛盾和斗争，既揭露了统治阶级的冷酷残忍，也暴露了封建伦理道德的虚伪卑鄙。

篇中刻画人物相当成功。因出生时的难产而为姜氏所厌恶——郑庄公与其母、弟的矛盾由来已久。即位后，对于共叔段在姜氏纵容下的不断扩张，庄公很想尽快除掉对方，却苦于罪证不足而不得不耐心等待。当朝臣纷纷提议惩处共叔段时，他却一再推辞，正是为了等待他在犯罪道路上发展到不可饶恕之时而一举斩草除根。由此，足见郑庄公的阴险狠毒，工于机谋。对哥哥郑庄公的险恶用心——共叔段浑然不知，反以为他老大慵懦可欺，便在武姜的纵容下一再扩张，直至兵败而仓皇出逃。足见共叔段的贪得无厌、狂妄愚蠢。其他如公子吕、颍考叔、姜氏、祭仲等，也都在矛盾冲突中展示了各自的性格特征。

寡人之于国也[1]

《孟子》

梁惠王曰[2]:"寡人之于国也,尽心焉耳矣!河内凶,则移其民于河东,移其粟于河内[3];河东凶亦然。察邻国之政,无如寡人之用心者。邻国之民不加少,寡人之民不加多[4],何也?"

孟子对曰:"王好战,请以战喻[5]:填然鼓之,兵刃既接,弃甲曳兵而走[6],或百步而后止,或五十步而后止。以五十步笑百步,则何如?"

曰:"不可,直不百步耳,是亦走也[7]。"

曰:"王如知此,则无望民之多于邻国也。"

"不违农时,谷不可胜食也[8];数罟不入洿池[9],鱼鳖不可胜食也;斧斤以时入山林,材木不可胜用也。谷与鱼鳖不可胜食,材木不可胜用,是使民养生丧死无憾也。养生丧死无憾,王道之始也[10]。"

"五亩之宅,树之以桑,五十者可以衣帛矣;鸡豚狗彘之畜,无失其时,七十者可以食肉矣;百亩之田,勿夺其时,八口之家,可以无饥矣。谨庠序之教,申之以孝悌之义,颁白者不负戴于道路矣。七十者衣帛食肉,黎民不饥不寒,然而不王者,未之有也。"

"狗彘食人食而不知检,涂有饿莩而不知发[11];人死则曰:'非我也,岁也[12],'是何异于刺人而杀之,曰:'非我也,兵也?'王无罪岁,斯天下之民至焉[13]。"

注释

[1]《寡人之于国也》:本文选自《孟子·梁惠王上》。 寡人:古代君王的自谦称呼,意谓寡德之人。

[2] 梁惠王(公元前369—前319年),即魏惠王,名䓨。由于魏都安邑(今山西夏县西北)受秦威胁,而迁都大梁,故又称梁惠王。

[3] 河内凶三句:如果河内地区发生灾荒,就疏散河内灾民到河东,将河东粮食调运河内。 河内:魏国黄河以北地区。 凶:凶年,灾荒。

[4] 加少:更少。 加多:更多。

[5] 王好战二句:国王喜欢战争,请我用战争来比喻(治理国家)。

[6] 填然鼓之:咚咚地敲起鼓来。 填:象声词,摹写鼓声。 弃甲曳兵而走:抛弃

铠甲、拖着武器而逃跑。

[7] 直不百步耳二句：只是没跑够一百步，这也是逃跑了。 直：仅，只。

[8] 不可胜食：吃不完。 胜：尽。

[9] 数罟（cù gǔ）：细密的渔网。 洿池：低洼的池塘。 洿（wū）：低洼地，此指鱼塘。

[10] 王道：孟子主张用仁政治理天下，即为"王道"。

[11] 检：约束，制止。 涂：同"途"。 莩（piǎo）：饿死的人。 发：开仓（赈济灾民）。

[12] 岁：年成，收成。

[13] 王无罪岁二句：国王不（把责任）归罪于年成，这样天下的人民就到您这儿来了。 斯：这样。

鉴赏评析

战国时期，频繁的战争导致人口的大批死亡。而在当时条件下，决定战争胜负的主要因素是人力物力。这样，连绵的战争局势就向各国国王提出了如何使民加多的尖锐课题。本文是孟子游说梁惠王的一段对话，贯穿全篇的中心线索即"民不加多"、如何"使民加多"。

内容三部分，首段由梁惠王提出"民不加多"的疑问，接着孟子用战争的连环性比喻而巧设机彀，将梁惠王牢牢地套入彀中。总体上，他用战争比喻治国，用战败逃跑比喻国家治理不好的国王，"五十步笑百步"隐喻梁惠王与邻国国王并无本质区别，从而生动地剖析了"民不加多"的原因。最后一部分提出王道理想——即用仁政治国而归附天下之人。此为文章重心，逐层论述了施行仁政而"使民加多"的初步措施、根本措施以及应持的正确态度。初步措施即发展生产、解决百姓吃住问题；根本措施则兼顾物质、精神两种建设，既要注重搞好生产，解决百姓吃穿住，又要注意发展教育；应持的正确态度则是敢于承认过失，而不推卸责任。

文章线索分明，中心突出。排比对偶及连锁推理句式的使用，既增强了说服力量，亦显示了雄辩气势。

张中丞传后序[1]

韩 愈

　　元和二年四月十三日夜，愈与吴郡张籍阅家中旧书，得李翰所为《张巡传》[2]。翰以文章自名[3]，为此传颇详密。然尚恨有缺者：不为许远立传，又不载雷万春事首尾[4]。

　　远虽材若不及巡者，开门纳巡，位本在巡上，授之柄而处其下[5]，无所疑忌，竟与巡俱守死，成功名。城陷而虏，与巡死先后异耳[6]。两家子弟才智下，不能通知二父志，以为巡死而远就虏，疑畏死而辞服于贼[7]。远诚畏死，何苦守尺寸之地，食其所爱之肉[8]，以与贼抗而不降乎？当其围守时，外无蚍蜉蚁子之援，所欲忠者，国与主耳，而贼语以国亡主灭。远见救援不至，而贼来益众，必以其言为信。外无待而犹死守，人相食且尽，虽愚人亦能数日而知死处矣，远之不畏死亦明矣[9]。乌有城坏，其徒俱死[10]，独蒙愧耻求活，虽至愚者不忍为。呜呼！而谓远之贤而为之耶？

　　说者又谓远与巡分城而守，城之陷，自远所分始，以此诟远[11]。此又与儿童之见无异。人之将死，其脏腑必有先受其病者；引绳而绝之，其绝必有处[12]。观者见其然，从而尤之[13]，其亦不达于理矣。小人之好议论，不乐成人之美如是哉[14]！如巡远之所成就，如此卓卓[15]，犹不得免，其他则又何说？

　　当二公之初守也，宁能知人之卒不救，弃城而逆遁[16]？苟此不能守[17]，虽避之他处何益？及其无救而且穷也，将其创残饿羸之余，虽欲去，必不达[18]。二公之贤，其讲之精矣[19]。守一城，捍天下，以千百就尽之卒，战百万日滋之师，蔽遮江淮，沮遏其势[20]，天下之不亡，其谁之功也？当是时，弃城而图存者，不可一二数[21]；擅强兵坐而观者，相环也[22]。不追议此，而责二公以死守，亦见其自比于逆乱，设淫辞而助之攻也[23]。

　　愈尝从事于汴、徐二府，屡道于两府间，亲祭于其所谓双庙者[24]。其老人往往说巡、远时事云：南霁云之乞救于贺兰也，贺兰嫉巡、远之声威功绩出己上，不肯出师救。爱霁云之勇且壮，不听其语，强留之，具食与乐，延霁云坐[25]。霁云慷慨语曰："云来时，睢阳之人不食月余日矣！云虽欲独食，义不忍；虽食，且不下咽！"因拔所佩刀断一指，血淋漓，以示贺兰。一座大惊，皆感激为云泣下。云知贺兰终无为云出师意，即驰去。将出城，抽矢射佛寺浮图[26]，矢著其上砖半箭，曰："吾归破贼，必灭贺兰，此矢所以志也[27]。"愈贞元中过泗州[28]，船上人犹指以相语。城陷，贼以刃胁降巡，巡不屈，即牵去，将斩之；又降霁云，云未应。巡呼云曰："南八[29]，男儿死耳，不可为不义屈！"云笑曰："欲将以有为也[30]；公有言，云敢不死！"即不屈。

注释

[1] 关于《张中丞传后序》的写作原因与背景：早在作者写作此文的半个世纪之前，即唐肃宗至德二年（公元757年），安史叛军与唐军在睢阳发生了一场旷达十月之久的攻守保卫战。当年正月，安史叛将尹子奇率大兵13万包围了睢阳，直到十月城破，张巡、许远等先后遇难。或许是受当时"许远畏死降敌""不该死守睢阳"等谣言的影响，李翰在《张巡传》中只写了张巡守卫睢阳的事迹。半个世纪后的元和二年（公元807年），韩愈读到李翰的《张巡传》，因感到很不满足，便特意写了这篇后序。《张中丞传》：即李翰所写的《张巡传》。 张巡（公元709—757年），邓州南阳（今河南南阳）人。开元末进士。安史之乱时，任真源县令，起兵抗敌。后与许远同守睢阳，诏拜御史中丞。

[2] 张籍：字文昌，吴郡（治所在今江苏苏州市）人，唐代著名诗人，韩愈的朋友。李翰：字子羽，赵州赞皇（今河北元氏）人，官至翰林学士。曾客居睢阳，亲见战守事迹。

[3] 自名：自负。

[4] 阙：同"缺"，缺漏，不足。 雷万春：张巡的部将，事迹不可考。这里的"雷万春"当是"南霁云"之误，唯此方与后文相照应。 首尾：始末。

[5] 开门纳巡三句：唐肃宗至德二载（公元757年）正月，叛军安庆绪部将尹子奇带兵13万包围睢阳，睢阳太守许远向张巡告急，张巡自宁陵率军入睢阳城。 纳：接纳。 授之柄：把指挥权交给张巡。 柄：权柄。

[6] 与巡死先后异耳：与张巡的死只是先后的不同啊！

[7] 两家子弟四句：两家的儿子才智低下，不能理解两位老人的心志，认为张巡死去，许远被俘，就怀疑许远怕死而向叛军屈服。唐代宗大历年间，张巡之子张去疾轻信小人之言，上书唐代宗，谓城破后张巡等遇害，惟许远独存，是其屈降叛贼，请追夺许远官爵。诏令去疾与许远之子许岘及百官议此事。

[8] 诚：果真，假如。 尺寸之地：极言睢阳城小。 食其所爱之肉：睢阳被围日久，城中粮尽，军民以鼠雀为食，鼠雀既尽，则杀妇女及老弱为食，后张巡杀爱妾，许远杀家奴，以为士兵之食。

[9] 外无待而犹死守四句：等待外援已毫无希望，人吃人也即将吃完，即使愚蠢的人也能算算日子而知道自己的死期，许远不怕死是很清楚的呀！

[10] 乌有：哪有。 徒：守城的伙伴。

[11] 说者：发议论的人。 远与巡分城而守：张巡和许远曾分兵把守睢阳，张巡守

东北，许远守西南。城池先从西南被攻破。　诟（gòu）：诽谤，辱骂。

[12] 人之将死四句：用人死脏腑薄弱之处先感染病毒以及拉绳时脆弱之处先断的比喻，说明城池先从许远处被攻破是很正常的现象。

[13] 见其然：看到这种情况（从许远所守处破城）。　尤：责备，埋怨。

[14] 不乐成人之美：不乐于成就别人的美名。《论语·颜渊》："君子成人之美，不成人之恶，小人反是。"

[15] 卓卓：卓越超群，突出。

[16] 宁能知人之卒不救二句：怎知道周围人始终不相营救，就抛弃城池预先逃跑呢？卒：终于，始终。　逆遁：预先逃跑。

[17] 苟此不能守：如果这个城池（指睢阳）不能守卫。　苟：假如。

[18] 及其无救而且穷也三句：等到救援望断而且困窘之时，率领那些创伤瘦弱的残余部队，即使想离开，也办不到。　羸（léi）：瘦弱。

[19] 其讲之精矣：他们考虑得周到啊！

[20] 守一城，捍天下：守卫一个睢阳城，保卫了唐王朝的天下。因为长江淮河流域是国家粮食（财阜）主产区，守卫睢阳，阻挡叛军不入江淮，就等于保卫了国家粮仓，对唐王朝后来的平叛意义十分重大。　就尽之卒：渐趋覆没的士卒。　日滋之师：每天增加的军队。　蔽遮：掩护。　沮遏：阻挡。

[21] 弃城而图存者二句：抛弃城池、图谋个人活命的，并非一两个。诸如：山南东道节度使鲁炅弃南阳逃奔襄阳；灵昌太守许叔冀逃奔彭城；谯郡太守杨万石、雍丘县令令狐潮则先后降敌。

[22] 擅强兵坐而观者二句：拥有强大的军队却坐观其败而不相救的人，周围都是啊！后文所记的河南节度使贺兰进明即是。

[23] 不追议此四句：对这两种人不加追究议论，反而责怪张巡、许远死守睢阳，就可见他们把自己列入叛贼（站在叛贼立场上），制造谣言，帮助叛贼攻击张巡、许远啊！比：并列，列身。

[24] 汴、徐二府：开封、徐州两幕府。　双庙：张巡、许远死后，唐肃宗追赠张巡为扬州大都督、许远为荆州大都督，并在睢阳立庙，当时称为双庙。

[25] 具：准备。　延：请。

[26] 浮图：佛塔。

[27] 志：同"识（zhì）"，作标记。

[28] 贞元：唐德宗李适年号（公元785—805年）。　泗州：唐属河南道，治所在临淮。

[29] 南八：南霁云在兄弟中排行第八，故称。

[30] 欲将以有为：想再有点作为，指暂时隐忍以图报仇。

鉴赏评析

李翰《张巡传》的两大缺漏激起了韩愈的愤慨不平，也无形地影响了此篇序文的框架结构。

文章三部分。开篇交代作序原因在于《张巡传》有缺，即"不为许远立传，又不载雷万春事首尾。"此乃一篇之纲，下文皆由此二句展开"补阙"活动。

第二部分（二、三、四段）为补阙一，即为许远立传。多种谣言（诸如畏死降贼、不该死守睢阳以及城破自许远所守处等）的攻击和影响使得许远未入李翰所作的传记。所以这段文字即夹叙夹议地驳斥谣言，澄清事实，在驳斥中阐发许远为国让贤、宁死不屈的高尚品质及其同张巡一起"守一城，捍天下"的历史功勋，从而树起许远卓荦高大的人格形象。

后段为补阙二，记述南霁云轶事，即通过拔刀断指、射矢明志、英勇就义的壮举展示其忠心为国、疾恶如仇的英雄性格，叙事典型细致，生动传神。

综览全文，开篇提纲挈领，引导后文先议论后叙事，逐层推进，有条不紊；且始终贯穿着赞美英雄、斥责小人的主题，可谓形散神聚，章法浑成。

答司马谏议书[1]

王安石

某启[2]：

昨日蒙教[3]。窃以为与君实游处相好之日久，而议事每不合，所操之术多异故也[4]。虽欲强聒，终必不蒙见察，故略上报，不复一一自辨[5]。重念蒙君实视遇厚，与反复不宜卤莽，故今具道所以，冀君实或见恕也[6]。

盖儒者所争，尤在于名实，名实已明，而天下之理得矣[7]。今君实所以见教者，以为侵官、生事、征利、拒谏[8]，以致天下怨谤也。某则以谓受命于人主，议法度而修之于朝廷，以授之于有司[9]，不为侵官。举先王之政[10]，以兴利除弊，不为生事。为天下理财，不为征利。辟邪说，难壬人[11]，不为拒谏。至于怨诽之多，则固前知其如此也[12]。人习于苟且非一日，士大夫多以不恤国事、同俗自媚于众为善[13]。上乃欲变此，而某不量敌之众寡，欲出力助上以抗之，则众何为而不汹汹然[14]？盘庚之迁，胥怨者民也[15]，非特朝廷大夫而已。朝廷不为怨者故改其度，度义而后动，是而不见可悔故也[16]。

如君实责我以在位久，未能助上大有为，以膏泽斯民[17]，则某知罪矣。如曰今日当一切不事事，守前所为而已[18]，则非某之所敢知。

无由会晤，不任区区向往之至[19]。

注释

[1]《答司马谏议书》：这是变法之初，因保守派强烈反对，尤其接到司马光长达三千余言、措辞激烈的来信指责，作为回复，作者便概括其要点并逐一加以驳斥，以表明自己坚持改革的决心。　司马谏议：即谏议大夫司马光，字君实。

[2] 某启：安石陈述。　某：文稿中的作者自称。正式复信时一般要写出本名。

[3] 蒙教：（接到来信）承蒙赐教。

[4] 议事每不合：议论事理（意见）常常不一致。　每：常常。合：一致。　所操之术：所坚持的思想观点（政治主张）。

[5] 强聒：勉强解释。聒（guō）：声音嘈杂，聒耳。　故略上报：所以就简单地回了上封信。　自辨：自我辩白（解释）。

[6] 视遇：看待。　反复：指书信来往。　卤莽：同"鲁莽"，简单草率。　具道所

以：详细说明这样做的理由。　冀君实或见恕也：希望先生您或许能够原谅我。

[7] 尤在于名实：特别注重名义和实际。　理：事物的道理和规律。

[8] 侵官：（添设新机构）侵犯了原来官员的职权。　生事：惹是生非，制造事端。征利：（设法生财）与民征利。　拒谏：拒绝劝告（听不进反对的意见）。

[9] 受命于人主：从君主（那里）接受改革的指令。　修之于朝廷：在朝廷上讨论、修正。　以授之于有司：然后交给具体官吏（去执行）。　有司：各部门专负其责的官吏。

[10] 举先王之政：推行古代贤君的政治。

[11] 辟邪说：驳斥荒谬的言论。　辟：驳斥。　难壬人：责难巧言献媚的小人。壬：同"佞"，即奸佞（小人）。

[12] 怨诽之多：怨恨诽谤（我）的人很多。　固前知其如此：本来改革变法前我就知道会是这样。

[13] 不恤国事：不关心（考虑）国家事务。　同俗：迎合世俗。　自媚于众：向众人讨好。

[14] 上乃欲变此：皇上想改变这种状况。　汹汹然：大吵大闹的样子。

[15] 盘庚之迁二句：商朝数次迁都，士民颇有怨声。盘庚时决定第五次迁都——即从奄（今山东曲阜）迁到殷（今河南安阳），引起朝野上下更为强烈的不满和怨恨。《尚书·盘庚·序》："盘庚五迁，将治亳殷，民咨胥怨。"

[16] 盘庚不为怨者故三句：盘庚不为士民怨恨而改变其方针和计划，考虑合适然后行动，认定做得对，因而没有什么可后悔的！　改其度：改变其计划、法度。　度（duó）义：考虑合适。　是：认定做得对。

[17] 助上大有为：帮助皇上取得突出政绩。　以膏泽斯民：给人民带来恩惠（切实的好处）。

[18] 如曰今日当一切不事事二句：如果说今天只应什么事情都不做，恪守前任的基业和法规罢了。

[19] 无由会晤二句：没有机会见面，禁不住诚挚的向往和仰慕到了极点。

鉴赏评析

任何具有进步意义的社会改革都必将触动当朝既得利益者的利益而招致强烈的反对。王安石变法之初，接连收到司马光的两封来信，前者长达3400字，寄来的是猛烈的批评和指责；后者则更以强硬的措辞要求他罢新法而复旧制。因情理难忍，作者才写了这篇简短的书信体驳论文。

论辩中，作者先确立名实相符（你加的是罪名，我干的是事实）的原则。接着概括对方所加罪名的要点为侵官、生事、征利、拒谏，以致天下怨谤。而后逐一指出所加罪名与事实的不相符，简要有力地驳倒对方。并针对"天下怨谤"的指责，巧妙征引致令"民咨胥怨"而不为所动的盘庚迁都的典故，表明自己坚持改革、绝不动摇的决心。

行文简练，立意高妙，措辞委婉，而心志果决。确为驳论文中的精品。

文与可画筼筜谷偃竹记[1]

苏 轼

竹之始生，一寸之萌耳[2]，而节叶具焉。自蜩蝮蛇蚹，以至于剑拔十寻者[3]，生而有之也。今画者乃节节而为之，叶叶而累之，岂复有竹乎？故画竹必先得成竹于胸中，执笔熟视，乃见其所欲画者，急起从之，振笔直遂，以追其所见，如兔起鹘落，少纵则逝矣[4]。与可之教予如此。予不能然也，而心识其所以然。夫既心识其所以然，而不能然者，内外不一，心手不相应[5]，不学之过也。故凡有见于中，而操之不熟者，平居自视了然，而临事忽然丧之，岂独竹乎[6]？

子由为《墨竹赋》，以遗与可[7]，曰："庖丁，解牛者也，而养生者取之[8]；轮扁，斫轮者也，而读书者与之[9]。今夫夫子之托于斯竹也，而予以为有道者则非耶[10]？"子由未尝画也，故得其意而已。若予者，岂独得其意，并得其法。

与可画竹，初不自贵重，四方之人持缣素而请者，足相蹑于其门[11]。与可厌之，投诸地而骂曰："吾将以为袜。"士大夫传之，以为口实[12]。及与可自洋州还，而余为徐州[13]。与可以书遗余曰："近语士大夫：'吾墨竹一派，近在彭城，可往求之。'袜材当萃于子矣[14]。"书尾复写一诗，其略曰："拟将一段鹅溪绢，扫取寒梢万尺长[15]。"予谓与可："竹长万尺，当用绢二百五十匹[16]。知公倦于笔砚，愿得此绢而已。"与可无以答，则曰："吾言妄矣，世岂有万尺竹哉！"余因而实之，答其诗曰："世间亦有千寻竹，月落庭空影许长[17]。"与可笑曰："苏子辩矣[18]。然二百五十匹绢，吾将买田而归老焉。"因以所画筼筜谷偃竹遗予。曰："此竹数尺耳，而有万尺之势。"筼筜谷在洋州，与可尚令予作洋州三十咏，《筼筜谷》其一也[19]。予诗云："汉川修竹贱如蓬，斤斧何曾赦箨龙？料得清贫馋太守，渭滨千亩在胸中[20]。"与可是日与其妻游谷中，烧笋晚食，发函得诗，失笑喷饭满案[21]。

元丰二年正月二十日，与可没于陈州[22]。是岁七月七日，予在湖州曝书画，见此竹，废卷而哭失声[23]。昔曹孟德祭桥公文，有车过腹痛之语[24]。而予亦载与可畴昔戏笑之言者[25]，以见与可与予亲厚无间如此也。

注释

[1]《文与可画筼筜谷偃竹记》：本文是作者兼怀良师益友的记人散文，也是一篇文艺随笔。　文与可（公元1018—1079年），名同，四川梓潼人。北宋著名画家，擅长画竹。　筼筜（yún dāng）谷：在陕西洋州西北，谷中多产竿粗节长的竹子，称筼筜竹。偃竹：仰斜的竹子。

[2] 萌：芽。

[3] 蜩蝮蛇蚹：用来形容竹子初生时的状态。　蜩蝮（tiǎo fù）：蝉壳。　蛇蚹（fù）：蛇腹下代足爬行的横鳞。　剑拔十寻：像长剑拔出一样生长到八丈高。　寻：古代八尺为一寻。

[4] 故画竹必先得成竹于胸中：所以画竹时，必先在胸中树起完整的竹子形象。　成竹：完整的竹子。　振笔直遂：挥动笔杆，一气呵成。　遂：完成，成功。　如兔起鹘落二句：好像兔子跃起，飞鹘扑捉，那情形迅速而短暂，稍微一闪现就消失了。

[5] 内外不一二句：脑海中想到的和画在外部的不一致，心和手不谐调，即心指挥不了手，手不听心的使唤。

[6] 平居自视了然三句：平时自以为精通，一到事头上却突然困惑（似乎什么都不懂），难道仅仅是画竹吗？

[7] 子由：作者之弟苏辙的字。　《墨竹赋》：此文被收入苏辙《栾城集》卷十七。遗：赠给，寄给。

[8] 庖丁三句：庖丁，是宰牛的人，可他宰牛的理论却得到养生者的参考和借鉴。

[9] 轮扁三句：轮扁，是砍车轮的人，他所讲的道理，读书人也赞成。　与：赞成。

[10] 托于斯竹：通过画竹寄托其思想情趣。　有道者：深知事理之人。

[11] 缣素：古代用来作画的白绢，颜色微黄的绢叫缣，洁白的叫素。　足相蹑于其门：门口脚踏脚，形容登门求画的人来往不断。

[12] 口实：话柄。

[13] 余为徐州：我任徐州知州。

[14] 吾墨竹一派四句：我们画墨竹的这一派最近在彭城，可到那里去求他，袜子材料该汇集到你那里啦！　萃：聚集，汇集。　子：指苏轼。

[15] 鹅溪绢：鹅溪在四川盐亭县西北，所产绢是最适合作画的名绢。　扫取：用画笔掠写。　寒梢：指竹子，因竹耐寒，故称。

[16] 匹：绸、布的计量单位，一匹即四十尺。

[17] 实：证实。　影许长：影子这么长。　许：如此。

[18] 辩：诡辩。

[19] 洋州三十咏：熙宁九年作于密州，原题为《和文与可洋州园池三十首》。

[20] 汉川：汉水。　修竹：长竹。　箨（tuò）龙：竹笋的别名。　料得清贫馋太守

二句:用馋嘴贪吃比喻文与可对竹子的贪婪观察、揣摩,以至于胸有成竹的情景。

[21] 失笑:忍不住发笑。 满案:满桌。

[22] 元丰二年:公元1079年。 陈州:在今河南淮阳。

[23] 曝(pù):晒。 废卷:放下画卷。

[24] 昔曹孟德祭桥公文二句:据《三国志·魏书·武帝纪》裴松之的注文记载,曹操年轻时,深受桥玄的赏识。桥玄死后,曹操路过故乡谯郡,用太牢的隆重仪式祭祀桥玄,并作《祀故太尉桥玄文》,有云:"又承从容约束之言:'殂逝之后,路有经由,不以斗酒只鸡相沃酹,车过三步,腹痛勿怪。'虽临时戏笑之言,非至亲之笃好,胡肯为此辞乎?"这里通过曹操回忆"戏笑之言"所寄托的对桥玄的哀悼和怀念以类比自己在往事回首中所蕴含的深切悼念之情。

[25] 畴昔:往昔,以前。

鉴赏评析

作为表兄弟和良师益友的文与可死后半载,苏轼在曝书画时见到他所作的《筼筜谷偃竹》画卷,不禁睹物思人,掩卷痛哭,而写下这篇忆旧伤怀的题画记。

前半部分采用文艺随笔的形式,即由竹子的自然生长说到画家生加硬"累"的画法,进而引出文与可"胸有成竹""心手相应"的画竹理论及其对作者兄弟各自不同的影响和启迪。

中间追述往事,即围绕画筼筜谷偃竹而追忆当年同文与可的书信往来和应答,既表现文与可忠厚善良的人格风采,也展示二人亲厚无间的师友情谊。

篇末由文与可之死写到自己睹画思人而点明追悼怀念的写作意图。

表面上看,前半阐发理论,后半转为记事,未免显得杂乱。其实,文章始终围绕睹画思人的线索展开,即先写其画竹理论的影响和启迪,继写其画偃竹的过程和交往,最后点明怀人之旨。可谓涉笔多方,一线贯穿,貌似杂乱,形散神聚。

项脊轩志[1]

归有光

项脊轩,旧南阁子也。室仅方丈,可容一人居。百年老屋,尘泥渗漉,雨泽下注,每移案顾视,无可置者[2]。又北向,不能得日,日过午已昏。余稍微修葺,使不上漏;前辟四窗,垣墙周庭,以当南日,日影反照,室始洞然[3]。又杂植兰桂竹木于庭,旧时栏楯,亦遂增胜[4]。积书满架,偃仰啸歌,冥然兀坐,万籁有声[5]。而庭阶寂寂,小鸟时来啄食,人至不去。三五之夜,明月半墙,桂影斑驳,风移影动,珊珊可爱[6]。

然余居于此,多可喜,亦多可悲。先是庭中通南北为一;迨诸父异爨[7],内外多置小门墙,往往而是。东犬西吠,客逾庖而宴[8],鸡栖于厅。庭中始为篱,已为墙,凡再变矣。家有老妪[9],尝居于此。妪,先大母婢也,乳二世,先妣抚之甚厚[10]。室西连于中闺[11],先妣尝一至。妪每谓余曰:"某所,而母立于兹[12]。"妪又曰:"汝姊在吾怀,呱呱而泣;娘以指叩门扉曰:'儿寒乎?欲食乎?'吾从板外相为应答……[13]"语未毕,余泣,妪亦泣。余自束发,读书轩中[14]。一日,大母过余曰[15]:"吾儿,久不见若影,何竟日默默在此[16],大类女郎也?"比去,以手阖门[17],自语曰:"吾家读书久不效[18],儿之成,则可待乎?"顷之,持一象笏至[19],曰:"此吾祖太常公宣德间执此以朝[20],他日汝当用之!"瞻顾遗迹[21],如在昨日,令人长号不自禁。

轩东,故尝为厨,人往,从轩前过。余扃牖而居[22],久之,能以足音辨人。轩凡四遭火,得不焚,殆有神护者。

项脊生曰[23]:"蜀清守丹穴,利甲天下,其后秦皇帝筑女怀清台[24]。刘玄德与曹操争天下,诸葛孔明起陇中[25]。方二人之昧昧于一隅也[26],世何足以知之?余区区处败屋中,方扬眉瞬目,谓有奇景;人知之者,其谓与坎井之蛙何异[27]?"

余既为此志,后五年,吾妻来归[28],时至轩中,从余问古事,或凭几学书。吾妻归宁[29],述诸小妹,语曰:"闻姊家有阁子,且何谓阁子也?"其后六年,吾妻死,室坏不修。其后二年,余久卧病无聊,乃使人复葺南阁子,其制稍异于前[30]。然自后余多在外,不常居。

庭有枇杷树,吾妻死之年所手植也,今已亭亭如盖矣[31]。

注释

[1] 关于作者与本篇：归有光（公元 1506—1571 年），字熙甫，号震川，昆山（今江苏昆山）人。自幼苦读，35 岁中举人，60 岁中进士，出为长兴（今属浙江）县令，官至南京太仆寺丞。是明朝优秀的散文家，也是唐宋派的代表作家之一。著有《震川文集》。《项脊轩志》：本文选自《震川文集》，是一篇回忆性记事散文。 项脊轩：作者书斋名称。取此名，有二说：一、作者先祖归道隆曾居住太仓（今江苏太仓市）的项脊泾，取项脊名轩，为纪念先祖。二、因书房过于狭窄，犹如在项脊之间，故取以为名。 轩：有窗的小室。 志：记。

[2] 渗漉（lù）：渗漏，由小孔慢慢漏下。 每移案顾视二句：每逢移动桌子，四下里看看，简直没有可放的地方。

[3] 垣墙周庭：垣墙四面合围着庭院。 洞然：明亮的样子。

[4] 栏楯（shùn）：栏杆，直的为栏，横的为楯。 增胜：增添了光彩。

[5] 偃仰啸歌：仰躺休息，长啸或吟唱。 冥然兀坐：静静地端坐。 万籁：自然界的一切声响。 籁（lài）：孔泉里发出的声音。

[6] 三五之夜：阴历十五的夜晚。 斑驳：交错杂乱。 珊珊：轻盈舒缓的样子。

[7] 迨诸父异爨：等到叔叔伯伯们分了家，各自起了炉灶。 迨：等到。 异爨（cuàn）：分家，各起炉灶。

[8] 客逾庖而宴：客人穿过厨房去赴宴。

[9] 老妪：老妇人。

[10] 先大母：已故的祖母。 先妣（bǐ）：已故的母亲。 抚：对待。

[11] 中闺：内宅，女眷住的地方。

[12] 而母：你母亲。

[13] 板外：门外。

[14] 束发：古代男孩至八岁为成童，则束发为髻。故用"束发"代指"成童"。

[15] 过余：到我这里。

[16] 若：你。 竟日：整天。

[17] 比去：等到离开时。 阖（hé）：关闭。

[18] 不效：不见成功（即科举考不中）。

[19] 顷之：一会儿。 象笏：象牙制成的手板。 笏（hú）：手板，古代大臣朝见时持着手板，上面记有备忘之事。

[20] 太常公：指夏昶，作者祖母的祖父，曾任太常寺卿（掌管祭祀礼乐的官员），字仲昭，昆山人。 公：对男性老人的尊称。 宣德：明宣宗朱瞻基的年号（公元 1426—1435 年）。

[21] 瞻顾：回顾，回忆。

[22] 扃牖（jiōng yǒu）：关闭窗户。

[23] 项脊生：作者自称。

[24] 蜀清守丹穴三句：秦朝巴蜀的寡妇清，守着祖先遗留的丹砂矿，积累财富至天下第一，秦始皇为她修了一座女怀清台。《史记·货殖列传》："巴蜀寡妇清，其先得丹穴，而擅其利数世……能守其业，用财自卫，不见侵犯。秦始皇以为贞妇而客之，为筑女怀清台。"

[25] 陇中：陇亩之中。一说指隆中，山名，在今湖北襄阳境内。

[26] 昧昧：昏暗，指默默无闻，不为人知。

[27] 区区：形容渺小。 扬眉瞬目：舒展眉毛，眨着眼睛，形容得意的样子。 坎井之蛙：浅井里的青蛙，喻指目光短浅的人。 坎井：浅井。

[28] 余既为此志：我既写了这篇志。 来归：嫁到我家。 归：旧时女子出嫁。

[29] 归宁：出嫁女子回娘家向父母问安。

[30] 制：建筑的格局和样式。

[31] 盖：伞盖。

鉴赏评析

项脊轩——作者早年的书斋，环境清幽、静谧，在给作者诵读之乐、促其蓄力奋发的同时，那里也留有生母和善的音声、奶奶亲切的絮语以及娇妻相伴问学的倩影……多少往事在作者脑海里荡漾，荡漾起细细的悲喜交加的情感涟漪。

于是，他禁不住拿起笔来，以项脊轩及其周围的环境变迁为经，以与之相关的人物和事件为纬，将那些看似零碎、琐屑的只言片语、音容笑貌一一地编织起来，编织成这篇情真意挚而又章法井然的抒情文字，深刻细腻地表达了对生母、祖母及娇妻等人的追忆和怀念。

语言质朴，情感真挚。所叙内容，虽没有中心人物、重点事件，却处处围绕项脊轩着笔，故觉一线贯串，神聚气凝，格局玲珑。

报刘一丈书[1]

宗 臣

数千里外,得长者时赐一书,以慰长想,即亦甚幸矣;何至更辱馈遗,则不才益将何以报焉[2]?书中情意甚殷,即长者之不忘老父,知老父之念长者深也[3]。至以"上下相孚,才德称位[4]"语不才,则不才有深感焉。夫才德不称,固自知之矣;至于不孚之病,则尤不才为甚。

且今世之所谓"孚"者何哉[5]?日夕策马,候权者之门[6]。门者故不入,则甘言媚词[7],作妇人状,袖金以私之。即门者持刺入,而主者又不即出见[8]。立厩中仆马之间,恶气袭衣裾,即饥寒毒热不可忍,不去也。抵暮[9],则前所受赠金者出,报客曰:"相公倦,谢客矣。客请明日来。"即明日,又不敢不来。夜披衣坐,闻鸡鸣,即起盥栉[10],走马抵门。门者怒曰:"为谁?"则曰:"昨日之客来。"则又怒曰:"何客之勤也!岂有相公此时出见客乎?"客心耻之,强忍而与言曰:"亡奈何矣,姑容我入[11]。"门者又得所赠金,则起而入之。又立向所立厩中[12]。幸主者出,南面召见,则惊走匍匐阶下[13]。主者曰:"进!"则再拜,故迟不起;起则上所上寿金[14]。主者固不受,则固请;主者故固不受,则又固请;然后命吏内之[15]。则又再拜,又故迟不起,起则五六揖,始出。出,揖门者曰:"官人幸顾我[16]!他日来,幸亡阻我也[17]!"门者答揖,大喜奔出。马上遇所交识,即扬鞭语曰:"适自相公家来[18],相公厚我,厚我!"且虚言状[19]。即所交识,亦心畏相公厚之矣。相公又稍稍语人曰:"某也贤!某也贤!"闻者亦心计交赞之。此世所谓"上下相孚"也。长者谓仆能之乎?

前所谓权门者,自岁时伏腊一刺之外[20],即经年不往也。间道经其门[21],则亦掩耳闭目,跃马疾走过之,若有所追逐者。斯则仆之褊哉[22],以此常不见悦于长吏,仆则愈益不顾也。每大言曰:"人生有命,吾惟守分尔[23]!"长者闻此,得无厌其为迂乎?

乡园多故,不能不动客子之愁。至于长者之抱才而困,则又令我怆然有感。天之与先生者甚厚,亡论长者不欲轻弃之,即天意亦不欲长者之轻弃之也[24]。幸宁心哉!

注释

[1] 关于作者与本篇：宗臣（公元 1525—1560 年），字子相，扬州兴化（今属江苏）人。嘉靖二十九年（公元 1550 年）进士，官刑部主事、吏部员外郎等。因触忤严嵩，出为福建布政参议；抗击倭寇有功，迁提举副使，卒于任。与李攀龙、王世贞、谢榛、梁有誉、徐中行、吴国伦合称为明代的"后七子"。有《宗子相先生集》。《报刘一丈书》：选自《宗子相先生集》，是书信体记事散文。　报：回答，答复。　刘一：指刘墀石，宗臣父亲的老友，因排行第一，故称。　丈：对男性长者的尊称。

[2] 何至更辱馈遗句：何至辱没您赠送我礼品。　辱：谦逊说法，有辱没对方之意。馈遗（kuì wèi）：赠送礼品。　不才：谦称，无能之人。　益：更。

[3] 即长者之不忘老父二句：根据先生念念不忘我老父，就知道老父思念先生也同样深切呀！

[4] 上下相孚二句：上下级之间融洽、信任，才德和地位正好相称。　孚：融洽、信任。　称：符合。

[5] 且今世之所谓"孚"者何哉：况且当今社会所说的融洽、信任是怎样的情况呢？

[6] 候：造访，拜谒。

[7] 甘言媚词：甜言蜜语，奉承谄媚。

[8] 持刺入：带上名片入内报告。　刺：名帖，名片。

[9] 抵暮：直到天黑。

[10] 盥栉（guàn zhì）：洗脸梳头。

[11] 姑容我入：暂且让我进去吧！　姑：暂且。

[12] 向：先前，原先。

[13] 南面：面向南，古代以坐北向南为尊。　匍匐（pú fú）：手足并用地爬着向前。

[14] 再拜：重复行礼，以表恭敬。　寿金：献给主人的礼金。古代以金帛赠人为寿。

[15] 固：坚持。　内：通"纳"。

[16] 官人：对守门人的尊称。

[17] 幸：希望。

[18] 适：刚才。

[19] 且虚言状：并且夸大其词地叙述相公厚待他的情况。

[20] 岁时伏腊：一年中的重大节日。　伏：伏祭，即夏至后的第三个庚日。　腊：腊祭，即冬至后的第三个戌日。　一刺：拜谒一次。

[21] 间道：偶尔经过。

[22] 褊（biǎn）：狭隘，狭窄。

[23] 每大言：常常说大话。　守分：安守本分。

[24] 亡论长者二句：不要说先生您不愿意自轻自弃，就是上天也不希望您自轻自

弃呀!

鉴赏评析

"可笑严介溪，金银如山积，刀锯信手施。尝将冷眼观螃蟹，看你横行得几时。"（明嘉靖年间民谣《京师为严嵩语》）百姓的口碑永久地记录了奸相严嵩公然受贿、卖官鬻爵、刑法滥施、金银山积的累累罪恶。

作者生逢奸相当道之时，因秉性刚直而每受压抑，仕途偃蹇。偏偏父友刘墀石来信赞扬他"上下相孚，才德称位"，于是，一石激起千层浪，作者的万千感慨便由此而汹汹喷发，汇成这篇针砭时弊的书信体记事散文。

首段在回信的客套中自然巧妙地引出"上下相孚"四字。次段通过门者、谒者、权者等人物活动的细节描写，生动地揭破了"上下相孚"的真谛：谒者因行贿而受赏识，"某也贤"；权者因受贿而褒"贤"，进而拔"贤"。好一个"孚"字，在融洽、信任的名义下，竟囊括着蝇营狗苟、权钱交易的内质。第三段与"孚"者相对比，转写自身的不孚之病。末尾同病相怜，以安慰刘墀石作结。

通篇以"上下相孚"为中心线索，深刻揭露了严嵩当道时期政治的腐败、官场的龌龊以及投机钻营的官僚士大夫的无耻与卑劣。

狱中杂记[1]

方　苞

康熙五十一年三月，余在刑部狱，见死而由窦出者[2]，日四三人。有洪洞令杜君者，作而言曰[3]："此疫作也[4]。今天时顺正，死者尚稀，往岁多至日十数人。"余叩所以[5]。杜君曰："是疾易传染，遘者虽戚属[6]，不敢同卧起。而狱中为老监者四，监五室[7]。禁卒居中央，牖其前以通明，屋极有窗以达气[8]。旁四室则无之，而系囚常二百余。每薄暮下管键，矢溺皆闭其中，与饮食之气相薄[9]。又隆冬，贫者席地而卧，春气动，鲜不疫矣[10]。狱中成法，质明启钥[11]。方夜中，生人与死者并踵顶而卧，无可旋避[12]，此所以染者众也。又可怪者，大盗积贼，杀人重囚，气杰旺，染此者十不一二，或随有瘳[13]。其骈死，皆轻系及牵连佐证法所不及者[14]。

余曰："京师有京兆狱，有五城御史司坊[15]，何故刑部系囚之多至此？"杜君曰："迩年狱讼[16]，情稍重，京兆、五城即不敢专决；又九门提督所访缉纠诘[17]，皆归刑部；而十四司正副郎好事者，及书吏、狱官、禁卒，皆利系者之多。少有连，必多方钩致[18]。苟入狱，不问罪之有无，必械手足，置老监，俾困苦不可忍[19]。然后导以取保，出居于外，量其家之所有以为剂，而官与吏剖分焉[20]。中家以上皆竭资取保[21]。其次求脱械居监外板屋[22]，费亦数十金。惟极贫无依，则械系不稍宽，为标准以警其余。或同系，情罪重者反出在外，而轻者、无罪者罹其毒[23]。积忧愤，寝食违节[24]，及病，又无医药，故往往至死。"余同系朱翁、余生及在狱同官僧某[25]，遘疫死，皆不应重罚。又某氏以不孝讼其子，左右邻械系入老监，号呼达旦。余感焉，以杜君言泛讯之，众言同，于是乎书[26]。

凡死刑狱上，行刑者先俟于门外，使其党人索财物，名曰"斯罗"[27]。富者就其戚属，贫者面语之。其极刑[28]，曰："顺我，即先刺心，否则四肢解尽，心犹不死。"其绞缢，曰："顺我，始缢即气绝，否则三缢加别械，然后得死。"惟大辟无可要，然犹质其首[29]。用此，富者赂数十百金，贫亦罄衣装[30]，绝无有者则治之如所言。主缚者亦然[31]，不如所欲，缚时即先折筋骨。每岁大决，勾者十四三，留者十六七，皆缚至西市待命[32]。其伤于缚者，即幸留，病数月乃瘳，或竟成痼疾[33]。

余尝就老胥而问焉[34]："彼于刑者、缚者，非相仇也，期有得耳；果无有，终亦稍宽之，非仁术乎[35]？"曰："是立法以警其余，且惩后也；不如此则人有侥心[36]。"主梏扑者亦然[37]。余同逮以木讯者三人：一人予二十金，骨微伤，病间月；一人倍之，伤肤，兼旬愈[38]；一人六倍，即夕行步如平常。或叩之曰："罪人有无不均，既各有得，何必更以多寡为差？"曰："无差，谁为多与者？"孟子曰："术不可不慎[39]。"信夫[40]！

部中老胥，家藏伪章，文书下行直省，多潜易之，增减要语[41]，奉行者莫辨也。其上闻及移关诸部[42]，犹未敢然。功令：大盗未杀人，及他犯同谋多人者，只主谋一二人立决[43]；余经秋审，皆减等发配。狱词上，中有立决者，行刑人先俟于门外，命下，遂缚以出，不羁晷刻[44]。有某姓兄弟，以把持公仓，法应立决。狱具矣，胥某谓曰："予我千金，吾生若[45]。"叩其术。曰："是无难，别具本章，狱辞无易，取案末独身无亲戚者二人易汝名，俟封奏时潜易之而已[46]。"其同事者曰："是可欺死者，而不能欺主谳者[47]，倘复请之，吾辈无生理矣。"胥某笑曰："复请之，吾辈无生理，而主谳者亦各罢去，彼不能以二人之命易其官，则吾辈终无死道也。"竟行之，案末二人立决。主者口咕舌挢[48]，终不敢诘。余在狱，犹见某姓，狱中人群指曰："是以某某易其首者。"

凡杀人，狱词无谋、故者，经秋审入矜疑，即免死，吏因以巧法[49]。有郭四者，凡四杀人，复以矜疑减等。随遇赦，将出，日与其徒置酒酣歌达曙。或叩以往事，一一详述之，意色洋洋，若自矜诩[50]。噫！渫恶吏忍于鬻狱，无责也[51]。而道之不明，良吏亦多以脱人于死为功，而不求其情。其枉民也亦甚矣哉！

奸民久于狱，与胥卒表里，颇有奇羡[52]。山阴李姓，以杀人系狱，每岁致数百金[53]。康熙四十八年以赦出，居数月，漠然无所事。其乡人有杀人者，因代承之[54]。盖以律非故杀，必久系，终无死法也。五十一年，复援赦减等谪戍[55]，叹曰："吾不得复入此矣！"故例，谪戍者移顺天府羁候，时方冬停遣，李具状求在狱候春发遣[56]，至再三，不得所请，怅然而出。

注释

[1] 关于作者与本篇：方苞（公元1668—1749年），字灵皋，号望溪，安徽桐城人。康熙进士，曾因戴名世《南山集》案牵连入狱，后遇赦，官至礼部侍郎。清代桐城派的创始人，著有《方望溪先生全集》。《狱中杂记》：选自《方望溪先生全集·集外文》卷六。说到本文的写作，不能不重提《南山集》案。康熙年间，桐城人戴名世刊行《南山集》，书中多处肯定坚持抗清的南明政权，并主张为几位明末皇帝撰写本纪，被人告发而

触怒清廷，被以"大逆"罪诛杀。作为戴名世的同乡，作者曾为《南山集》作序，且家中存有《南山集》的刻板，因被牵连入狱。开始在江宁县狱，后解至京城，下刑部狱。康熙五十一年（公元1712年）三月，作者在刑部狱中写成此文。

[2] 刑部狱：刑部的监狱。刑部是清代最高的司法机关。　窦：洞，监狱墙上开的小洞。

[3] 洪洞（tóng）：今山西洪洞。　令：县令。　作：起，站起来。

[4] 此疫作也：这是瘟疫流行啊！　作：兴起，流行。

[5] 叩：问。

[6] 遘者：得病的人。　遘（gòu）：遭遇，遭受。

[7] 狱中有老监二句：监狱中分四个老监，每一老监有五个牢房。

[8] 牖其前：在前面墙上开窗户。　牖（yǒu）：窗。　屋极：屋顶。

[9] 每薄暮句：每天一到黄昏就锁门。　下管键：门上落锁。　管键：锁钥。　矢溺（niào）：屎尿。　相薄：相混杂。

[10] 鲜不疫矣：很少不害病的。　鲜：少。

[11] 成法：老规矩。　质明启钥：天大亮开锁。

[12] 并踵顶而卧：头对头、脚并脚地躺在一起。　旋避：回避。

[13] 积贼：多次犯案的贼。　重囚：案情重大的囚犯。　气杰旺三句：气血特别旺盛，感染瘟疫的人不到十分之一二，即使感染了病，也随即就好。　瘳（chōu）：病愈。

[14] 其骈死二句：那些并肩接踵死去的，都是犯罪较轻或因牵连作证、按规定没有触犯法律的人。　骈死：接连死去。

[15] 京兆狱：京兆衙门的监狱。　京兆：指当时的顺天府（今北京）。　五城御史司坊：五城御史、五城兵马司及其属下十坊的监狱。五城御史是巡查京城内东、西、南、北、中五个地区的官。五城兵马司是指挥、掌管京城地方治安的官。　坊：分区单位，当时京城分为十坊。

[16] 迩年：近年。

[17] 九门提督句：九门提督所访查缉捕和盘问出来的人。　九门提督：提督九门步军统领，掌管北京九门的守卫工作。　九门：即正阳、崇文、宣武、安定、德胜、东直、西直、朝阳、阜成。

[18] 十四司正副郎：清初刑部设十四司。司的长官，正职为郎中，副职为员外郎，总称郎官。　书吏：衙门内管公文的小吏。　少有连二句：稍微有牵连，就多方取证，逮捕归案。

[19] 械手足：戴上手铐脚镣。　俾：使，令。

[20] 导以取保：劝犯人家属托门路保释出狱。　量其家之所有以为剂二句：估量其家产的多少确定勒索的标准，而后官吏们再分成。　剂：剂量，标准。

[21] 中家以上句：中产以上的家庭都竭尽财产以求保释。

[22] 脱械：去掉脚镣手铐。　监外板屋：老监之外的木板房。

[23] 同系：同一案件的囚徒。　瞿其毒：遭受牢狱的各种折磨。　瞿（hì）：遭遇，遭受。

[24] 寝食违节：饮食作息都乱了套（打破了规律）。

[25] 朱翁：朱书，安徽宿松人，《南山集》的作者之一。　余生：余湛，字石民，舒城（今属安徽）人。即戴名世《南山集》中《与余生书》一文中的余生。　同官：同官县（今陕西铜川）。一说：在同一部门做官的人。　僧某：姓僧的某人。

[26] 以杜君言泛讯之三句：拿杜君的话广泛印证狱中人，大家都说是那样，于是记下来。

[27] 死刑狱上：宣判死刑的案子已经上呈的。　俟（sì）：等待。

[28] 极刑：最重的刑，即凌迟，用刀子把人零碎割死。

[29] 大辟：砍头。　质其首：留下犯人的头颅作抵押，要挟其家属拿钱赎取。

[30] 罄：尽，全部。

[31] 主缚者：负责捆绑犯人的人。

[32] 大决：又叫秋决，封建社会中往往在秋季集中处理犯人，大批处决。　勾者：姓名被勾掉，表示立刻行刑。　西市：当时京城行刑的场所，在今北京市西城区菜市中。

[33] 痼（gù）疾：治不好的病，即残疾。

[34] 老胥：年老吏卒。

[35] 刑者、缚者：指受刑人和被缚人。　期：希望。　仁术：好心善行。

[36] 惩：警戒。　倖心：侥幸之心。

[37] 主梏扑者：负责上刑具和拷打人的人。　梏（gù）：古代木制的手铐。

[38] 木讯：用木制刑具如木板、夹板等审讯。　病间月：病了一个多月。　间：隔。　兼旬愈：20天痊愈。

[39] 术不可不慎：选择职业不可不慎重。　语出《孟子·公孙丑上》，引用此语的用意是，胥吏禁卒并非生下来就是坏人，可职业规定了他们只能做坏事，所以说选择职业不能不慎重。术：掌握某种技术的职业。

[40] 信夫：真对啊！

[41] 直省：各省皆直属中央，故云"直省"。　潜易：偷偷更改。　增减要语：增加或减少关键的话。

[42] 其上闻及移关诸部：那些上奏给皇帝和送达各部的公文。　移关：移文和关文，指平行机关来往的公文。

[43] 功令：政府法令。　立决：立即处死，不待秋决。

[44] 狱辞上：审判书呈上去。　不骹晷刻：一时一刻也不停留。　晷（guǐ）：日影。

[45] 狱具矣：宣判的文字已经写好。　具：准备好。　吾生若：我让你活下来。若：你。

[46] 别具本章：另外准备一本奏章。 无易：不变。 封奏：审判书加封上奏。

[47] 主谳者：主审案件的官员。 谳（yàn）：审案判罪。

[48] 口呿舌挢：张口伸舌，形容惊讶的样子。 口呿（qū）：张口。 挢（jiǎo）：伸举。

[49] 狱辞无谋、故者：狱吏呈报的文稿上没有预谋和故意杀人字样的。 入矜疑：归入矜疑之类。 矜疑：其情可矜，其罪可疑。 因以巧法：利用法律条文的疏漏而舞弊。

[50] 矜诩（xǔ）：自夸得意。

[51] 漤污吏三句：贪污的官吏忍心贪赃枉法，不足责备。 漤（xiè）：污。 鬻：卖。

[52] 表里：指内外勾结干坏事。 奇羡：盈余，指勒索所得的财物。

[53] 山阴：旧县名，今浙江绍兴。 致：得到。

[54] 因代承之：就替杀人的老乡承担杀人罪名。

[55] 援赦减等谪戍：根据大赦的规定减罪充军。 援：援例。 谪戍：充军，发配。

[56] 故例：按照老规矩。 移顺天府羁候：转移到顺天府的监狱里关押，等待遣送。 李具状求在狱候春发遣：李写呈文请求留在刑部狱等待春季遣送。

鉴赏评析

铁窗中一年半的逆来顺受、忍气吞声，每日里家常便饭般由墙洞抛出的数具尸体以及亲眼看到的超乎常人想象的狱中黑幕，在作者心灵深处烙下了永久性凄惨恐怖的印痕，于是一番运筹，几度构想，他便写下了这篇著名的《狱中杂记》。

名为杂记，内容却杂而不乱；人物众多，事件纷繁，作者却款款叙来，井然有序，一丝不紊。因为自始至终一线贯穿——即围绕司法腐败、狱政黑暗而由浅入深、逐层揭破。

文章四部分：首部分（一、二两段）记狱疫流行，死亡惨重及其成因——在于条件恶劣，管理恶劣。"书吏、狱官、禁卒，皆利系者之多，少有连，必多方勾致。"一个"利"字，既揭破管理者的贪心和卑劣，也透出监狱条件的恶劣。

三四段紧扣"利"字，通过行刑者、主缚者、主梏扑者对犯人的敲诈勒索而展示狱吏的贪残凶狠。

五六段（第二部分）仍承"利"字，借部中老胥的调包杀人以及身负四条命案的郭四第四次遇赦时"意色洋洋，若自矜诩"的追述往事以尽显清王朝的司法腐败，竟至于杀人者逍遥法外，无辜者被草菅性命。

结尾记奸民与狱吏相勾结而大发监狱之财的卑劣行径。尤其习惯于狱中敛财的山阴李姓情愿代人坐监及获释时的"怅然而出",真让人叹为观止。

综览全文,作者通过一系列人物、事件的有条不紊的记叙和描写,深刻揭露了清廷的司法腐败和狱政黑暗,有着极强的艺术感染力。

第十四讲　白描状物　生动传神

　　白描，原本是中国画技法之一，即用墨线勾描物象，不着颜色。在文学上，即抓住描写对象的主要特征，以简洁的笔墨勾勒出鲜明生动的艺术形象。

　　运用白描手法，不论是写景状物，还是描绘人物，都能够传达清晰鲜明的形象，达到"诗中有画"的艺术效果。

桃花源记[1]

陶渊明

晋太元中，武陵人捕鱼为业[2]。缘溪行[3]，忘路之远近。忽逢桃花林，夹岸数百步，中无杂树，芳草鲜美，落英缤纷[4]。渔人甚疑之，复前行，欲穷其林。

林尽水源，便得一山。山有小口，仿佛若有光，便舍船，从口入。初极狭，才通人，复行数十步，豁然开朗。土地平旷，屋舍俨然，有良田美池桑竹之属[5]；阡陌交通[6]，鸡犬相闻。其中往来种作，男女衣着，悉如外人[7]。黄发垂髫，并怡然自乐[8]。

见渔人，乃大惊，问所从来，具答之[9]。便要还家[10]，设酒杀鸡作食。村中闻有此人，咸来问讯[11]。自云先世避秦时乱[12]，率妻子邑人来此绝境，不复出焉，遂与外人间隔。问今是何世，乃不知有汉，无论魏晋[13]。此人一一为具言所闻[14]，皆叹惋。余人各复延至其家，皆出酒食[15]。停数日，辞去。此中人语云："不足为外人道也。"

既出，得其船，便扶向路，处处志之[16]。及郡下，诣太守[17]，说如此。太守即遣人随其往，寻向所志，遂迷，不复得路[18]。

南阳刘子骥，高尚士也，闻之，欣然规往[19]。未果，寻病终[20]。后遂无问津者[21]。

注释

[1] 关于作者与本篇：陶渊明（公元365—427年），一名潜，字元亮，浔阳柴桑（今江西九江）人。东晋著名诗人。曾任江州祭酒、镇军参军、彭泽令等职，因不满现实，辞官归隐，著有《陶渊明集》。《桃花源记》：选自《陶渊明集》，是《桃花源诗》的序言。

[2] 太元：晋孝武帝司马曜的年号（公元376—396年）。　武陵：郡名，治所在今湖南省常德市。

[3] 缘：沿着，顺着。

[4] 落英缤纷：落花纷乱。

[5] 俨然：整齐分明的样子。　属：类。

[6] 阡陌：田间小路。南北方向者为阡，东西方向者为陌。

[7] 悉：全，都。

[8] 黄发垂髫二句：老人和儿童，都很愉悦快乐。　黄发：指老人。　垂髫（tiáo）：小孩子前额上垂下来的头发，此代指小孩。　怡然：快乐的样子。

[9] 具：通"俱"，全，都。

[10] 要：同"邀"，邀请。

[11] 咸：都。

[12] 自云先世避秦时乱句：自己诉说老祖先躲避秦代的战乱。

[13] 乃不知有汉二句：竟然连汉朝都不知道，更不要说魏晋了。　乃：竟然，居然。

[14] 此人一一为具言所闻：这个渔人把自己所知道的事情全部告诉他们。　为具言：为之具言，向他们全部说出。

[15] 延：邀请。

[16] 便扶向路：就顺着来时的路。　扶：沿着，顺着。　志：记，作标记。

[17] 诣：前往，拜见。

[18] 寻向所志：寻找先前所做的标志。

[19] 刘子骥：名麟之，晋代隐士，好游山水。　规往：计划前去。

[20] 寻：不久。

[21] 问津：问路，此处有访求之意。

鉴赏评析

本文是《桃花源诗》前面的序言，也是作者精心结撰的散文名篇。文章采用白描手法，以武陵渔人的行踪为线索，描绘其桃花源中的奇异经历。

内容大抵三部分：首段写渔人——桃花林芳景逗异趣，为文章序曲。二三段写渔人——桃花源妙境鲜见闻，为文章重心。四五段写渔人既出源——后访者寻踪皆未果，为文章尾声。留千古悬念，荡袅袅余音。

文中描绘的桃花源的生活图景，既体现了诗人对黑暗现实的不满与否定，也寄托了诗人美好的社会理想，同时也在一定程度上反映了广大民众反对压迫和剥削、追求和平幸福生活的思想愿望。

与宋元思书[1]

吴 均

风烟俱净,天山共色。从流飘荡[2],任意东西。自富阳至桐庐,一百许里[3],奇山异水,天下独绝。水皆缥碧[4],千丈见底,游鱼细石,直视无碍。急湍甚箭,猛浪若奔[5]。夹岸高山,皆生寒树;负势竞上,互相轩邈[6]。争高直指,千百成峰。泉水激石,泠泠作响;好鸟相鸣,嘤嘤成韵。蝉则千转不穷[7],猿则百叫无绝。鸢飞戾天者,望峰息心[8];经纶世务者,窥谷忘返[9]。横柯上蔽,在昼犹昏[10];疏条交映,有时见日[11]。

注释

[1] 关于作者与本篇:吴均(公元469—520年),字叔庠,吴兴故鄣(今浙江安吉)人。南朝梁文学家,官至奉朝请。其文工于写景,尤以小品书札见长,时人仿效之,称为"吴均体"。 《与宋元思书》:本文节选自《艺文类聚》,原文是作者写给朋友的书信,这是描绘富春江秀美风光的一段。 宋元思:作者朋友。有的版本作"朱元思"。

[2] 从流飘荡:随着江流飘荡。

[3] 自富阳至桐庐二句:从富阳到桐庐,百里左右的水路。 富阳:在今浙江富春江下游。 桐庐:在今浙江桐庐县,也在富春江边。 许:左右。

[4] 水皆缥碧:江水全是淡青色。 缥(piǎo)碧:淡青色。

[5] 急湍甚箭二句:迅急的江流比箭只还快,凶猛的波浪像野马狂奔。

[6] 负势竞上二句:山峰各凭其险峻地势,争相向上,看谁耸得更高,伸得更远。 轩邈:(伸展向)高远之处。 轩:高。 邈:远。

[7] 转:通"啭",鸟鸣,此指蝉叫。

[8] 鸢飞戾天者二句:追求功名利禄的人,见到这险峻的山峰,自会平息他们的私欲。 戾(lì):至。 鸢飞戾天:鸢飞到天上,比喻追求功名利禄的人。

[9] 经纶世务者二句:治理社会世务的人,看到这崇山幽谷,自然流连忘返。 经纶:经营,治理。

[10] 横柯上蔽二句:横斜的树枝在上面遮蔽着阳光,大白天也昏暗一片。 柯(kē):树枝。

[11] 疏条交映二句:稀疏的枝条交相掩映,偶尔看到几丝阳光。 交映:相互掩映。

鉴赏评析

"江山每得才人助，不遇才人不著名。"富春江胜景之所以驰名天下，也许同作者这段广告词似的激情飞动的文字描写不无关系。

文章围绕"奇山异水，天下独绝"的中心句而展开描写。内容共五层：首起绘天色、记游踪，并亮出"奇山异水"的重头评赞。而后从不同角度和侧面，先写"水"之奇绝；次写"山"之奇绝；再从声音方面，借泉水、好鸟、蝉啭、猿鸣等合笔渲染"山水"之奇绝；最后通过人心的震撼而强力烘托"山水"之奇绝。通篇以白描为主，间以渲染烘托，将沿途胜景描绘得如同配乐的图画，令人欣然神往。

三 峡[1]

郦道元

自三峡七百里中,两岸连山,略无阙处[2];重岩叠嶂,隐天蔽日;自非亭午夜分,不见曦月[3]。至于夏水襄陵,沿溯阻绝[4]。或王命急宣[5],有时朝发白帝,暮到江陵,其间千二百里;虽乘奔御风,不以疾也[6]。春冬之时,则素湍绿潭,回清倒影[7]。绝巘多生怪柏,悬泉瀑布,飞漱其间[8]。清荣峻茂,良多趣味。每至晴初霜旦,林寒涧肃,常有高猿长啸,属引凄异,空谷传响,哀转久绝[9]。故渔者歌曰:"巴东三峡巫峡长[10],猿鸣三声泪沾裳。"

注释

[1] 关于作者与本篇:郦道元(公元?—527年),字善长,北魏范阳(今河北涿州)人。曾官御史中尉、东荆州刺史。后为关右大使,雍州刺史萧宝寅叛乱,道元于赴任途中被萧杀害。撰有《水经注》,是颇具文学价值的地理巨著。 《三峡》:选自《水经注》卷三十四《江水》篇的一条注文,描绘了三峡的形势和四季风光。 三峡:瞿塘峡、巫峡和西陵峡的总称。

[2] 略无阙处:大抵上没有空缺的地方。 略:大抵。 阙:同"缺"。

[3] 自非亭午夜分二句:若不是正午和半夜,根本看不到太阳和月亮。 自非:若不是。 曦(xī):日光,代指太阳。

[4] 至于夏水襄陵二句:等到夏水高涨,漫上山陵,顺水、逆流的船只皆阻绝不通。 襄:上。 陵:山陵。 沿溯:顺水和逆流(的船只)。

[5] 或王命急宣:有时君主政令急需传达。

[6] 虽乘奔御风二句:即使乘坐骏马,驾着长风,也没有顺船而下来得快呀! 不以:不以(之)为。 疾:快。

[7] 素湍绿潭二句:雪白的浪花,碧绿的潭水,荡漾映射着岸树的清影。 湍(tuān):激流,此指浪花。

[8] 绝巘(yǎn):陡峭的山峰。 飞漱:飞落激荡。

[9] 霜旦:下霜的早晨。 涧肃:山涧一片肃静。 涧:夹在两山间的水沟。 属引:连续不断。 转:同"啭",形容声音转折。

[10] 巴东:汉郡名,在今四川东部云阳、巫山、奉节一带。

鉴赏评析

汹涌的长江沿途流出多少神奇的传说、动人的故事和壮丽的景色，尤其经过三峡之时，那雄伟瑰丽的自然风光，更令人叹为奇观。

本文大抵分四层：开篇总括三峡叠嶂的壮伟险峻，继写夏水暴涨时的浪猛舟速，转写春冬水落后的树静江清，末写霜旦峡岸的高猿哀鸣。

通篇采用白描，抓住季节特点，将三峡风物生动传神地展示在读者眼前。

山中与裴秀才迪书[1]

王 维

近腊月下,景气和畅,故山殊可过[2]。足下方温经[3],猥不敢相烦。辄便往山中,憩感配寺,与山僧饭讫而去[4]。

北涉玄灞,清月映郭[5]。夜登华子冈,辋水沦涟[6],与月上下。寒山远火,明灭林外[7]。深巷寒犬,吠声如豹[8]。村墟夜舂,复与疏钟相间[9]。此时独坐,童仆静默,多思曩昔携手赋诗,步仄径、临清流也[10]。

当待春中,草木蔓发,春山可望,轻鲦出水,白鸥矫翼,露湿青皋,麦陇朝雊[11],斯之不远,倘能从我游乎?非子天机清妙者,岂能以此不急之务相邀[12]?然是中有深趣矣,无忽[13]。因驮黄檗人往,不一[14]。

山中人王维白[15]。

注释

[1] 关于作者与本篇:王维(公元701—761年),字摩诘,祖籍祁州(今山西祁县),后移居蒲州(今山西永济)。唐代杰出诗人。开元九年(公元721年)进士,历任左拾遗、监察御史等职。安禄山陷长安时曾受伪职,乱平后,降为太子中允。后官尚书右丞。著有《王右丞集》。《山中与裴秀才迪书》:选自《王右丞集》,是作者在辋川别墅写给好友裴迪,并邀其前来别墅游赏的一封信。 裴秀才迪:即秀才裴迪。 裴迪:关中(今陕西)人,曾任蜀州刺史,是作者好友,早年和作者隐居终南山,游于辋川,互相唱和。

[2] 腊月下:腊月末。 故山:旧居之山,指自己隐居的辋川山中。 殊可过:特别值得游览。 过:走访,游览。

[3] 足下方温经:您正在温习经书(准备参加科举考试)。

[4] 辄便:常常趁便。 憩(qì):休息。 感配寺:寺院名,在今陕西蓝田县。 饭讫:吃完饭。 讫(qì):终于,完毕。

[5] 北涉玄灞二句:北渡灞水,清朗的月光映照城郭。 玄灞:即灞水。

[6] 华子冈:作者别墅的胜景之一。 辋水沦涟:辋水泛着微微的涟漪。

[7] 明灭:火光忽明忽暗的样子。

[8] 吠声如豹:狗叫声凶猛如豹。

[9] 村墟夜舂二句:村中夜晚捣米的声音,也和寺院钟声交错应和。 舂(chōng):捣米。

[10] 曩（nǎng）昔：先前，往昔。　仄径：狭窄的山间小路。

[11] 鲦（tiáo）：白鲦鱼。　矫翼：举翼，张开翅膀。　青皋：泽边青青的水田。皋：泽边地。　麦陇朝雊（gòu）：早晨麦田里野鸡鸣叫。

[12] 非子天机清妙者二句：不是你这样天性超尘脱俗、情思高妙的人，怎能用这类不迫切的事务相邀请呢？　天机：天性，本性。

[13] 然是中有深趣二句：可是，这景色之中有着浓郁的情趣呀，切莫小看。

[14] 因驮黄檗人往二句：因为载运黄檗的人前往（请他将信捎去），不再一一地赘述了。　黄檗（bò）：也叫黄柏，一种药材。

[15] 白：陈述。

鉴赏评析

作为志趣相投的诗友，裴迪早年曾与作者同居终南山，"诗赋相酬答为乐"；也曾与作者在辋川"浮舟往来，弹琴赋诗"；后来则因举进士而学务在身。作者想邀他游赏山庄，故写了这篇别富情趣的短信。

全文共三段。首段叙事：故山可访，但因对方正在温经，不忍心打扰，而独自游山。

次段记述独游所见的山庄夜景：点明清月、辋水、远火、寒犬、夜舂、疏钟；虽声色相映，动静结合，如处图画之中，却难免独游的孤寂。因而引起对往昔同游的怀恋："多思曩昔携手赋诗，步仄径、临清流也。"为下文相邀作了情感上的铺垫。

末段先以虚拟之笔，想象春天乍到时生机勃勃、万物遂春的明丽之景，而后自然提出邀请。多少肺腑，几许相思，尽括在"深趣""无忽"之中。

此文亦如其山水田园诗，白描之笔绘就了"诗中有画"的艺术特点。

记承天寺夜游[1]

苏 轼

元丰六年十月十二日夜[2],解衣欲睡,月色入户,欣然起行。念无与乐者,遂至承天寺,寻张怀民[3]。怀民亦未寝,相与步于中庭。

庭下如积水空明,水中藻荇交横[4],盖竹柏影也。

何夜无月?何处无竹柏?但少闲人如我两人耳。

注释

[1]《记承天寺夜游》:选自《东坡志林》。 承天寺:在今湖北黄冈。

[2] 元丰六年:公元1083年。 元丰:是宋神宗的年号(公元1078—1086年)。

[3] 张怀民:苏轼的朋友,名梦得。苏轼被贬黄州时,张怀民也谪居黄州,故后文有"两闲人"之说。

[4] 藻荇:泛指生长在水中的软草。

鉴赏评析

苏轼谪居黄州时,虽名为朝廷命官,实则近于流放,心底不时地涌出些许孤寂和愤懑。本文即是这种心境的写照。

文章分两层:首层记叙夜游时间、原因及方位,有如序言,起铺垫作用。

而后绘景抒情:月光似积水,平铺直叙着皎洁与清幽的隐曲;竹柏像藻荇,交错点缀着潇洒而斑驳的清影儿。面对此景,诗人在慨叹世俗的同时,也自怜自叹地以"闲人"自居,一个"闲"字,既透出自赏与陶醉,也传达了孤寂与无奈。

写景状物,纯用白描,物我交融,神采飞动。

寒花葬志[1]

归有光

婢，魏孺人媵也[2]。嘉靖丁酉五月四日死，葬虚丘[3]。事我而不卒，命也夫[4]！

婢初媵时，年十岁，垂双鬟[5]，曳深绿布裳。一日天寒，爇火煮荸荠熟，婢削之盈瓯[6]。余入自外，取食之。婢持去，不与。魏孺人笑之。孺人每令婢倚几旁饭，即饭，目眶冉冉动[7]。孺人又指余以为笑。回思是时，奄忽便已十年[8]。吁，可悲也已！

注释

[1]《寒花葬志》：选自《震川先生集》，是记事怀人的抒情散文。　寒花：女婢名。

[2] 魏孺人媵：是随着魏孺人陪嫁过来的使女。　魏孺人：指作者妻子。　孺人：女子的封号，明代七品官的妻子封为孺人。　媵（yìng）：陪嫁的使女。

[3] 嘉靖丁酉：即公元1537年。　嘉靖：明世宗的年号（公元1522—1566年）。虚丘：在今江苏昆山市东南。

[4] 事我而不卒：服侍我未能到命终。　卒：终，到头。

[5] 垂双鬟：垂着两个环形的发髻。　鬟：环形发髻。

[6] 爇（ruò）：烧。　荸荠（bí qi）：一种水生植物，地下茎叫荸荠，圆形，可食。盈瓯：满盆。　瓯：瓦盆。

[7] 倚几旁饭：靠在桌子旁边吃饭。　几：一种矮小的桌。　目眶冉冉动：眼睛忽闪忽闪地转动。　目眶：指眼睛。

[8] 奄忽：很快地。

鉴赏评析

这是别具一格的墓志铭。

侍婢寒花，即没有惊天动地的功业，也没有出类拔萃的德守，只是一普通女子而已。然作者通过具体小事的追忆，却写得清新有味儿。

全文共两段。首段记述侍婢身份、死亡时间、埋葬地点，重在"记"。

后段追忆往事：先忆其初来乍到时的第一印象，"垂双鬟，曳深绿布裳"。次忆荸荠趣事："婢削之盈瓯"，见我取食，即"持去，不与"，足见其天性纯真（亲远近疏，爱恶分明）。三忆其几旁用饭时"目眶冉冉动"的神态。重在"忆"。

抓住典型细节，采用白描手法，勾勒出鲜明的艺术形象，令人读之难忘。

湖心亭看雪[1]

张　岱

崇祯五年十二月[2]，余住西湖。大雪三日，湖中人鸟声俱绝。

是日，更定矣，余拏一小舟，拥毳衣炉火[3]，独往湖心亭看雪。雾凇沆砀[4]，天与云与山与水，上下一白。湖上影子，惟长堤一痕，湖心亭一点，与余舟一芥[5]，舟中人两三粒而已。

到亭上，有两人铺毡对坐，一童子烧酒，炉正沸。见余大喜，曰："湖中焉得更有此人？"拉余同饮。余强饮三大白而别[6]。问其姓氏，是金陵人，客此。及下船，舟子喃喃曰："莫说相公痴[7]，更有痴似相公者。"

注释

[1] 关于作者与本篇：张岱（公元1597—1679年），字宗子，一字石公，号陶庵，山阴（今浙江绍兴）人。出身官僚家庭，却无意科举仕进。明王朝覆灭后，他消极避世，隐居于浙江剡溪山中，一心从事著述。其小品文成就尤高，著有《陶庵梦忆》《西湖梦寻》等。《湖心亭看雪》：选自《陶庵梦忆》，篇中细致描写了湖心亭赏雪的景色和情趣。

[2] 崇祯五年：公元1632年。　崇祯：明思宗朱由检的年号（公元1628—1644年）。

[3] 余拏一小舟：我驾着一只小船儿。　拏（ná）：同"拿"，驾驶。　毳衣：用鸟兽细毛编织的衣服。　毳（cuì）：鸟兽的细毛。

[4] 雾凇沆砀（hàng dàng）：形容湖面上雾气茫茫的景象。　雾凇：水气在树枝上、房屋上凝成的白色质软的东西，类似冰花。　沆：大水。　砀：广大。

[5] 舟一芥：形容船小，像小草一样。

[6] 强饮三大白：勉强喝了三大杯。　大白：酒杯名。

[7] 相公：古代对上层社会年轻人的敬称。　痴：呆傻。

鉴赏评析

本文记述了平生素爱山水且曾栖居西湖的作者于隆冬雪夜独往湖心亭赏雪的情景。

首段点明大雪，且以"人鸟声俱绝"作有力烘托。中段描绘湖上雪景：先从大处、粗笔勾勒出"天、云、山、水，上下一白"的茫茫气象；再用"堤""亭""舟""人"的点点暗影作反衬，衬托出湖中雪景的诗情画意。末段写人物活动：亭中邂逅金陵客，两相惊喜，相邀共饮，其乐陶陶。结尾借舟子语

"莫说相公痴,更有痴似相公者",一个"痴"字,更委婉地透出作者超凡脱俗的高雅情趣。

通篇采用白描手法,绘景记游,历历眼前。

第十五讲　层层推进　谏辞悟君

伴君如伴虎。尤其君王在犯憎或暴怒的当口要作出某种重大而又危险的决策时，大臣们要成功劝阻，就必须设计出极为得力的谏诤之辞。

翻开中国史籍，自《左传》《战国策》而下，此类优秀的谏诤之辞每每出现。其突出特点在于：委婉曲折，层层推进，具有无可辩驳的说服力和沁人心脾的感染力。

烛之武退秦师[1]

《左传》

九月甲午，晋侯、秦伯围郑，以其无理于晋，且贰于楚也[2]。晋军函陵，秦军氾南[3]。

佚之狐言于郑伯曰[4]："国危矣，若使烛之武见秦君，师必退。"公从之，辞曰[5]："臣之壮也，犹不如人；今老矣，无能为也矣。"公曰："吾不能早用子。今急而求子，是寡人之过也。然郑亡，子亦有不利焉。"许之。

夜缒而出[6]，见秦伯曰："秦晋围郑，郑既知亡矣！若亡郑而有益于君，敢以烦执事[7]。越国以鄙远，君知其难也，焉用亡郑以陪邻[8]？邻之厚，君之薄也。若舍郑以为东道主，行李之往来，供其乏困[9]，君亦无所害。且君尝为晋君赐矣，许君焦、瑕，朝济而夕设版焉[10]，君之所知也。夫晋，何厌之有？既东封郑，又欲肆其西封，若不阙秦[11]，将焉取之？阙秦以利晋，唯君图之[12]。"

秦伯说[13]，与郑人盟。使杞子、逢孙、杨孙戍之[14]，乃还。

子犯请击之[15]。公曰："不可。微夫人之力不及此[16]。因人之力而敝之[17]，不仁；失其所与，不知[18]；以乱易整，不武[19]。吾其还也。"亦去之。

注释

[1]《烛之武退秦师》：选自《左传》僖公三十年（公元前630年）。主要记叙郑文公在秦晋围攻之下，派遣烛之武说服秦穆公，使之撤兵罢战之事。

[2] 晋侯：晋文公重耳。 秦伯：秦穆公。 无理于晋：指僖公二十三年（公元前637年），公子重耳出亡时经过郑国，郑文公不加礼待之事。 贰于楚：对晋国怀有二心，而亲近楚国。指僖公二十八年（公元前632年）晋楚城濮之战前，郑文公曾把郑国军队送交楚国指挥，即合兵对晋作战。

[3] 军：名词动用，驻扎。 函陵：地名，在今河南新郑市北。 氾（fán）：水名，即东氾水，今已干涸，故道在今河南中牟县南。

[4] 佚之狐：郑国大夫。 郑伯：郑文公。

[5] 辞：推辞，拒绝。

[6] 缒（zhuì）：用绳子系住放下去。

[7] 敢以烦执事：斗胆麻烦您的下人动动手。 敢：表示谦敬的副词。 执事：执行

事务的人，指秦穆公手下人。

[8] 越国以鄙远：遥隔着晋国而把远方的郑国作为边城。　鄙：边邑，名词动用，意为"以……为边邑"。　陪：通"倍"。增加。

[9] 东道主：东路上的主人，因郑国在秦国之东，可随时供应秦使的乏困，故称。后世以东道主泛指主人。　行李：出使之人，指外交使节。　共：同"供"，供应。

[10] 且君尝为晋君赐矣三句：况且您曾对晋惠公有恩惠，答应您用焦、瑕之地相报答，可是早上过河（当了国君），傍晚就修筑城墙（开始对您的防守）了。　晋君：指晋惠公，名夷吾。　赐：恩惠。　焦、瑕：二邑名，在今河南陕县附近。　济：渡河。　设版：筑墙。这是指僖公九年（公元前651年）之事，秦穆公曾派兵护送夷吾回国即位，夷吾当时答应割让焦、瑕等河外五城作为对秦穆公的报答，然而回国后却拒绝割地。

[11] 封：疆界，名词动用，意谓"以……为疆界"。　肆：扩张，延展。　阙：同"缺"，亏损，损害。

[12] 唯君图之：希望您考虑吧！　唯：表示希望。　图：考虑。

[13] 说：同"悦"，悦服。

[14] 杞子、逢孙、杨孙：三人都是秦国大夫。　戍之：驻军为郑国戍守。

[15] 子犯：晋大夫狐偃，字子犯。

[16] 微夫人之力不及此：不是他（指秦穆公）就没有我们的今天。此指僖公二十四年（公元前636年），流亡在外19年的重耳在秦穆公的帮助下终于回国为君之事。　微：无，不是。　夫人：那人（指秦穆公）。

[17] 因：依靠。　敝：伤害，损害。

[18] 所与：同盟者。　知：同"智"。

[19] 乱：内讧，自相攻击。　整：统一行动，步调一致。　不武：不合武德（止戈为武）。

鉴赏评析

在秦晋联合部队的包围下，郑国危在旦夕。关键时刻，烛之武不计个人荣辱而临危授命。凭其三寸之舌，鼓动一番辞说，轻巧地扫除了密布的战云，化解了一场可怕的战争。这就是《烛之武退秦师》的主要内容。

文章分三部分，始叙秦晋围郑，烛之武授命；末写秦晋先后撤军，战云风散。作者精心结撰的是中间部分——烛之武的说辞，大抵分五层。烛之武利用秦晋之间的矛盾，处处着眼于秦国利害而展开游说。先说亡郑对秦国无益；再从"邻厚君薄"的比邻关系，指出亡郑对秦有害；继而转言舍郑——对秦国不仅无害，反而有益。最后两层说到晋国，由昔而今：昔日的晋君曾对您过河拆桥，忘恩负义；今日的晋君呢，暂时利用您秦军灭郑——扩其东疆，进而将割您秦国领土——扩其西疆！有此盟军，后果如何，君当自思！

此番言辞，层层深入，既收到了分化、瓦解敌人阵营的良好效果，同时也体现了《左传》善记外交辞令的艺术特点。

蹇叔哭师[1]

《左传》

冬[2],晋文公卒。庚辰,将殡于曲沃[3]。出绛[4],柩有声如牛。卜偃使大夫拜[5],曰:"君命大事,将有西师过轶我,击之,必大捷焉[6]。"

杞子自郑使告于秦曰[7]:"郑人使我掌其北门之管,若潜师以来,国可得也[8]。"穆公访诸蹇叔,蹇叔曰:"劳师以袭远,非所闻也[9]。师劳力竭,远主备之。无乃不可乎?师之所为,郑必知之;勤而无所,必有悖心[10];且行千里,其谁不知!"

公辞焉[11]。召孟明、西乞、白乙,使出师于东门之外[12]。蹇叔哭之曰:"孟子[13],吾见师之出而不见其入也!"公使谓之曰:"尔何知,中寿,尔墓之木拱矣[14]!"蹇叔之子与师,哭而送之曰[15]:"晋人御师必于崤,崤有二陵焉[16]:其南陵,夏后皋之墓也;其北陵,文王之所辟风雨也[17]。必死是间,余收尔骨焉。"

秦师遂东[18]。

注释

[1]《蹇叔哭师》:节选自《左传》僖公三十二年、三十三年(公元前627年),是秦晋崤之战的序曲;秦穆公听了杞子的密报,便欲远袭郑国。蹇叔担心秦军将遭受晋军埋伏,力谏穆公而不听,便哭而送行。 蹇叔:秦国大夫。

[2] 冬:指鲁僖公三十二年(公元前628年)冬天。

[3] 庚辰:晋文公死后第二天,据王韬《春秋朔闰表》推算,是日当为十二月初十。殡(bìn):下葬前的停柩受吊仪式。 曲沃:在今山西翼城东南。

[4] 绛:晋国都城,故址在今山西翼城东南。

[5] 卜偃:指晋国卜筮官郭偃。

[6] 君命大事四句:君主任命我们重大事情,将有秦国军队越我边境,攻打他们,必获大胜。 西师:指秦军,因秦在晋西。 过轶:越境而过。

[7] 杞子:秦国大夫。

[8] 郑人使我掌其北门之管三句:郑人让我掌管他北门的锁钥,如果偷偷地派兵袭击,郑国就可以占领了。说明:鲁僖公三十年(公元前630年),秦晋合兵围郑,后在烛之武的劝说下,秦穆公与郑结盟,并派杞子等人在郑国驻军,代郑设防。 管:锁钥。潜师:偷偷地派兵前来。

[9] 劳师以袭远二句：劳师动众地袭击远方的国家，没听说过。

[10] 勤而无所二句：勤苦而无所得，必生叛乱之心。 悖（bèi）心：叛乱之心。

[11] 辞：拒绝，不听（劝告）。

[12] 孟明、西乞、白乙：三人都是秦国的将领。 孟明：姓百里，名视，字孟明。 西乞：复姓西乞，名术。 白乙：复姓白乙，名丙。

[13] 孟子：指百里孟明。

[14] 尔何知三句：你懂什么？若是一般年龄，你坟上的树该有合抱粗了。穆公此言是说：蹇叔该死不死。 中寿：60岁。 拱：两手合抱。

[15] 与师：参加了这次远征军。

[16] 晋人御师二句：晋国伏击的军队必然在崤山的两座山峰之间。 崤：山名，在今河南洛宁北，东接渑池界，西接陕西界，有东西二崤。 陵：山头。

[17] 夏后皋：夏代天子皋。 后：国君，天子。 皋：夏桀的祖父。 辟：同"避"。

[18] 遂东：于是向东进发。

鉴赏评析

蹇叔哭师是秦晋崤之战的序曲。

内容分三层：开篇写晋事——从亡君晋文公发布命令叙起，带有浓郁的神奇色彩。接着转而写秦——由间谍情报、穆公问计而引出蹇叔劝谏。"劳师以袭远"是谏词的纲领和核心，下面几层谏诤皆由此而引发。"师劳力竭""勤而无所"，是伸抒"劳师"之意；"且行千里""郑必知之"，是伸抒"袭远"之意。然而，蹇叔的苦谏并未唤醒决意出征而孤注一掷的秦穆公，于是便有了末段的蹇叔哭师。他先哭将帅的有去无回，再哭亲子必死于崤山二陵之间。从苦谏君主到哭送将、子，一位深谋远虑、忠耿不阿的诤臣形象跃然纸上。

子鱼论战[1]

《左传》

  宋公及楚人战于泓,宋人既成列,楚人未既济[2]。司马曰[3]:"彼众我寡,及其未既济也,请击之。"公曰:"不可。"既济而未成列,又以告。公曰:"未可。"既陈而后击之,宋师败绩[4]。公伤股,门官歼焉[5]。

  国人皆咎公[6]。公曰:"君子不重伤,不禽二毛[7]。古之为军也,不以阻隘也[8]。寡人虽亡国之余,不鼓不成列[9]。"子鱼曰:"君未知战。勍敌之人,隘而不列,天赞我也[10]。阻而鼓之,不亦可乎?犹有惧焉[11]。且今之勍者,皆我敌也。虽及胡耇,获则取之,何有于二毛[12]?明耻教战,求杀敌也[13]。伤未及死,如何勿重[14]?若爱重伤,则如勿伤[15]?爱其二毛,则如服焉[16]?三军以利用也,金鼓以声气也[17]。利而用之,阻隘可也[18];声盛致志,鼓儳可也[19]。"

注释

[1]《子鱼论战》:本文节选自《左传》僖公二十二年(公元前638年)。主要记述宋楚泓水之战,尤其宋国战败后子鱼有关战争的精辟论述。　子鱼:宋襄公的异母兄弟,官为司马。

[2] 宋公:宋襄公,春秋时宋国的国君。　泓(hóng):水名,在今河南柘城西。成列:布好了阵势。　未既济:没有全部渡河。　济:渡过。

[3] 司马:官名,是统领军队的高级长官,此指子鱼。

[4] 既陈而后击之:等楚军布好阵势后发起进攻。　陈:同"阵"。　败绩:大败。

[5] 伤股:伤了大腿。　门官:侍卫官。　歼:消灭(战死)。

[6] 咎:责备,怪罪。

[7] 不重伤:不再伤害已经受伤之人。　禽:同"擒",俘获。　二毛:头发花白的老人。

[8] 古之为军也二句:古代人领兵打仗,不乘用敌人的困阻和险隘。　为军:治军。以:凭借,依靠,乘用。

[9] 寡人虽亡国之余二句:我虽是亡国之君的后代,也决不进攻没有摆好阵势的敌军。　亡国之余:亡国之君的后代。因宋国宗室原本是被周武王灭掉的商朝的后代,故云。

[10] 勍敌之人:强劲的敌军,指楚军。　勍(qíng):强。　天赞我也:是老天帮助

我们啊！ 赞：帮助。

［11］阻而鼓之：乘其受阻而进攻。 鼓：击鼓（进攻）。 犹有惧也：还担心不能取胜呢？

［12］虽及胡耇三句：即使年龄很高的敌人，只要能俘获就抓回来，何况对于头发花白的敌人呢？ 胡耇（gǒu）：老人。

［13］明耻教战二句：讲明国耻（受外敌侵犯），教导作战，就是为了杀死敌人。

［14］伤未及死二句：受伤还没死，怎能不再伤害？

［15］若爱重伤二句：如果同情敌人再受伤害，何如压根儿就不伤害（他们）？ 爱：同情，怜悯。

［16］爱其二毛二句：如果同情敌人头发花白，不如（尊敬）服从他们算了。 服：尊敬，服从。

［17］三军以利用也二句：军队是根据有利的时机而行动的，金鼓是用来声张士气的。 用：使用，调动。 声气：声张士气，鼓舞士气。

［18］利而用之二句：根据有利的时机行动，那么乘敌人的困阻而进攻是可以的。

［19］声盛致志二句：声响强大，士气高涨，进攻没有摆好阵势的敌人是可以的。 致志：激发斗志。 儳（chán）：不整齐的样子，此指未成列的敌军。

鉴赏评析

《子鱼论战》，题为论战，实则是对宋襄公愚蠢的战争思想的批评。

首段记战事——突出宋襄公连误战机而致败，自然引出后段宋襄公面对国人怪咎的辩解以及子鱼毫不客气的批评。

宋襄公的愚蠢主要体现在对敌仁慈——即"不以阻隘""不重伤""不擒二毛""不鼓不成列"等方面。对此，司马子鱼给予有力批驳。"君未知战"一句，先从总体上加以否定，继而先驳其"不鼓不成列"，次责其"不擒二毛"，再斥其"不重伤"，最后说到"不以阻隘"。

逐条论说，层层深入，既阐明了正确的战争思想，也为迂腐的宋襄公上了一次深刻的军事理论教育课。

触龙说赵太后[1]

《战国策》

赵太后新用事,秦急攻之[2]。赵氏求救于齐。齐曰:"必以长安君为质[3],兵乃出。"太后不肯,大臣强谏。太后明谓左右:"有复言令长安君为质者,老妇必唾其面。"

左师触龙愿见太后,太后盛气而揖之[4]。入而徐趋[5],至而自谢,曰:"老臣病足,曾不能疾走,不得见久矣。窃自恕,而恐太后玉体之有所郄也[6]。故愿望见太后。"太后曰:"老妇恃辇而行[7]。"曰:"日食饮得无衰乎?"曰:"恃粥耳[8]。"曰:"老臣今者殊不欲食。乃自强步,日三四里,少益嗜食,和于身也[9]。"太后曰:"老妇不能。"太后之色少解[10]。

左师公曰:"老臣贱息舒祺,最少,不肖[11],而臣衰,窃爱怜之。愿令得补黑衣之数[12],以卫王宫。没死以闻[13]。"太后曰:"敬诺。年几何矣?"对曰:"十五岁矣。虽少,愿及未填沟壑而托之[14]。"太后曰:"丈夫亦爱怜其少子乎?"对曰:"甚于妇人。"太后笑曰:"妇人异甚。"对曰:"老臣窃以为媪之爱燕后贤于长安君[15]。"曰:"君过矣,不若长安君之甚。"左师公曰:"父母之爱子,则为之计深远。媪之送燕后也,持其踵为之泣[16],念悲其远也,亦哀之矣。已行,非弗思也,祭祀必祝之,祝曰:'必勿使反[17]。'岂非计久长,有子孙相继为王也哉?"太后曰:"然。"左师公曰:"今三世以前,至于赵之为赵,赵主之子孙侯者,岂继有在者乎[18]?"曰:"无有。"曰:"微独赵,诸侯有在者乎[19]?"曰:"老妇不闻也。""此其近者祸及身,远者及其子孙,岂人主之子孙则必不善哉[20]?位尊而无功,奉厚而无劳,而挟重器多也[21]。今媪尊长安君之位,而封之以膏腴之地[22],多予之重器,而不及今令有功于国。一旦山陵崩[23],长安君何以自托于赵?老臣以媪为长安君计短也,故以为其爱不若燕后。"太后曰:"诺,恣君之所使之[24]!"于是为长安君约车百乘,质于齐,齐兵乃出[25]。

子义闻之曰[26]:"人主之子也,骨肉之亲也,犹不能恃无功之尊,无劳之奉,而守金玉之重也,而况人臣乎?"

注释

[1]《触龙说赵太后》：本文选自《战国策·赵策四》，主要记叙赵国面对强秦压境，而在长安君质齐问题上触龙对赵太后的劝说之辞。　触龙：赵国官员。　说（shuì）：用话相劝。　赵太后：赵惠文王后，赵孝成王母。

[2] 新用事：刚刚掌权。公元前265年，惠文王死，孝成王立为国君，因其年幼，故由赵太后执政。

[3] 长安君：赵太后宠爱的小儿子，其封号为长安君。　质：抵押品。

[4] 左师：官名。战国时赵国的左师，是位高的闲职，常用来优待老臣。　盛气而揖之：怒气冲冲地等待他。　揖：又作"胥"，等待。

[5] 入而徐趋：进门后，做出快走的姿势，速度却很缓慢，一是因为有脚疾，二是想缓解紧张气氛。

[6] 窃自恕：私下原谅自己。　玉体：贵体。　郄：同"隙"，欠缺，不舒适。

[7] 恃辇而行：靠坐车子行动。　辇（niǎn）：古代国君乘的车子。

[8] 恃粥耳：靠喝点儿粥罢了。

[9] 少益嗜食二句：稍微增加点儿食欲，舒服身心。　益：增加。　嗜：喜爱，爱好。

[10] 太后之色少解：太后的怒气稍微消除一些。　解：缓和，消退。

[11] 贱息：谦称自己的儿子。　息：子。　不肖：不成材。

[12] 补黑衣之数：充当宫中卫士。　黑衣：戎服，宫中卫士所穿，此代指卫士。

[13] 没死以闻：冒着死罪向您请求。　没死：冒死罪。　闻：使……听闻。

[14] 愿及未填沟壑而托之：希望趁我未死之前把他托付给您。　填沟壑：代指死亡，言死而不得掩埋。

[15] 老臣窃以为句：我私自认为您爱您的女儿燕后超过了长安君。　媪（ǎo）：对老年妇女的尊称。　燕后：赵太后之女，嫁给燕国国君为后。　贤：胜过，超过。

[16] 持其踵为之泣：拉着燕后的脚跟，向她哭泣。

[17] 必勿使反：千万不要再回来啊！古时远嫁他国的诸侯之女一般不回娘家，除非她本人被废弃或遭遇亡国之祸才回来。　反：同"返"。

[18] 今三世以前四句：从现在数起，三代以前，直到赵氏当初成为赵国之时，赵王子孙被封为侯伯的，其后人还有存在的吗？　侯者：被封为侯的。　其继：其后代人。

[19] 微独赵二句：不仅仅赵国，其他诸侯国子孙被封为侯的，其后人还有存在的吗？　微独：不仅，非但。

[20] 此其近者三句：这就是，报应快时灾祸延及自身，报应慢时灾祸延及到子孙，难道是人主的子孙就一定不善良吗？

[21] 位尊而无功三句：地位尊贵而没有功勋，俸禄丰厚而没有劳绩，但其拥有的权

利珍宝却太多了。　挟：拥有，掌握。　重器：金玉珍宝和钟鼎等器物，是权力和财富的象征。

［22］膏腴之地：肥沃的土地。

［23］山陵崩：古代常用山陵崩比喻国君死亡。此处婉言赵太后之死。

［24］恣君之所使之：任凭您如何安排他。　恣：听任。　使：安排。

［25］约车百乘：准备车子一百辆。

［26］子义：赵国的贤士。

鉴赏评析

秦军的急攻猛打使得赵国国运岌岌可危，齐国的营救条件又使太后爱子受到胁迫，在国家与爱子之间，赵太后一时犯惜，竟为了爱子的平安而置国家于不顾。于是便有了《触龙说赵太后》这段精彩故事。

文章分三部分。首段交代背景，自然引出中间（二三自然段）触龙的出场、说辞以及国难的化解。结尾借子义之口揭示写作意图。

触龙的说辞是文中的重头戏，大抵分五层。面对盛气凌人的赵太后，他只好采用"曲线救国"的迂回辞说。先询问对方身体、饮食，以缓解剑拔弩张的气氛及其敌对心理；而后以托子入锦衣卫为引线引出爱子问题。"父母之爱子，则为之计深远"，为谏辞之纲。继而引证赵主及诸侯绝嗣的事例说明父母一味溺爱而不计深远的做法只能是害子。最后归结到太后对长安君的前程安排，只知给予珍宝重器、膏腴之地，而不令其有功于国，将来他怎能自立于赵？

此番说辞，动之以情，晓之以理，将爱国与爱子统一起来，层层推进，由浅入深，从而说服赵太后——令长安君入齐为质，化解了国家的危难。

邵公谏厉王弭谤[1]

《国语》

厉王虐[2]，国人谤王。邵公告王曰："民不堪命矣[3]。"王怒，得卫巫[4]，使监谤者。以告[5]，则杀之。国人莫敢言，道路以目[6]。

王喜，告邵公曰："吾能弭谤矣，乃不敢言。"

邵公曰："是障之也[7]。防民之口，甚于防川。川壅而溃，伤人必多；民亦如之[8]。是故为川者决之使导，为民者宣之使言[9]。故天子听政，使公卿至于列士献诗，瞽献曲，史献书[10]；师箴，瞍赋，矇诵[11]；百工谏，庶人传语[12]，近臣尽规，亲戚补察[13]；瞽史教诲，耆艾修之[14]，而后王斟酌焉。是以事行而不悖[15]。民之有口也，犹土之有山川也，财用于是乎出[16]；犹其有原隰衍沃也，衣食于是乎生[17]。口之宣言也，善败于是乎兴[18]。行善而备败，所以阜财用衣食者也[19]。夫民，虑之于心而宣之于口，成而行之，胡可壅也[20]？若壅其口，其与能几何[21]？"

王不听，于是国人莫敢出言。三年，乃流王于彘[22]。

注释

[1] 关于《国语》与本篇：《国语》是我国较早的国别体历史著作，记述了自周穆王十二年（公元前990年）到周贞定王十六年（公元前453年）有关周、鲁、齐、晋、楚、越等各国的史实。司马迁、班固认为其作者是春秋后期的左丘明，现代学者多认为是战国初期的著作，是一部经过整理加工的史料集，作者已不可考。《国语》记言多于记事，载述了春秋时期许多历史人物的言论。用词朴实、简洁，文学成就似不及《左传》，但也不乏较为生动的文字。　《邵公谏厉王弭谤》：本文选自《国语·周语上》，着重记述邵穆公规劝周厉王废除暴政和弭谤愚行的一段谏辞。　邵（shào）公：即邵穆公，名虎，周之卿士。　厉王：周厉王，名胡，夷王之子，在位37年（公元前878—842年）。　弭谤：消除谤言。

[2] 虐：暴虐，残暴。

[3] 堪：忍受。　命：政令。

[4] 卫巫：卫国的巫者。

[5] 以告：即"以之告（王）"的省略写法。

[6] 道路以目：人们在路上相遇，只能以目光打招呼，即敢怒不敢言。

[7] 是障之也：这就是堵塞民众之口啊。　障：堵塞。

［8］川壅而溃三句：河流堵塞而崩溃，必然淹溺很多人，百姓之口也是这样。　壅：堵塞。　溃：决口泛滥。

［9］为川者决之使导二句：治水的人放开水流使之畅通（流入大海），治民的人开导百姓使之畅所欲言。　决：放。　导：疏导，使水流通。　宣：引导。

［10］列士：周代有上士、中士、下士，故称。　献诗：指搜集讽喻政事的民歌献给朝廷，使天子了解民情。　瞽献曲二句：盲乐官进献乐曲，史官进献史书（以为治国之鉴）。　瞽：盲人，此指失明的乐师。　史：史官。

［11］师箴，瞍赋，矇诵：少师向国君进献箴言，有瞳盲人朗诵（公卿之）诗篇，无瞳盲人诵读史籍和箴言。　师：少师，乐官。　箴（zhēn）：规谏的言辞。　瞍（sǒu）：盲人，无眸子者曰"瞍"。　赋：朗诵。　矇：也是盲人，有眸子而无所见者曰"矇"。　诵：指诵读箴文。

［12］庶人传语：平民的意见间接地传达给国王。

［13］近臣尽规二句：常在国王身边的人各尽规谏之责，亲戚们鉴察国王行为，弥补其过失。　补：弥补（王过）。　察：鉴察（王行）。

［14］瞽史教诲二句：乐官（用乐曲）、史官（用史籍）教诲国王，年高德重的元老指导帮助国王。　耆：60岁的人。　艾：50岁的人。　修：整治，此处有指导帮助之意。

［15］不悖：不违背事理。　悖（bèi）：违背。

［16］财用于是乎出：财富和用度皆由山川产生。

［17］犹其有原隰衍沃二句：如同土地之有原、隰、衍、沃，衣食等生活资源由此而生。　其：指土地。宽阔平坦的土地叫"原"，低下潮湿的土地叫"隰"（xí），低下而平坦的土地叫"衍"，有河流可资灌溉的土地叫"沃"。

［18］口之宣言也二句：让百姓开口，畅所欲言，政事的好坏才能体现出来（得到考察）。

［19］行善而备败二句：百姓认为好的就实行，不好的加以废止（防备），以此来增加财富、器用、衣着、吃穿等生活资料啊！

［20］成而行之二句：民众考虑成熟了，自然要流露出来，怎么能加以堵塞呢？　成：考虑成熟，深思熟虑。　行：自然流露。

［21］若壅其口二句：如果堵塞民众之口，赞成的能有几人呢？　与：赞成。

［22］流王于彘：将厉王放逐到彘地。　彘：晋地，在今山西霍县境内。

鉴赏评析

厉王的暴虐惹得民怨沸腾，竟又变本加厉地指使卫巫监杀谤者；邵公的劝谏也耳旁风似地不为采纳，最后不得不接受为民放逐的厄运和浩劫。本文即简要地记述了这一过程。

文章三部分。开篇记叙暴虐致怨，篇末交代"流王于彘"的结局；中间邵公的谏辞是全文的重心所在。

"防民之口,甚于防川"是这段谏辞的核心句,其下内容皆由此而逐层生发,即由"为川者"说到"为民者",由"为民者宣之使言"说到"天子听政"而暗比厉王的倒行逆施。接下去再以生动的比喻阐明"口之宣言"的积极意义,并点明"壅民之口"的可怕后果。

层层推进,义理昭彰,辞情恳切。

晏子使楚[1]

《晏子春秋》

晏子将使楚。楚王闻之，谓左右曰："晏婴，齐之习辞者也[2]。今方来，吾欲辱之，何以也[3]？"左右对曰："为其来也，臣请缚一人过王而行。王曰：'何为者也？'对曰：'齐人也。'王曰：'何坐[4]？'曰：'坐盗。'"

晏子至，楚王赐晏子酒。酒酣，吏二缚一人诣王[5]。王曰："缚者曷为者也[6]？"对曰："齐人也，坐盗。"王视晏子曰："齐人固善盗乎[7]？"晏子避席而对曰："婴闻之，橘生淮南则为橘，生于淮北则为枳，叶徒相似，其实味不同[8]。所以然者何？水土异也。今民生长于齐不盗，入楚则盗，得无楚之水土使民善盗耶？"

王笑曰："圣人非所与熙也，寡人反取病焉[9]。"

注释

[1] 关于作者与本篇：晏子（生卒年不详），名婴，字平仲。春秋时齐国人，曾为齐国的国相。相传他著有记载晏子言行的《晏子春秋》，但也有人认为该书为后人编写。《晏子使楚》：选自《晏子春秋》，主要记载晏子通过巧妙的辞令挫败楚王精心设计的窘辱而维护自身及国家尊严的故事。

[2] 习辞者：熟悉辞令、善于讲话的人。

[3] 何以：以何，用什么办法。

[4] 何坐：犯了什么罪。　坐：犯罪。

[5] 酒酣：喝酒喝到兴头上。　诣王：到国王面前。　诣：到，往。

[6] 曷为：何为，干什么的。

[7] 固：本来。

[8] 橘生淮南则为橘二句：橘树生长淮河以南是橘树，生长淮河以北就成了枳树。枳（zhǐ）：也叫枸橘，果实酸苦。其实橘和枳原本是两种不同的树木，由于当时科学水平的限制，晏子认为橘到淮北就异化成了枳树。

[9] 圣人非所与熙也二句：圣人是不能随意戏笑的，我这是自讨没趣呀！　熙：同"嬉"，戏弄，开玩笑。　取病：自讨没趣，自取其辱。

鉴赏评析

这是一篇以记言为主的散文，叙写晏子出使楚国，用巧妙的外交辞令折服楚王，维护国家尊严的故事。

　　文章分三层。首段写楚王为侮辱齐使而进行的群体性精心策划，为后面的故事预作铺垫和反衬。中段写外交场上针锋相对的斗争。宴席之上，面对楚王预先设计的挑衅和侮辱，晏子随机应变，从容对答。先用橘树在淮南与淮北的变化说明"水土异也"的道理，并以此为论据，而归纳出"今民生长于齐不盗，入楚则盗"的变化缘由，从而将楚王预设的圈套轻巧地反套在楚王自己的脖颈。于是引出篇末楚王无可奈何的自我解嘲。

　　巧妙而尖锐的外交辞令，充分展示了晏子机智善变的才华及其不畏强权、不辱使命的胆略和品格。

庖丁解牛[1]

《庄子》

庖丁为文惠君解牛[2]，手之所触，肩之所倚，足之所履，膝之所踦，砉然响然，奏刀騞然，莫不中音[3]。合于《桑林》之舞，乃中《经首》之会[4]。

文惠君曰："嘻，善哉！技盖至此乎[5]？"

庖丁释刀而对曰："臣之所好者道也，进乎技矣[6]。始臣之解牛之时，所见无非牛者；三年之后，未尝见全牛也。方今之时，臣以神遇而不以目视，官知止而神欲行[7]。依乎天理，批大郤，导大窾，因其固然[8]；技经肯綮之未尝，而况大軱乎[9]？良庖岁更刀[10]，割也；族庖月更刀，折也。今臣之刀十九年矣，所解数千牛矣，而刀刃若新发于硎。彼节者有间，而刀刃者无厚，以无厚入有间，恢恢乎其于游刃必有余地矣[11]。是以十九年而刀刃若新发于硎。虽然，每至于族，吾见其难为，怵然为戒[12]；视为止，行为迟，动刀甚微。謋然而解，如土委地，提刀而立，为之四顾，为之踌躇满志，善刀而藏之[13]。"

文惠君曰："善哉！吾闻庖丁之言，得养生焉。"

注释

[1]《庖丁解牛》：本文节选自《庄子·养生主》，主要通过庖丁解牛的理论，而启迪世人随顺自然，适应社会，领悟养生之道。　庖丁：厨师。一说：名字叫丁的厨师。　解牛：宰牛。

[2] 文惠君：即魏国国君梁惠王（公元前369—前319年在位）。

[3] 履：踩，踏。　踦（jǐ）：抵住，顶住。　砉（huā）：皮骨相离的声音。　奏刀：进刀。　騞（huò）：用刀解物的声音。　中音：合于音乐节奏。

[4] 合于《桑林》之舞二句：合乎《桑林》舞蹈的节拍，也合乎《经首》乐曲的节奏。　《桑林》：传说中商汤时代的乐曲名。　《经首》：传说中唐尧时的乐曲名。

[5] 技盖至此乎：技艺怎么达到如此高超的境界呀！　盖：通"盍"，为何。

[6] 臣之所好者二句：我所追求的是深刻掌握事物的规律，远超过一般的技术了。道：指对事物规律的深刻掌握。　进：超过。

[7] 臣以神遇二句：我凭着精神意识解牛，而不用眼睛看；感觉器官停止了，而精神在活动。　官知：指感觉器官，如眼、耳等。　神欲：指精神活动。

[8] 依乎天理四句：根据牛体天然的结构，从大的空隙里下刀，沿着骨缝前进，顺应它本来的结构。　天理：指牛体天然的结构。　批：击，砍。　郤：同"隙"。　导：沿

着。 窾（kuǎn）：空穴，指骨节间的窍穴。

[9] 技经肯綮之未尝二句：经络相连、筋脉交错的地方都不（用刀）硬碰，何况那大腿骨呢？ 技经：筋脉经络相连之处。 肯：粘着骨头的肉。 綮（qìng）：筋肉聚结处。 大軱（gū）：指大腿骨。

[10] 族庖：指技术一般的厨师。

[11] 恢恢乎：形容宽绰有余的样子。

[12] 族：此指筋骨交错之处。 怵（chù）然：警惕的样子。

[13] 謋（huò）然：形容骨肉相离的声音。 委：弃，散落。 善刀：把刀擦拭干净。 善：同"缮"，擦拭，整理。

鉴赏评析

文章旨在说明养生处世的哲理。

首段以夸张之笔渲染庖丁解牛技艺的精妙绝伦，竟合乎音乐、舞蹈的节拍，为下文理论的阐发预作铺垫。中间由文惠君的赞叹自然引出庖丁的解牛理论。大抵五层：先一语破的地道出技艺精湛的原因在于"好道"；接着剖析技艺逐步精进的过程：由"始解之时""三年以后"直到"方今之时"的出神入化；再通过刀的更换以及与良庖、族庖的对比进而揭示十九年刀刃如新砺的原因在于"以无厚入有间"；最后说到敬业精神和态度：尽管技艺超绝，关键时刻仍慎之又慎，不敢掉以轻心。"以无厚入有间，恢恢乎其于游刃必有余地矣"，是庖丁解牛十九年的经验结晶，它启迪了文惠君，从而引起篇末概括性的赞叹："善哉！吾闻庖丁之言，得养生焉。"大意是，我要像庖丁那样掌握事物（社会）规律，以便在人间各种矛盾的夹缝中游刃有余地明哲保身、养生处世。

文章结构自然，脉络清晰，尤其庖丁的说辞，步步深入，层层推进，大有"一唱雄鸡天下白"的启迪意义。

草庐对[1]

陈 寿

亮躬耕陇亩，好为《梁父吟》，身长八尺，每自比于管仲、乐毅，时人莫之许也[2]。惟博陵崔州平、颍川徐庶元直，与亮友善，谓为信然[3]。

时先主屯新野[4]。徐庶见先主，先主器之[5]，谓先主曰："诸葛孔明者，卧龙也，将军岂愿见之乎？"先主曰："君与俱来。"庶曰："此人可就见，不可屈致也，将军宜枉驾顾之[6]。"

由是先主遂诣亮[7]，凡三往，乃见。因屏人曰[8]："汉室倾颓，奸臣窃命，主上蒙尘[9]。孤不度德量力，欲信大义于天下，而智术短浅，遂用猖獗[10]，至于今日。然志犹未已[11]，君谓计将安出？"

亮答曰："自董卓已来，豪杰并起，跨州连郡者不可胜数[12]。曹操比于袁绍，则名微而众寡[13]。然操遂能克绍，以弱为强者，非惟天时[14]，抑亦人谋也。今操已拥百万之众，挟天子以令诸侯[15]；此诚不可与争锋。孙权据有江东，已历三世，国险而民附，贤能为之用；此可以为援而不可图也[16]。荆州北据汉沔，利尽南海，东连吴会，西通巴蜀，此用武之国，而其主不能守[17]；此殆天所以资将军[18]，将军岂有意乎？益州险塞，沃野千里，天府之土，高祖因之以成帝业[19]。今刘璋闇弱，张鲁在北，民殷国富而不知存恤[20]。智能之士思得明君。将军既帝室之胄，信义著于四海，总揽英雄[21]，思贤若渴。若跨有荆益，保其岩阻，西和诸戎，南抚夷越[22]，外结好孙权，内修政理。天下有变，则命一上将将荆州之军以向宛洛，将军身率益州之众出于秦川，百姓孰敢不箪食壶浆以迎将军者乎[23]？诚如是，则霸业可成[24]，汉室可兴矣。"先主曰："善！"于是与亮情好日密。关羽、张飞等不悦，先主解之曰："孤之有孔明，犹鱼之有水也。愿诸君勿复言！"羽、飞乃止。

注释

[1] 关于作者与本篇：陈寿（公元233—297年），字承祚，安汉（今四川南充）人。蜀汉时为观阁令史，入晋后历任著作郎、治书侍御史。晚年，集合三国时官私著作，著成《三国志》。《草庐对》：本文节选自《三国志·诸葛亮传》，主要记载诸葛亮与刘备三顾茅庐时关于天下形势的一番对答。篇名又题作《隆中对》。

[2] 亮：诸葛亮（公元181—234年），字孔明，阳都（今山东沂南南）人，曾为蜀

汉丞相。　陇亩：田地。　《梁父吟》：也作《梁甫吟》，汉乐府楚调曲名，多咏有志难伸、感慨不平的情怀。　管仲：名夷吾，春秋时齐国名相，曾辅佐齐桓公建立霸业。　乐毅：战国时燕国大将，曾大破齐国，攻下七十余城。　莫之许：没有人承认他。

[3] 博陵：郡名，在今河北深州市一带。　颖川徐庶元直：颖川人徐庶，字元直。颖川：郡名，在今河南禹县一带。　信然：确实这样。

[4] 先主：刘备。　屯：驻扎。

[5] 器：器重，重视。

[6] 就见：前往（凑近）相见。　屈致：委屈地招致。　枉驾：屈尊劳驾。　顾：拜访，看望。

[7] 诣：到，往（访）。

[8] 屏人：挥退左右之人。

[9] 奸臣窃命：指董卓、曹操等先后挟持皇帝，把持朝政。　窃命：盗用皇帝的命令。　蒙尘：蒙受风尘，指帝王流离迁徙。当时京都在洛阳，曹操却挟持汉献帝迁于许昌。

[10] 孤：刘备自称。　信：同"伸"，伸张。　猖獗：也作"猖蹶"，有"倾覆""失败"之意。

[11] 志犹未已：志向还没消除。　已：停止。

[12] 自董卓已来三句：指东汉光熹四年（公元189年），凉州刺史董卓乘宦官杀何进之机而率兵入京，废少帝，立献帝，把持朝政，以至军阀混战之事。

[13] 曹操比于袁绍二句：曹操与袁绍相比，名位低微，军队也少。　曹操：字孟德，谯县（今安徽亳县）人，在讨伐董卓时任骁骑校尉。　袁绍：字本初，汝南人，东汉末任渤海太守，曾占据冀、青、幽、并四州。

[14] 克：战胜。　非惟：不仅在于。

[15] 挟天子以令诸侯：挟持着皇帝，向诸侯发号施令。指曹操控制着汉献帝，以天子名义驾驭各方军阀。

[16] 孙权：字仲谋，吴郡富春（今浙江富春）人。他继承父兄基业，占据江东，后来成为吴国的开国皇帝。　国险而民附：地势险要，民众归附。　为援而不可图：相互支援而不可暗中谋取。

[17] 汉沔（miǎn）：指汉水（因为汉水的上游叫沔水）。　吴会（kuài）：吴郡和会稽郡的合称。　其主不能守：指荆州牧刘表平庸乏才，不能守卫荆州。

[18] 殆：大概。　资：资助，给予。

[19] 益州：治所在成都，所辖之地包括四川全境及陕西南部一带。　高祖因之以成帝业：汉高祖刘邦即依靠此地建立了帝王之业。

[20] 刘璋：字季玉，当时为益州刺史。　闇弱：昏庸懦弱。　张鲁：字公祺，东汉末年以"五斗米道"的宗教形式组织农民武装，占据益州北部的汉中郡。刘璋曾杀张鲁母

亲及兄弟，遂为世仇。　存恤：存问爱惜。

[21] 帝室之胄（zhòu）：皇帝的后代。刘备是汉景帝刘启的儿子中山靖王刘胜的后代。　总揽：广泛地招揽。

[22] 跨有荆益：统领荆州和益州。　跨：占据，据有。　岩阻：险阻。　诸戎：泛指古代我国西部各少数民族。　夷越：泛指古代我国南部各少数民族。

[23] 将荆州之军以向宛洛：率领荆州的军队向曹操统辖的南阳、洛阳进兵。　秦川：指秦岭以北的渭水平原，在今陕西、甘肃两省境内。　箪食壶浆：筐盛食物，壶盛水浆。

[24] 诚如是：果真是这样。　霸业：指统一全国的事业。

鉴赏评析

题目《草庐对》，因其所载内容即草庐之中诸葛亮与刘备的一番对答。

选文有四段，首段介绍诸葛亮其人，次段写徐庶荐贤，再由先主草庐问计引出诸葛亮对答，最后叙君臣情结鱼水。

作者着力描绘的是诸葛亮的答辩。他感激于刘备的礼贤下士、推心置腹，在高瞻远瞩地纵论天下形势的同时，也制定出相应的策略，从而分层分步地为刘氏基业拟定了宏伟的发展蓝图。

其内容大抵有五层：先总括天下大乱、军阀割据的时局。次论北方曹操，其现状——"挟天子以令诸侯"；其对策——"此诚不可与争锋"。再论江东孙权，其现状——国险民附，历治三世；其对策——"可以为援而不可图"。继而说荆、益，其现状——物阜民服，其主庸懦；其对策——天资将军，当取则取。最后由刘备其人谈到占领荆、益之后的策略：外结好孙权，内修政理，待北方有变，则荆、益大兵双双齐发，从而收复汉室，成就霸业。

此番说辞，步步深入，层层推进，既客观地剖析了天下大势，又切实地制定了行政方略，遂成为其后十余年刘氏政权的治政方针（自公元 207 年三顾茅庐至 221 年建立蜀国），所谓"未出茅庐而知三分天下"，足见诸葛亮的雄才大略，远见卓识。

第十六讲　喻象重重　联翩而至

不论日常生活中，还是写作过程中，有些睿智的人物往往通过简单的比喻将复杂的事理变得通俗晓畅。在此基础上衍生的多重喻体则往往通过众多的形象将深奥得难以表述的道理表述得生动透辟，明白易懂。因此，在阐发深奥理论的论说文中，作者免不了要动用多重喻象，以博得化玄奥为浅俗的艺术效果。

劝　学[1]

《荀子》

君子曰："学不可以已[2]。"青，取之于蓝[3]，而青于蓝；冰，水为之，而寒于水。木直中绳，𫐓以为轮，其曲中规[4]。虽有槁暴，不复挺者，𫐓使之然也[5]。故木受绳则直，金就砺则利，君子博学而日参省乎己，则知明而行无过矣[6]。

故不登高山，不知天之高也；不临深谿[7]，不知地之厚也；不闻先王之遗言，不知学问之大也。干、越、夷、貉之子，生而同声，长而异俗，教使之然也[8]。诗曰[9]："嗟尔君子，无恒安息[10]。靖共尔位，好是正直[11]。神之听之，介尔景福[12]。"神莫大于化道，福莫长于无祸[13]。

吾尝终日而思矣，不如须臾之所学也；吾尝跂而望矣[14]，不如登高之博见也。登高而招，臂非加长也，而见者远；顺风而呼，声非加疾也，而闻者彰[15]。假舆马者，非利足也，而致千里[16]；假舟楫者，非能水也，而绝江河[17]。君子生非异也[18]，善假于物也。

南方有鸟焉，名曰蒙鸠，以羽为巢，而编之以发，系之苇苕[19]。风至苕折，卵破子死。巢非不完也，所系者然也。西方有木焉，名曰射干[20]，茎长四寸，生于高山之上，而临百仞之渊。木茎非能长也，所立者然也。蓬生麻中[21]，不扶自直；白沙在涅[22]，与之俱黑。兰槐之根是为芷，其渐之滫，君子不近，庶人不服[23]。其质非不美也，所渐者然也。故君子居必择乡，游必近士，所以防邪僻而近中正也[24]。

积土成山，风雨兴焉[25]；积水成渊，蛟龙生焉；积善成德，而神明自得，圣心备焉[26]。故不积跬步[27]，无以至千里；不积小流，无以成江海。骐骥一跃[28]，不能十步；驽马十驾[29]，功在不舍。锲而舍之，朽木不折；锲而不舍，金石可镂[30]。螾无爪牙之利，筋骨之强，上食埃土，下饮黄泉[31]，用心一也。蟹八跪而二螯，非蛇蟺之穴无可寄托者[32]，用心躁也。是故无冥冥之志者，无昭昭之明；无惛惛之事者，无赫赫之功[33]。行衢道者不至[34]，事两君者不容。目不能两视而明，耳不能两听而聪[35]。螣蛇无足而飞，鼫鼠五技而穷[36]。诗曰[37]："鸤鸠在桑，其子七兮；淑人君子，其仪一兮；其仪一兮，心如结兮[38]！"故君子结于一也。

昔者瓠巴鼓瑟而流鱼出听，伯牙鼓琴而六马仰秣[39]。故声无小而不闻，行无隐而不形；玉在山而草木润，渊生珠而崖不枯[40]。为善不积邪？安有不闻者乎[41]？

注释

[1] 关于作者与本篇：荀子（约公元前313—前238年），一名况，字卿，后世也称孙卿，战国时赵国人。曾游学于齐，齐襄王时在稷下学宫讲学，三为祭酒。后被谗而离齐至楚，被春申君用为兰陵令，著书终老其地。有《荀子》一书，共32篇。《劝学》：本文节选自《荀子·劝学》，是系统地论述为学问题的著名专论。　劝学：鼓励学习，勉励学习。

[2] 学不可以已：学习不能停止。

[3] 蓝：一种可以提取青色染料的草本植物。

[4] 中绳：合乎墨线取直的要求。　中：符合。　绳：木工取直的墨线。　糅（róu）：同"煣"，用火烘木，使之弯曲。　其曲中规：其弯曲的程度符合圆规取圆的标准。

[5] 虽有槁暴三句：即使风吹日晒也不再挺直，因为长久的弯曲使它习惯成自然了。　暴（pù）：同"曝"，晒。

[6] 受绳：用墨线量过。　金：金属，此指用金属制成的刀剑之类。　就砺：拿到磨刀石上去磨。　砺：磨刀石。　参省乎己：多次反省自己。　知明：心清智明。　知：同"智"。

[7] 谿：山间的流水，此指山谷。

[8] 干、越、夷、貉四句：敌对之国吴、越以及南方和北方的婴儿，初生时的哭声一样，长大后的习俗却不同，所受教育使得如此。　干：指吴国。　夷：古代对南方少数民族的泛称。　貉（mò）：同"貊"，古代北方部族名。

[9] 诗：指《诗经·小雅·小明》篇。

[10] 嗟尔君子二句：是勉励君子不要贪图安逸。

[11] 靖共尔位二句：谨慎对待你们的职位（要有乐业、敬业精神），爱好正直之道。靖：谋划。　共：同"恭"，谨慎。　好：爱好。

[12] 神之听之二句：神灵明察一切，将赐你大福。　听：明察，察觉。　介：助，佑。　景：大。

[13] 神莫大于化道二句：神通再大，也大不过教化之道；福祉（zhǐ）再长，也长不过没有灾祸（平安是福）。　化道：化育之道，教化之道。

[14] 须臾：片刻。　跂：踮起脚跟。

[15] 疾：壮，洪亮。　彰：清楚。

[16] 假舆马者：借助车辆马匹的人。　假：借助。　致：到达。

[17] 楫：船桨。　绝：横渡。

[18] 君子生非异也：君子的天性与人无异。　生：同"性"，指生性，天性。

[19] 蒙鸠：鹪鹩，俗名巧妇鸟，善于筑巢。　苕（tiáo）：芦苇花穗上的嫩条。

[20] 射（yè）干：植物名，白花长茎，根可入药。

[21] 蓬：蓬草，茎长尺余。

[22] 涅（niè）：黑泥。

[23] 兰槐：一种香草，其根曰白芷。　渐：浸，泡。　修（xiū）：臭水。　服：佩戴。

[24] 故君子居必择乡三句：所以君子定居时总要选择风俗纯正的乡土，出游时总要接近有才德的贤士，正是为了防备邪恶的污染而接受中正的熏陶啊！　就：接近。

[25] 兴：起。

[26] 积善成德三句：人经常做善事，形成崇高的品德，就会得到高度的智慧，圣人的思想就具备了。　神明：高度的智慧。　圣心：圣人的思想。

[27] 跬步：半步。古人行走时，举足一次称为跬，两足各举一次为步。

[28] 骐骥：骏马。

[29] 驽（nú）马：劣马。　驾：马拉车一天所行的路程为一驾。

[30] 锲（qiè）：刻。　镂（lòu）：雕刻。

[31] 螾：同"蚓"，蚯蚓。　黄泉：地下泉水。

[32] 跪：蟹脚。　螯（áo）：蟹前头的一对钳夹，能开合，锋利而有力。　鳣：同"鳝"，鳝鱼。

[33] 是故无冥冥之志者四句：所以，没有认真专一的志向，就没有明白的见解；没有专心致志的精神，就没有显著的成绩。　冥冥：昏暗不明的样子，即昏暗不见外物，指对外界事物视而不见、听而不闻的专心致志的心境。　昭昭：明亮，明显。　惛惛：意同"冥冥"，专心致志。　赫赫：显耀，盛大。

[34] 行衢道者不至：行走在歧路上永远达不到目的地。　衢道：歧路。

[35] 聪：听得清楚。

[36] 螣（téng）蛇：传说中的一种龙，能兴云雾而游于空中。　鼫（shí）鼠：鼠的一种，形状似兔，专吃农作物。传说鼫鼠有五种技能，但都不突出。《说文解字·鼠部》说它："能飞不能过屋，能缘不能穷木，能游不能渡谷，能穴不能掩身，能走不能先人。"穷：困窘。

[37] 诗：指《诗经·曹风·鸤鸠》篇。

[38] 鸤鸠在桑六句：布谷鸟巢于桑间，哺育九只小鸟公平合理，恰如贤人君子们，言行始终如一。言行始终如一，故心志专一不二。　鸤（shī）鸠：布谷鸟。传说布谷鸟哺育雏鸟时，早晨自上而下喂食，晚上自下而上喂食，公平合理，始终如一。　仪：指行为举止。　结：形容专心致志如打结一样。

［39］昔者瓠巴鼓瑟二句：从前瓠巴奏瑟，奏得游鱼浮出水面欣赏；伯牙弹琴，弹得槽头马儿支耳静听。　瓠巴：古代传说中善鼓瑟的人。　流鱼：游鱼。　伯牙：古代传说中善弹琴的人。　仰秣（mò）：指正吃草的马仰起了脖子。

［40］玉在山二句：玉石蕴藏在山中，山上草木自然润泽；水中生有珍珠，崖岸就不会干枯。

［41］为善不积邪二句：人做善事，只是不肯坚持罢了，若能坚持，怎能不被世人所闻知呢？　积：积累，坚持。　闻：听说，闻知。

鉴赏评析

荀子《劝学》是我国古代教育史上全面系统地阐发为学问题的著名专论。这里节选其前半部分，主要是对学习意义及方法、态度的论述。

借助多种比喻揭示深奥的为学之理是该文的突出特点。譬如开篇即以青与蓝、冰与水的关系说明学习增进素质（使后人终胜前人）的作用；用木直"𫐓以为轮"说明学习能改变气质、习性（与培根"学问变化气质"说颇有相通之处）的积极意义。"登高山""临深渊"寓示学无止境。"蒙鸠巢破""射干临渊""蓬生麻中""白沙在涅"等多重喻体寓示环境影响之大及立身为学选择环境（择邻而居）的重要。"积土""积水""积跬步""积小流"等联翩喻体旨在说明注重积累、坚持不懈的学习方法。"骐骥""驽马""蚯蚓""螃蟹"等对比性喻体说明学习态度的专心与否及其学业成败的后果。"行衢道者""事两君者""目两视者""耳两听者"等说明三心二意乃学习大敌。"瓠巴鼓瑟""伯牙鼓琴""玉在山""渊生珠"等说明有实必有名、有声必有闻，从而勉励人们刻苦为学，有所建树。

综览全文，或单独设喻，或联翩设喻，或正向设喻，或反向设喻，或喻体互补，或喻兼对比，可谓喻象重重，变幻莫测，将深奥的理论阐发得通俗易懂，颇能引人入胜。

逍遥游[1]

《庄子》

北冥有鱼，其名为鲲[2]。鲲之大，不知其几千里也；化而为鸟，其名为鹏。鹏之背，不知其几千里也。怒而飞，其翼若垂天之云[3]。是鸟也，海运则将徙于南冥[4]。南冥者，天池也。

《齐谐》者，志怪者也[5]。《谐》之言曰："鹏之徙于南冥也，水击三千里，抟扶摇而上者九万里，去以六月息者也[6]。"野马也，尘埃也，生物之以息相吹也[7]。天之苍苍，其正色邪？其远而无所至极邪？其视下也，亦若是则已矣[8]。

且夫水之积也不厚[9]，则其负大舟也无力。覆杯水于坳堂之上，则芥为之舟，置杯焉则胶[10]，水浅而舟大也。风之积也不厚，则其负大翼也无力。故九万里则风斯在下矣，而后乃今培风。背负青天而莫之夭阏者，而后乃今将图南[11]。

蜩与学鸠笑之曰[12]："我决起而飞，枪榆枋，时则不至，而控于地而已矣[13]。奚以之九万里而南为[14]？"适莽苍者，三飡而反，腹犹果然[15]；适百里者，宿舂粮[16]；适千里者，三月聚粮[17]。之二虫，又何知[18]？

小知不及大知，小年不及大年。奚以知其然也[19]？朝菌不知晦朔，蟪蛄不知春秋[20]，此小年也。楚之南有冥灵者，以五百岁为春，五百岁为秋；上古有大椿者[21]，以八千岁为春，八千岁为秋，此大年也。而彭祖乃今以久特闻，众人匹之，不亦悲乎[22]？

汤之问棘也是已[23]："穷发之北[24]，有冥海者，天池也。有鱼焉，其广数千里，未有知其修者[25]，其名为鲲。有鸟焉，其名为鹏，背若泰山，翼若垂天之云，抟扶摇而上者九万里，绝云气，负青天，然后图南。且适南冥也[26]。"斥鴳笑之曰[27]："彼且奚适也？我腾跃而上，不过数仞而下，翱翔蓬蒿之间，此亦飞之至也[28]。而彼且奚适也？"此小大之辩也[29]。

故夫知效一官，行比一乡，德合一君，而徵一国者，其自视也亦若此矣[30]。而宋荣子犹然笑之[31]。且举世誉之而不加劝，举世非之而不加沮，定乎内外之分，辩乎荣辱之境，斯已矣[32]。彼其于世，未数数然也[33]。虽然，犹有未树也[34]。

夫列子御风而行，泠然善也，旬有五日而后反[35]。彼于致福者[36]，未数数然也。此虽免乎行，犹有所待者也[37]。若夫乘天地之正，而御六气之辩，以游无穷者，彼且恶乎待哉[38]？故曰：至人无己，神人无功，圣人无名[39]。

注释

[1]《逍遥游》：本文节选自《庄子·逍遥游》，旨在倡导和宣扬无拘无束、自由自在的精神遨游。　逍遥：自由自在。

[2] 北冥：北海。　冥：同"溟"，海水深黑为溟。　鲲：本是鱼卵，此处借指大鱼。

[3] 怒而飞：鼓翼而飞。　垂天之云：垂在天边的云彩。　垂：同"陲"，边际。

[4] 海运：海动，指大海的翻腾动荡。　徙（xǐ）：迁移。

[5] 齐谐：书名。　志：记述。

[6] 抟（tuán）：拍击。　扶摇：盘旋而上的大风，即狂飙。　息：气息，指风。

[7] 野马：浮游的元气。地面水分蒸发，水气上腾如奔马。　生物：游荡之物（如灰尘等）。

[8] 若是：像这样（像从地面望天穹一样）。

[9] 水之积也不厚：积水积蓄得不深。

[10] 坳（āo）堂：室内低洼的地方。　芥：小草。　胶：粘着。

[11] 斯：则，就。　今：即。　培风：凭风，乘风。　夭阏（è）：阻拦。　图南：计划向南飞行。

[12] 蜩（tiáo）：蝉。　学鸠：小鸟名，即小斑鸠。

[13] 枪：突过。　榆枋（fāng）：榆树和檀树。　则：若，如果。　控：投，落下。

[14] 奚以：何须用，哪里用。

[15] 适莽苍者三句：到郊野去，一日之内（三顿饭）即可返回，腹中还不很饿。适：往，到。　莽苍：野色迷茫的样子，这里指郊野。三飡：三顿饭，代指一天时间。飡：同"餐"。　反：同"返"。　果然：饱，不饿的样子。

[16] 宿舂粮：出发的前一宿就得捣米备粮。

[17] 三月聚粮：出发前三个月就要开始备粮。

[18] 之二虫：这两个小虫，指的是蜩和学鸠。

[19] 知：同"智"。　年：寿命。　小年：指短暂的寿命。　然：如此，这样。

[20] 朝菌：朝生暮死的一种菌。　晦：黑夜。　朔：天刚亮，指白天。　蟪蛄：指寒蝉，因其春生夏死，夏生秋死，生命不到一年，故曰"不知春秋"。

[21] 冥灵：一说木名，即楠（mán）树。一说为海中灵龟。　大椿：即椿树。

[22] 彭祖：传说中的长寿者。据说彭祖名铿，尧臣，封于彭城，年至八百岁，以长寿著名。　以久特闻：因为长寿而特为著名。　匹：比，相比。

[23] 汤之问棘也是已：汤问棘说的就是这件事。　棘：人名，汤时的大夫。

[24] 穷发：传说中极北方的寒冷不毛之地。

[25] 修：长。

[26] 羊角：风名。其风旋转而上似羊角，即今之所说的"龙卷风"。　绝：穷绝，穿透。　且：将要。

[27] 斥鴳：小雀。　斥：同"尺"。鴳（yàn）：同"鷃"，即鷃雀。

[28] 仞：八尺。一说七尺为仞。　飞之至：最好的飞翔境界。

[29] 辩：同"辨"，区别。

[30] 故夫智效一官五句：（有些人）其智慧只可胜任一官之职，其行为只可庇护一乡之地，其德操只可迎合一君之心，其能耐只可获取一国之信任，可他们看待自身，却也像斥鴳一样（认为自己是最好的）。　效：胜任。　比：同"庇"。　合：迎合。　徵：信，取信。

[31] 宋荣子：即宋鈃（jiān），战国时期的思想家，与孟子同时。　犹然：嗤笑的样子。

[32] 劝：劝勉，鼓励，引申为"奋勉""努力"。　沮：沮丧，灰心丧气。　内外：指内我与外物。　斯已矣：如此而已，仅这样罢了。

[33] 数数然：急急忙忙的样子。

[34] 树：树立，指立德。

[35] 列子：名御寇。战国时郑人。相传他曾遇风仙，学其道法，能乘风而行。　御风：驾风。　泠（líng）然：轻妙的样子。　旬有五日：十五天。

[36] 致福：求福。

[37] 有所待：有依靠的东西（指风）。

[38] 若夫：至于。　乘天地之正：顺应天地万物的自然之性。　六气：阴、阳、风、雨、晦、明。　辩：同"变"。　无穷：指时空的无始无终，无边无际。　恶：何，什么。

[39] 无己：没有自我（忘怀自我，不考虑自我）。　无功：无意于求功。　功：指对社会有所贡献。　无名：指不追求名位。

鉴赏评析

逍遥游，顾名思义，即无拘无束的精神遨游。这种精神遨游，说白了，乃是思维想象穿越时空而自由自在地徜徉古今。欲达此境，既要摆脱物质羁绊而超然物外（否则，想象的翅膀拖着沉重的物质累赘，是无法高飞远骛的）；又要积累丰厚的知识（因为知识是联想的支点。随着知识的拓展，联想的支点构成了网络，想象的翅膀则可以随意往来，纵横驰骋了）。

本文是一篇创作论。主要论述了有关思维想象的问题。内容大抵两部分，前者阐述知识积累，后者论述摆脱物累。

采用寓言和比喻说理是文章的主要特点。开篇以寓言形式描绘鲲鹏南徙的壮观景象，并以"野马""尘埃"等细尘微粒的飘移作对比衬托，生动展示了思维想象的纵横驰骋。

为什么能够如此？继而以水风为喻，剖析积累的重要意义：只有积聚无垠的深渊，万吨的巨轮才能起锚远航；只有积聚漫天的长风，鲲鹏的云翼才能无碍地拍展；言外之意：只有积累广博的知识，想象的健翅才能随心所欲地驰骋。至此，作者意犹未尽，又用行路远近与备粮多少的关系——即想干多大事儿就必有相应积累的比喻，以充分说明知识积累的多寡对于想象力丰富与否（即创作能力高下）的决定性作用。

后半部分先将鲲鹏与斥鷃作对比，用两种不同的飞翔境界分别隐喻超然物外的高飞远鹜以及深为物累的小打小闹；用嘲笑鲲鹏的斥鷃的自以为是比喻深受物质羁绊而又自以为是的"智效一官""行比一乡""德合一君""而徵一国者"。并进而由"犹有未树"的宋荣子、"有所待"的列子过渡到"无己""无功""无名"的"至人""神人""圣人"，只有这些彻底摆脱物累的人物，才能够"乘天地之正，御六气之辩，以游无穷"。

总之，文章采用寓言和联翩的比喻，在生动多姿的艺术形象中深刻地阐发了有关思维想象问题的创作理论。

对楚王问[1]

宋 玉

楚襄王问于宋玉曰[2]："先生其有遗行与[3]？何士民众庶不誉之甚也[4]？"宋玉对曰："唯。然，有之。愿大王宽其罪，使得毕其辞。

"客有歌于郢中者，其始曰《下里巴人》[5]，国中属而和者数千人；其为《阳阿》《薤露》[6]，国中属而和者数百人；其为《阳春白雪》，国中属而和者不过数十人[7]；引商刻羽，杂以流徵[8]，国中属而和者不过数人而已。是其曲弥高[9]，其和弥寡。故鸟有凤而鱼有鲲。凤凰上击九千里，绝云霓，负青天，翱翔乎杳冥之上[10]；夫藩篱之鷃，岂能与之料天地之高哉[11]？鲲鱼朝发昆仑之墟，曝鳍于碣石，暮宿于孟诸[12]；夫尺泽之鲵[13]，岂能与之量江海之大哉？故非独鸟有凤而鱼有鲲也，士亦有之。夫圣人瑰意琦行，超然独处[14]；夫世俗之民，又安知臣之所为哉？"

注释

[1]《对楚王问》：本文选自《昭明文选》，主要记述宋玉面对楚襄王听信谗言的诘难而作的应对与辩解。

[2] 楚襄王：战国末楚国国王，即楚顷襄王，楚怀王之子。

[3] 遗行：有失检点的行为（作风）。

[4] 众庶：民众，百姓。

[5] 郢：楚国国都，在今湖北江陵县北。《下里巴人》：古时楚国俚俗的民间曲调。

[6]《阳阿》《薤露》：古时楚国歌曲。

[7]《阳春白雪》：古时楚国歌曲，风调高雅。

[8] 引商刻羽：掌握好音节、音调，该延长的延长，该减弱的减弱。 引：延长。刻：减弱。 杂以流徵：间杂着流动的徵音。 徵：五音之一，音声流利。

[9] 弥：越，愈。

[10] 绝：超越。 杳冥：极高远的地方。

[11] 藩篱之鷃：游戏在篱笆间的一种小雀。 料：测量，比量。

[12] 墟：山脚。 曝鳍：晒鱼背。 鳍（qí）：鱼脊上的骨翅。 碣石：地名，在今河北北戴河附近。 孟诸：古大泽名，故址在今河南商丘附近。

[13] 尺泽：尺把深的小水坑。 鲵（ní）：鱼名，俗称"娃娃鱼"。

[14] 瑰意琦行：指优美高尚的情操和行为。 瑰、琦：皆为美玉，象征高洁坚贞。

超然独处：独立于众人之上，不同流俗。

鉴赏评析

　　因与屈原有师生之谊，作者在屈原流放之后自然就成了楚宫群小众口铄金的对象。本文即记述了楚襄王听信谗言后对宋玉的诘难以及宋玉的巧妙辩解。

　　开篇由楚襄王的委婉诘难引出宋玉的应答。他先顺应楚王问话之意承认自己有"遗行"，而后请"毕其辞"——开始了辩解。他以客歌郢中的事例说明"曲高和寡"，作为辩词提纲挈领的核心，并由此联想到"鸟有凤而鱼有鲲"，用凤凰孤翔于杳冥之上，藩篱之鹦难与为伴以及鲲鱼独往于昆仑、孟诸，尺泽之鱼难与为伍的比喻，说明自身不被世俗理解不仅不是什么"遗行"，反而是高洁太甚而达到了圣人的境界。这样，既巧妙化解了楚王的诘难，也委婉驳斥了楚宫群小的谗毁中伤以及"先生其有遗行"的荒谬论调。

　　妙譬联翩，喻象重重，含蕴隽永，深婉有力。